허준 중단편선

잔등

책임 편집·권성우

서울대학교 국문학과와 같은 학교 대학원 국문학과 졸업.
현재 숙명여대 한국어문학부에 재직 중. 문학평론가.
지은 책으로는 『비평의 매혹』『횡단과 경계』『낭만적 망명』등이 있음.

한국문학전집 44

잔등

허준 중단편선

초판 1쇄 발행   2015년 11월 27일
초판 3쇄 발행   2023년   5월 22일

지 은 이   허준
책임 편집   권성우
펴 낸 이   이광호
펴 낸 곳   ㈜문학과지성사
등록번호   제1993-000098호

주   소   04034 서울 마포구 잔다리로7길 18(서교동 377-20)
전   화   02)338-7224
팩   스   02)323-4180(편집) 02)338-7221(영업)
전자우편   moonji@moonji.com
홈페이지   www.moonji.com

ⓒ ㈜문학과지성사, 2015. Printed in Seoul, Korea

ISBN 978-89-320-2808-8 04810
ISBN 978-89-320-1552-1(세트)

허준 중단편선

잔등

권성우 책임 편집

차례

| 일 러 두 기 |

1. 이미 『허준문학전집』이 발간되어 있으므로, 모든 소설을 수록하는 것보다 미학적으로 의미 있는 작품을 선하여 수록하는 것을 원칙으로 삼는다. 그러므로 자료 정리 못지않게 새로운 의미 부여를 선집 간행의 목적으로 삼았고, 주석을 자세히 달았다.
2. 중간에 자료가 멸실되거나 연재가 중단된 작품은 포함하지 않는다.
   예)「황매일지」「임풍전 씨의 일기」「역사」
3. 「탁류」「습작실에서」「잔등」은 소설집 『잔등』(을유문화사, 1946)을 저본으로 삼았으며, 속습작실에서는 『문학』 8호(조선문학가동맹 기관지, 1948. 7)를 평대저울은 『개벽』(1948. 1)을 각각 저본으로 삼았다.
4. 일본어로 발표된 콩트「습작실로부터」는 제외한다.
5. 방언 처리의 문제는 문장의 결을 고려해 현대어 수정과 그대로 둘 것을 정하였다.
6. 전체 문장의 뜻을 해치지 않는 범위에서 경우에 따라 맞춤법과 띄어쓰기를 현대 국어 정서법에 맞게 수정하였다.
7. 단행본에서 의미가 불명료하거나 오식이라고 판단되는 경우 잡지 수록 판본을 참조했다.

탁류濁流

물 건너 먼 신안 마을에 저녁 연기가 까물까물[1] 뜨기 시작하는 것을 보고 몇 번이나 뒤떨어지는 거리를 돌아보는 채숙이의 불안스러운 눈치가 아까부터 보이기는 하였으나, 철은 조그마한 손이 끄는 대로 끌리어 잠자코 물을 따라 내려가고 있었다.

오늘 채숙이가 자기가 아니면 못 할 말이란 것도 무슨 특별한 말이 있는 것도 없이 그저 오래 만나지 못하던 끝에 만나 자기의 손을 잡고, 장[2] 둘이서 산보로 오던 이 낭암대(狼岩臺)로 내려가는 길을 한번 거닐어보려는 핑계에 지나지 않으려니밖에 생각되지 않았다. 그러므로 그는 숙이 집에서 기다리면 아니 되리라는 생각도 없지 아니하였으나, 그 말은 입 밖에 내지도 않고 가엾이 생각한 소녀 채숙이의 손을 꼭 마주 잡아주었다.

"그래 나만이 꼭 들어야 할 그 이야기란 무어든구."

"난 아저씨, 오늘 종일 아저씨 오시는 길목에 앉아서 기다리었

수. 종일 점심때부터라우."

묻는 말은 대답하지도 않고 소녀는 그러고는 다시 어른의 으레
이[3] 올 말치[4]를 기다린다.

"학교서는 지금 막 아이들이 오던걸. 점심때라니 그럼 숙인 오
늘 또 누구하고 싸울 일이 생겼던 거로구나."

"싸우기는요, 아저씨두 호호호."

하고, 소녀는 웃으며,

"내일이 학예회라나요. 그래서 연습도 하고 미리 차비 차릴 건
차비도 차리노라구 그리 늦었는 게죠."
하면서 남의 말 하듯 생긋이 웃어만 보였다. 그러고는 멈칫 서서
발밑을 더듬더듬하여 모래밭에서 납작한 조약돌 하나를 집어 들
더니, 든 돌을 물을 향하여 먼 허공에 던지었다.

철은 어이없이 빙긋이 웃음이 나오려다가 그것이 어느 어른의
하는 짓이라면 하고 생각할 때에는 무엇인지 가슴에 뭉큿하는[5] 것
이 있는 것도 같아서 열었던 입을 다시 다물어버리었다.

팔매를 치고 나부끼듯이 우쭐렁거리고 앞서서 달아나는 소녀의
자취가 어슬어슬 보이지 아니하는 것을 보고 철은 자기의 추측이
맞은 것을 직각하였다.[6] 그리고 세상에 얼마나 기이한 아이가 있
으려면 있는 것이랴 하지 않을 수 없었다.

철이 내외가 채숙이 집 건넌방을 얻어 숙이와 숙이 아버이 단
세 식구 사는 그들 집하고 내왕이 있게 된 것은 이 늦은 봄이었다.

내왕이라고 하여야 교제가 많지 않은 철이니까 안사람들뿐이었

는데, 그러나 그때 그의 처에게서 간간이 들은 말은 그들은 워낙 문벌이 그다지 좋지 못한 내력이라는 것이었다. 가업으로 내려오는 갓바치[7]의 일도 그만둔 지가 불과 얼마 되지 않는 최근의 일이요, 지금은 먹을 만큼 땅마지기나 마련한 것이 없는 것도 아니나, 아들자식을 보지 못한 그들로서는 노래[8]의 몸을 의탁할 곳이라고는 지금 열네 살 먹은 딸자식 하나의 쓸쓸한 집안인데, 그러니까 자연 어디서 데릴사위라도 맞아서 여생을 보내야 할 터이지마는, 그 딸자식 하나 변변하지 못한 탓으로 노[9] 집안이 그리 어둡고 침침한 모양이라는 것이었다.

양반이 많이 산다는 이 고을에서 자기네로서야 그럴 만도 한 일이지마는, 그렇다고 해서 그것만 가지고야 그리 어두울 리가 있으랴. 채숙이라는 이 아이가 들리는 말로는 아홉 살 나서 들어간 학교인데, 지금 겨우 사 년급이라 하니 벌써 그것만 봐도 한두 해는 낙제라도 한 병신 같은 아이인 것이 분명하였고, 학교선 선생이고 생도고 할 것 없이 닥치는 대로 싸움만 한다더라고 하는 것이었다.

아내가 그렇게 흉을 옮길 때마다 철은 별로 그렇지 않다고도 않고, 그러려니 하여도 그렇다고 대꾸한 일도 없이 그럭저럭 달포가 갔다.

그러자 어느 공일날은 철이가 마루 끝에 나와서 오래간만에 손톱을 깎고 앉았노라니까, 앞에서 선생님, 하고 공손히 인사하는 사람이 있었다.

철은 한 번 보고 그것이 주인인 줄은 알았으나, 그 주인이 한편 눈을 쓰지 못하는 사람이던 것은 그제야 알았다. 아하 그러면 하고, 철은 이때 갑자기 무엇인지 가슴에 찔리는 것이 있는 것을 느끼면서, 자기가 앉았던 햇살 든 마루를 절반 쪼개어 주인에게 권하였다. 권하니 겸손히 그 자리를 받은 주인은, 이런 이야기 저런 이야기를 주고받고 하였다.

그러나 이야기하는 동안에도 철은 주인이 무엇보다도 이런 쓸데없는 이야기로서는 때우지 못할 무슨 긴한 것을 속에 감추고 내놓지 못해 하는 것임을, 그의 어딘지 안정하지 못해하는 태도에서 직각할 수가 있었다.

"실상은 선생님."

하고 주인은 눈을 깔아 뜰 아래를 보며,

"선생님 아시기도 하시겠지요만 제게 저 너머 학교 올해 삼 년급 다니는 딸자식이 하나 있습지요."

하고 입을 열었다.

"참 이렇게 흠 없이 지내주시는 터이니 말씀이지요마는, 원 뭐라고 해야 옳겠는지요, 그년의 성미가 사납다 할지 고집스럽다 할지 어찌도 괴팍스러워서 선생님도 그만 동무들도 그만 영 나분나분하지 않습니다그려. 이런 집안 걱정까지 여쭙게 되는 것도 선생님은 신식 어른이시고 보니 어떻게 바로잡을 도리가 있지나 않을까 하고 생각생각하던 끝에 하는 말씀입니다만. 하나 또 한편 생각할 날이면 제 자식은 워낙 그러니까 하는 수 없다 하려니와, 그러면 학교 선생님이나 생도들일랑 먼저 집짝[10]을 말아야 할 것 아니겠습니까."

하며, 그는 주머니를 더듬더듬하여 미리 사 넣었던 궐련 한 갑을 꺼내어 굽실하며 그것을 철에게 꺼내어 밀었다. 철이 그 속에서 한 대를 빼어 드니 그는 성냥을 그어 철이와 자기 입에 대어 한 모금을 빨고 나서,

"소제[11]면 방 소제나 뒷간 소제나 할 것 없이 다 같은 생도 사이에 서로 번갈아 하면 될 것을, 이것은 뒷간 소제라면 집년이 맡아서 하게 되고, 하기 싫은 것을 맡아서 하게 되니 자연 하면서도 놀리우는 법이라, 놀리우니 싸우게 되지 않겠어요. 그러면 그리 되어서 싸우거들랑 선생은 생도 간에 시비를 가려서 책망할 것은 책망하고 훈계할 것은 훈계도 하여야겠는데, 이것은 그러지는 않고 싸움한다는 그것만을 가지고 나무래[12] 때리려 합니다그려. 그러니 미련한 아비 마음인 줄이야 모르는 게 아니지요만 참다 못해 가지요. 가면 선생이란 이의 하는 말 보세요. 그렇게 학생이 귀한 줄 아시고 학교에서 하는 일을 야속하게 생각하실 양이면 차라리 부형께서들 맡아서 어떻게든지 하는 것이 옳지 학교는 학교로서 일정한 방침이 있어서 하는 것이니, 이 방침을 형편에 따라 마음대로 고칠 수는 없는 거 아니냐. 다짜고짜 이렇게 핀잔을 줍니다. 그러니 그러는 자기는 노 입에 담은 말이라 술술 익어서 나오겠지요만 저야 어디 그렇습니까. 속으론 할 말이 와글와글하는 성싶어도 나오지 않아 핀잔을 보고 그대로 돌아 나옵니다. 내일부터는 안 보내리라 하고 돌아 나오지요. 하지만 그날이 가면 또 그날이라, 그대로 내버려두어야 우리 처지에 어느 누가 알아주는 사람도 없으려니 하면 자식이 가엾어 아니 간다는 것을 또

보내게 됩니다그려. 아이들 사이에 이런 티가 나기 시작한 것도 다 따지면 근본이 선생에게서 온 것이 아니랄 수도 없는 거지요. 그러니 누구를 야속하다 하겠습니까. 딸년이 학교에 들어가자 두 번째 보는 시험 땐가 봅니다. 처음에는 아비도 모르고 지낸 일입지요. 한데 그년이 영 시험 임시(臨時)하여서는 가지를 않겠답니다그려. 그래 왜 그러느냐고 물었더니 시험 보기가 싫다고 하면서 하는 말인데, 아비가 학교에 가는 것을 싫어하니까 그년이 숨기고 말을 하지 않았더구먼요. 처음 학교에서 아이들을 뽑을 때에 벌써 척 보고 이 아이 저 아이를 한 반에 갈라 세우고 제일 똑똑한 체해 보이는 아이를 일급, 그다음에 이급, 삼급, 사급 매겨놓는답니다. 그럼 그렇게 매겨놓은 것이걸랑 시험 때라도 그대로 앉히고 보게 해야 할 것 아닙니까. 그것을 시험 때가 되면 사급에 앉은 아이들은 일급 아이들 앉은 자리에 옮겨 앉혀서 일급 아이들 것을 보고 쓰게 하고, 삼급 아이들은 이급 아이들 것을 보고 쓰게 하니, 보고 쓰라고 하는 것은 아니겠지요마는 자연 아이들이 보고 쓰게 되지 않겠습니까. 그래 첫번 시험 때도 선생님이 생도들에게 자리를 바꾸라고 하니까, 집년도 사급에 앉았다가 멋모르고 바꾸어 앉았답니다. 바꾸어놓고 시험을 보노라니까 아이들이 모두들 슬근슬근 일급 아이들 것을 기웃거려 보더랍니다그려. 그러면 저도 남 하는 대로 따라 했으면 그만인 것을 애 성미가 꽤 까다로워서 그랬겠지만요, 보기는 제지하고[13] 저 아는 것까지 안 쓰고 책상에 머리를 박고 엎드러져 있었답니다. 하니 선생이 와서 왜 안 쓰고 있느냐——고 해, 아무 말도 안 해, 하고 보니 선생으로 앉아서는—안 쓰는 거냐, 못 쓰는 거냐—말이 왈가닥 불가닥 하게 되었겠지요. 그래서 이것이 비쭉 터지고 보니, 선생은 공부도 못 하는 것이 모르면 모른다고는 못 하고 속일 줄부터 알아서 안 한다는 것은 무엇이냐 마냐 하고, 꾸짖고 꾸짖은 나머지에는 내다가 아이들 앞에서 벌을 세우니 이 꼴이 뭐가 되겠습니까. 그것도 나중에 알아보니 자기 말은 반의 성적을 좋게 하느라고 선생들끼리 하는 경쟁이 있어서 그렇다나요. 생각하면 분하지요. 도둑질은 아이들더러 하라 하고 먹기는 어른이 집어먹겠다는 셈 아닙니까."

이러면서, 그는 숨과 함께 넘어가듯 뚝 말을 끊는 것이다.

"네에, 그런 일이 계셨습니까. 그렇게 된 일인데야 부모 되시는 분은 고사하고 누구라도 그리 생각하지 않는 이가 있겠습니까."

이렇게 진심으로 응하면서 철은 수그듬한[14] 채 제 발끝만을 내려다보고 앉았는 주인의 옆모습을 몇 번이나 도둑질해 보았다. 그 말하는 티며, 일을 이해하는 품이, 듣고 보기와 달리 대단히 조리가 있는 것에 철은 놀라지 않을 수 없었던 것이다.

이 사람이 외양으로 남만 같지 못한 것 같고 또 어딘지 매양 침울한 까닭은 그러한 모든 것으로 해서 넘쳐흐르는 자기의 생각이 터져나갈 곳 없이 어느 무거운 추에 눌려 있는 탓이 아닌가 하였다.

"아니, 어르신네께서 실심하시는[15] 것보다 도리어 저는."
하고 철은,

"저는 대단히 훌륭한 드물게 보는 아이인 줄 압니다. 그것을 학생들의 잘못이라고 하느니보다는 아이들이 가진 각각 성미를 모르고 이것저것을 가려서 가르칠 줄을 모르는 선생들의 흠이라고 밖에 저에게는 생각되지 않습니다. 그러니까 그런 곳에서 자기의 가진 고운 순[16]을 휘이지 않자면 여간 버티기 쉬운 힘이 아니면 안 될 일이기도 할 것입니다. 저로 앉아서는 대단히 주제넘은 말씀입니다마는 생도가 가기 싫다면 당분간 쉬게 두시는 것도 좋은 방책이 되지 않을까 합니다."

"천만의 말씀입니다. 지당하신 말씀이지요. 저도 그러기에 이따금은 모두 집어치우고 이놈의 땅에서 떠나야만 하겠다는 생각조차 없지 않아 있습니다. 이것이 죄다 우리네의 영 씻어보지 못할 조업[17]의 탓이거니 하면 못 참을 때가 많습죠. 하지만 이놈의 땅에 구겨 박혀 살면서 그래도 정이 들었다는 것은 그만두고도, 그냥 떠나서는 못쓴다는 그 아이가 끓기는 생각 때문에 그대로 참고 지내갑니다. 그야 이런 땅이나 집뿐이겠습니까. 제 목숨까지 귀찮을 때가 없지 않습죠."

하고, 그는 너무 넘치게 말해서 아니 되었다는 생각이 났던지 찌푸렸던 얼굴을 철이 눈앞에서 폈다.

철은 그의 말을 잠자코 들으면서도 남과 같이 떳떳하지 못하고, 늘 어떠한 모욕 속에 산다고 하는 뜻이 이렇게도 쓰라린 것이었던가를 새삼스러이 깨닫지 않을 수 없었다.

그는 무슨 위안의 말을 찾으려고도 하였으나, 이런 때 이런 사람에게 할 수 있는 위안의 말이라고 하는 것은, 대개 한 대단치 않은 통속(通俗)에 지나지 않는 것임을 알고, 구태여 그는 아무런 겉빠른[18] 말도 하려 하지 않았다.

주인과 철은 그날 이런 이야깃거리로 낮까지 같이 앉았다가 헤어졌다. 그러나 이때 철의 가슴에 숨겨진 그들의 깊은 인상은 감개에 넘친 것이었다.

철이 숙의 손을 잡고 강가로 오고 숙이 철의 손을 잡고 강가로 나오게 된 것은 그 뒤의 일이었다.

하루 아침은 철이 군청에 들어가려고 예전이나 다름없이 마루 끝에서 구두를 신으려다가, 그날따라 자기의 낡은 그 한 켤레 구두에 매끈히 기름이 먹이어 반들반들하게 솔질을 하여 놓여 있는 것을 보고 놀래었다.

아내는 지금까지도 자기의 구두는커녕 제 몸조차 단정히 거둘 줄을 모르는 여자인데, 그럼 필시 이것은 숙이네 집안 사람이 틀림없으리라 하여 그는 고맙게만 생각하고 이날은 그대로 들어갔다.

그런데 이튿날은 마루에 밀어 내어놓았던 자기 손수건이며 헌 양말짝 같은 것까지 말짱하게 빨려서 빨랫줄에 걸려 있는 것을 철은 집에 돌아오다 보았다.

그는 자기 방 미닫이를 열고 우선 들어가려다가 문턱 아래 다붙어서 몸을 풀어 흔들 대로 흔들고 쿨쿨 낮잠 자는 아내의 꼴을 보고는, 갑자기 어디로 발을 밀고 들어갈 데도 없을 생각이 들어서 오늘은 그들에게 치사나 하여야겠다 하고 안방 문에 다가섰었다.

"날마다 빨래를 그리 수고롭게 해주셔서 고맙습니다."

하고 문밖에서 인사를 하니 안에서 급하게 미닫이가 열리며,

"선생님 돌아오셨어요."

하면서 바깥주인이 얼굴을 내어밀었다.

"원 별말씀도 다 하십니다. 오늘 숙이넌이 심심하다고 하면서 빨아드린다구 하더니."

하며, 빙긋이 웃으려 하는데 그 웃음이 다 끝나기 전에,

"네에."

하고 돌아서는 철의 가슴에는 무엇인지 아름다운 불길이 치미듯 낯이 화끈하는 것을 깨달았었다.

그다음은 물가에서 숙이를 만났다. 군청 시간이 늦어서 끝이 난 철은 여름날 저녁 어슬어슬 져가는 물가를 따라 집에 곧추 가기 싫은 대로 그대로 어정어정 낭암대 쪽을 향하여 걸어 내려가고 있었다.

몸이 곤하면 곤할수록 어쩐 일인지 한쪽으로 맑아가는 정신의 힘은 해결 못 한 채 묻어놓은 과거의 수많은 생각——사회, 개인, 생명, 시간, 생, 사 같은 이런 어지러운 문제의 썩어진 뒤꼬리를 물고 그의 가슴을 한없이 파들어가는 것이었다.

그리고 새삼스러이 다시 해결할 것도 없고 해결할 수 있는 것도 아니로되 그것은 또 모두가 의지(意志)라고 하는 한 큰 무덤에 입을 막아 넉넉히 고이 매장할 수가 있었던 것들이었다. 왜 그러냐 하면 대상을 가지지 아니한 의지 그것이라 하는 것도 결국은 또 무의지에 지나지 않는 것이니까 그러면 그 의지는 왜 대상이 없었는가. 대상이 없지 아니하다면 그럼 의지를 버리었던 것인가. 그렇지도 아니하다 하면 그런 것에는 관계도 없는 운명(運命)에 대한 깊은 의식이 자기에게 이러한 결심을 주었던 것인가. 그렇

다. 그 결심──그 큰 청맹과니가 내게 가치(價値)에 대한 판단력을 거부하였고, 그러므로 나는 무능력할 줄을 알았고, 나는 인생에 해태(懈怠)[19]한 사람인 줄을 알지 않았는가. 그것을 안다고 하는 것은 얼마나 무서운 일이냐. 그리고 대체 사람이 이것과 저것을 분명히 색별(色別)하여 알면서, 또 동시에 그 구별점이 모호해 가는 그런 허무를 사람은 어떻게 하여야 했던 것이냐.

그래서 만나기도 처음이요, 보기도 처음인 덩실덩실 벌레와 같이 뒹구는 음분한 늙은 창부 무릎 위에 몸과 마음과 돈과 아쉬운 것 없이 다 맡기고, 나를 건져달라고 하던 그것이, 그것이 또 동시에 내 결혼을 의미하였던 것이 아니냐. 그리고 그것이 또한 지금의 내 존재를 지속하게 하는 인생의 첫 고리가 되기도 하던 것이다.

── 왜 무엇을 건지라고 하시오.

── 내가 왜 있는지 모르는 슬픔의 탓으로 내가 무엇을 할 것 없는 허무에서다.

그러나 그 징글징글한 시궁에서 사지가 오싹하여 소스라쳐 깨었을 때에는 벌써 늦었던 것이 아니냐.

낭암대 앞까지 와서 생각에 시진한[20] 그는 모래밭 위에 앉아 거기 사지를 늘어놓았다.

방향 없이 헤매이던 이리가 물속으로 비어져[21] 나와 후줄근히 고개를 늘어뜨리고 몸을 추기고[22] 있는 모양을 한 이 낭암대 바위 어름에는, 여름날 저녁 깨뜰벌기[23]가 팔하니[24] 황혼의 넋을 달고

바람 한 점 스치지 않는 수면 위에 오락가락하고 있었다. 그러고
는 그 파란 무늬들 밑에 비로소 무시무시한 몇 줄기의 잔주름이
드러나는 것을 보고, 철은 자기의 어딘지 인제는 탁 안정해버리는
정신의 뇌장(腦漿)을 보는 것 같아서 갑자기 치를 떨고 일어섰다.
　이때이었다.
　이 은밀한 공기를 전하여오는 한 아름다운 노랫소리, 그 소리가
차차 다가오는 것을 듣고 그는 반사적으로 발길을 멈추었다. 그
리고 동시에 그것이 숙임에 틀림없는 것을 그는 직각하였다——
노래를 잘하고 또 노래를 좋아하는 이 소녀가 노 물가로 나온다
는 말일랑 들은 일이 있었던 까닭이었다. 그리고 그 소리는 너무
도 애련하게 들려온 까닭이었다.

　　자고 나도 또 바다
　　내일도 또 바다
　　푸른 물결 위로만

하고, 뚝 끊긴 맑고도 은근한 그 소리는 철을 보고 멈칫 서더니
빠른 거동으로 반만큼 외면을 하였다.
　철이와 소녀는 이로부터서 누구나 서슴지 않고 다른 한 사람의
손을 구할 수가 있었고, 또 구하는 대로 이 물가로 나올 수가 있
었다. 그리고 이날은 또 그들이 얼마 가지 않아 떨어지는 첫날 저
녁도 되었던 것이다.
　그러나 철이가 숙의 손을 잡고 물가로 온다고 하는 것에는 그의

아내가 생각하는바 그런 야박한 의미만이 섞이어 있지는 않았다 하더라도, 철에게 나날이 이 고을의 하늘과 땅─물과 길을 길답게 만들어주고 있는 것은 말할 것도 없이 이 소녀의 조그마한 손이었다. 그리고 이것이 철에게 있어서만은 한 광명과도 같은 것이 될 수 있었다 한다면 이 광명을 빚어낸 조그마한 손은 구원의 손이 아닐 수 없었다.

이렇게 생각할 사람은 못 된다 하더라도 그의 처가 이렇게 알아주지 말아야 할 리는 없었다. 하지만 그는 처가 하자는 한마디 말에 달갑게 숙의 집을 나와서 그의 처소를 바꾸었던 것이다.

나부끼듯이 팔매를 친 숙은 철을 뿌리치고 낭암대를 지나쳐 살랑살랑 걸어가다가, 문득 그가 쫓아오지 않는 것을 보고 다시 되돌아와서 대에 올라갔다.

그리고 가자미처럼 납작 돌 위에 엎드려서 희끄무레한 어둠 속에서 썩은 고목과 같이 그 자리를 움직여 나지 않는 철의 거동을 살피다가, 이윽고 몸을 일으키고 앉아서 그를 불러올리는 것이었다.

"무슨 근심이 있수, 아저씨."

숙은 철의 손을 당겨 곁에 가지런히 앉히며,

"나 얼마나 기다렸는지 아시우. 오늘만인 줄 아시고 아저씨두─ 아저씨 이사 가시구 나서 날마당이라우."

하고, 원망스러운 눈으로 철을 치떠서 보았다.

"으응."

"으응이 아니우."

"요새 좀 바빠서 그랬어."

"아저씨 나 오늘 집에 안 가우."

"왜 안 가. 또 싸웠니."

"……"

"싸워야지. 하지만 집에야 안 가서 되나, 걱정들 하시게."

"걱정해도 할 수 없지요 뭐. 싸웠다만 그래보세요. 아버지 또 학교에 가실 테니 아버지 학교 가시는 거 나 싫거든요."

"싫으면 잠자코 있지."

"잠자코 있으면 왜 모르나요. 사람이 벌써 나 찾으러 집에 갔을 걸요. 아까 내가 아저씨더러 내일이 학예회라 안 그랬어요. 그랬는데 글쎄 선생이 자꾸만 나더러 독창을 하라는구먼요. 아니 한다고 버티었더니 막 잡아끌겠지요. 그래 책상을 꼭 붙들고 악을 쓰다가 오줌 누러 간다고 하구 그대로 암말도 않고 와버렸다우. 성이 났을 거야. 하지만 하기 싫은 노릇을 어떡허우."

하며, 철의 얼굴을 치떠서 보는 것인데, 철은 처음에는 이 소녀의 말을 새겨듣지 못하는 듯하였으나,

"숙인 왜 그리 사람 앞에 나서기가 싫을구…… 자, 너무 늦었으니 내 데려다주지. 아버지께 말씀도 해드리구."

하며, 소녀의 손을 더듬었다.

그러나 숙은 그때는 벌써 그의 몸을 아양스럽게 몇 번인가 틀고 눈으로 빠른 입의 소리 몇 마디를 반박하고 난 뒤였다. 그리고 아저씨의 표정을 또 한 번 치떠보고 나서 그 눈은 다시 물 위에 깔리었다.

잘 보이지는 아니하나 그 눈방울에는 어느 결엔가 무엇인지 써늘한 그림자가 잦아들고 있는 것 같았다.

"아저씨, 나도 아저씨만큼은 아주머니가 가엾다우. 가엾다 뿐이겠어요. 내게는 고마운 어른이지요."

철은 소녀에게 어울리지 않는 이 난데없는 말에 숙이는 별말을 다 할 줄 아는구나 하고 웃어대려다가, 그러나 말을 끊고 나서 살그머니 오무라지는 그 작은 입에는 아무런 비웃적거림[25]도 없는 것을 보고,

"가엾기는 왜 가엾구, 고맙기는 또 뭬[26] 고마운구."

하였다.

"아저씨가 가엾은 양반이니까 가엾지요. 가엾지 않은 양반이고 보세요. 왜 아주머니가 가엾어요."

"허허허, 숙이도 허술치 않은데. 인제는 그런 말을 다 생각해낼 줄 알구."

"아저씨도, 왜 숙이가 그만한 걸 몰루. 아주머니가 나 미워하는 건 나도 안다우. 미워서 아저씨 데리고 이사 갔지요. 뭐 그렇지만 아주머니가 있기 때메 아저씨두 있는 거니깐 아주머니가 고마운 어른이지 뭐유 그럼."

"숙이가 있는대도 있지 않을까."

철은 그리고 웃으려 하였으나 그 웃음에는 경황이 없을 것을 알았다.

"그럼은요. 숙이만 있어도 소용없지요. 숙이가 있어도 아주머니가 없으시면 그만이지요 뭐."

"그럼 숙이는 없고 아주머니만 있으면 어떻게 될구."

"그래도 안 되지요. 그래서 나 아저씨 뵙는 걸 아주머니가 싫어하는 줄 알면서도…… 알아서 나도 인제 뵙지 않으려 하면서도 아저씨 다른 데로 가실까 봐 그러는 거라우."

"응, 그럼 숙이 말대로 하면 숙이만 있어도 안 돼, 아주머니만 있어도 안 돼, 하면 아저씨는 밤낮 갈팡질팡하는 걸 좋아하는 사람이게."

하였다.

그러나 그는 이 말을 하면서 진땀이 나도록 앞이 아득하였다.

"그건 난 몰라요."

"그럼 아저씨가 달아난다면 어떻게 되게."

"그때는 다 끝이 난 때지요."

"끝?"

철은 벼락에 닿은 사람처럼 외마디 소리를 지르고 소녀의 몸에서 한 걸음 물러섰다. 그리고 넋 없이 소녀의 얼굴을 바라볼 뿐이었다.

이때 그의 미간(眉間)에 불시로 몰려든 웃음인지 울음인지 모를 한 복잡한 표정은 오한이 되어 싸늘하게 그의 등골을 흘러내렸다. 그리고 그는 정신을 다시 수습할 때까지 경황없이 거기 서 있었다.

숙이 철의 손을 끌고 앞서서 바위를 내려왔다. 그리고 아무도 아무 말도 없이 조롱조롱 달린 거리의 불을 나란히 보고 묵묵히 물을 거슬러 올라갔다.

강을 따라서 모래 비탈 위에 강을 내려다보고 비끼어 있는 둔덕에는 뜸뜸이 큰 집이 많이 서 있었다.

학교며 면소며 군청 이발관 자동차부 그리고 그 관사들이 놓여 있는 이 등턱 줄기에는 그전 이조 때의 대개 지내던 사람들의 집자리가 많았는데 그러나 이제와 같이 많은 변천을 겪어온 이 땅에서도 아랫거리 김 씨네 댁만은 유독히 그 구태를 지니고 있는 집이었다. 그리고 그 집 줄기 전면에는 지금은 경성과 강원도 가는 자동차가 다닌다.

김 씨네 집 옆집이 바로 차부요, 차 정류하는 마당이 장으로 가는 길과 어긋매끼는[27] 십자로였다. 그러므로 물가에서 올라오는 사람은 차부와 이발소 사잇길을 거쳐서 바로 가면 이 장길에 나설 수가 있게 된 것이다.

철이 내외가 김 씨 집 뒤 초당을 얻어 이사 오던 날 놀란 것은 집은 모두 쳐서 사십여 간밖에 아니 되는데, 그 터전이 대단히 넓은 것이었다.

대문을 들어서면 길에 다가서 입구자로 앉은 몸채를 내어놓고는 집이라고는 이 오륙백 평이 넘는 터 위에 겨우 둔덕에 나붙은 철이 내외가 든 초당뿐이었다.

몸채와 이 초당 사이 텅 빈 데에는 장미 · 매화 · 살구나무 · 벚나무 · 석류 · 포도 덩쿨 같은 것까지 심고 봄에는 풀에서 오만 가지 꽃이 다 돋아나지마는 헛간이 많은 데다가 워낙 넓은 이 터전은 언제나 빈 것같이 허전할 뿐이었다.

그러나 이러한 집이건마는 저녁을 먹고 초당에 앉았노라면 어득어득하여지는 나뭇잎 사이로 젊은 주인이 쓰는 건넌방과 이 집에 밥을 붙이고 있는 보통학교 여훈도 방 방불이 서로 건너다보고 눈을 깜박거리는 것이 신산한 가운데에도 전연 아늑한 곳이 없는 것만도 아니었다.

그리고 초당 뒷문으로는 아침저녁으로 넓은 벌판으로 흐르는 강가의 여러 가지로 변하는 풍경을 눈 아래 볼 수가 있었다.

이러한 곳이어서 이사 온 뒤로 철의 기분은 이 주위에 대단히 어울려감에도 불구하고 순이의 걱정은 무슨 앙화[28]로인지 나날이 덧쳐[29]갈 뿐이었다. 이사가 잘못되었던가, 하지만 그렇게 아니 했다면 그때 또 어떻게 할 수가 있었담 하고 순이는 탄식한다.

년놈의 그림자가 눈 밖에 막 사라지는 것을 보고, 순이는 내려섰던 모래 비탈을 다시 올라와 초당으로 통하는 사립문을 되들어섰다. 들어서며 순이는 본능적으로 여선생과 자기네 방을 한 번씩 차례로 보았다. 그리고 다시 눈을 돌이켜 젊은 주인 방에는 분명히 불이 켜 있는 것을 또 한 번 다지고 나서 그는 늙은 오동나무가 한 그루 서 있는 곳으로 발을 옮기었다. 그 오동나무에 기대어서 그는 십 분 이십 분 기다리는 것이다.

이윽고 선생 방에 불이 당기었다.

불이 당기는 순간 순이는 바른 곳에서 오래 곪던 고름이 툭 터지는 아프고도 시원한 심사를 불현듯이 느끼면서 살살 기어 자기네 초당으로 돌아왔다.

그러자 얼만큼이나 있으려니 철이도 돌아오고 방에는 불이 켜

졌는데 순이는 누웠다가,

"인제 오세요."

하고 그제야 우두머니 일어나며 힘들여 점잖게,

"바로 오시는 길이시오."

하면서, 예사로이 남편의 안색을 훑어보았다.

"무슨 기쁜 일이나 있습디까, 싱글벙글하게."

"응, 싱글벙글이 아니라 저 채숙이네 말이야."

"채숙이네가 어쨌어요."

"채숙이 아버지가 그 애 학교 그만 보내겠다고 하기 말이야. 그리고 자기네도 인젠 이놈의 땅에 아니 있는 게 옳겠다고까지 하던데."

"그래 그까짓 것들 아니 있는 게 당신에게 그다지 기쁜 일이란 말이오."

하고, 순이는 눈이 도드라져라 하고 철을 얼굴을 치떠서 보았다. 철은 그 말에 흠칫하였다. 과연 처가 그래놓고 보니 자기가 숙이 집에서 그 말을 듣고 즐겁게 돌아왔다는 심사는 자기로서도 분명히 알 수 없는 일이었다.

지금껏 그것을 숙이 아버지에게 권한 것이 자기임엔 틀림없었다. 그리고 자기 말이 그대로 실현이 되었다는 단지 그 사실만이 기쁜 일이 아니었다 하면 숙이네가 떠난다고 하는 것과 자기와 자기 처가 그 가운데 대체 무슨 관련이 있다고 하는 것이냐.

그런 것을 생각하고 그는 하하 웃었다.

"웃어요. 웃으면 누가 모를까 봐서 웃어요. 치 해야 마음을 놓으라고 하는 뱃속이겠구려. 벌써 그만한 뱃속은 알 대로 알았다고 하시우."

순이는 그 웃는 것도 보기 싫다는 듯이 그에게서 눈을 떼어 먹다 남은 담배꽁초를 한 끄트머리 주워 물었다. 그러고는 물었던 것을 다시 입에서 떼어,

"안 나오는 웃음을 갖다 붙이기는 잘 갖다 붙여 웃소마는, 그래 봬도 젖꼭지 떨어지자부터 화류계에서 뼈손이 굵은 내요."

하면서, 어이없이 이쪽을 쳐다보는 철의 눈을 마주 보고 흘기는 것이다.

철은 철이대로 아까부터 자기의 그 알지 못할 심사를 연상하고 있는 것이었으나 기실 멍멍히 아무것도 생각하는 것이 없이 앉았다가 문득 순이의 이 말끝을 채어 듣고,

"굵었으니 어쩌란 말인가."

하고, 흘러내리는 안경을 치켜서 썼다.

"굵었으니 보잘것없는 년이란 말이지요. 팔을 끼고 산보 다닐 처지도 못 되고 학식이 누구만큼 있는 것도 아니니까요."

"그래 그게 누구란 말이야."

"누구는 누구야요. 내한테 물어야 알 일이오 그게."

하고 순이는 일단 말을 늦구기[30]는 늦구면서 쇠꼬치같이 닳은 그 눈들은 철이 면 위에 있었다.

철은 더 물으려고도 하지 않고 또 대답할 것도 없이 묵묵히 앉아 있었다. 순이도 잠잠하였다. 그리고 두 사람 사이에는 무거운 침묵이 얼마 동안 계속되다가 이윽고 순이가 먼저 입을 열었다.

"그래도 바른 말을 안 해요. 그래 그 미련하고 고집 세고 둘한[31] 갓바치의 딸을 가지고 산보를 간다느니 노래를 부르고 다닌다느니 어쩌니 저쩌니 한 것도 다 뭣 때문에 그랬던 거요. 당신이 수단껏 한 짓인지 여태 누가 모르는 줄 아우. 그 수단을 써서 여기 이사를 시켜놓고 단 꿀은 딴 항아리에 담아두고 당신 혼자 다니며 떠 먹잔 배씸[32]이지— 그러지 말고 싫으면 싫다고 왜 진작 못 하느냔 말이오."

"……"

"당신은 나를 더는 건질 수 없는 더러운 년으로 알지요. 아닌 게 아니라 오고 가는 어중이 떠중이가 내 몸에 쉬를 쓸[33] 대로 쓸고 가서, 이제는 담배꽁초만큼도 쓸데없이 된 년인 줄 나도 모르지는 않아요."

"……"

"이년은 몸이 더러운 년이야요. 믿을 것도 없고, 못 믿을 나위도 없는 아무 쓸데없는 년이야요. 하지만 당신같이 깨끗한 것은 또 이런 년에게 죄가 아니 된단 말이요."

순이 어조에는 벌써 아무런 비웃음도 없는 진실한 것이 있었다. 그리고 그 까닭에 몹시 애연한[34] 것이었다.

"왜 아무 말도 없어요. 글쎄 깨끗한 것은 이런 년에게 죄가 아니란 말이야요. 당신은 보기도 처음이요, 만나기도 처음인 자리에서 백 원짜리 돈뭉치를 어쩔지 모르고 쳐다보구 앉었는 이년에게 내던지며, 나는 모르겠다고 하였지요. 그리고 흩어지는 돈뭉치를 어쩔지 모르고 쳐다보고 앉었는 이년에게 당신은 아무 바라는 것도 없이 그대로 섬쩍[35] 뛰어나가버리었지요. 왜 그랬어요. 무엇 때문에 그랬어요. 그것이 취중이라서 한 일이었어요. 그랬다면 당신에게 달려간 이년을 그때 왜 소용없다고 못 하였어요. 깨끗한 것은 이년에겐 죄가 아니란 말인가요. 그리고 그때부터 이년 가슴속엔 벌써 당신에게 복수할 것이 생긴 건지도 몰랐던 거라면 당신은 지금 뭐라고 하겠어요. 당신은 이년더러 채숙이년께나 그 선생년께 괜히 샘을 한다고 생각할지도 모르지만, 또 그랬다면 그게 내 잘못인가요."

"선생! 그럴 줄 알았다."

철은 한마디 이랬을 뿐이었다. 그리고 고개를 수그렸다.

"그래도 왜 그런 걸 감추고 계시오. 이년은 인제는 그 철없는 복수가 되었건 아니 되었건 물러설 차례니깐 물러서게 마련된 게 내 직분이니깐 그러는 건가요."

순이는 탄식도 아니요, 원망도 아닌 한숨을 내쉬며 이러하였다.

그러나 철은 그에 대한 아무런 대답도 아무런 변명도 하지 않았다.

"채숙이와 여선생, 응 그렇다. 내가 그들에게 구원받을 길이 있다 하면 구원도 받을 것이다. 그리구 너를 떠나고 싶은 생각이 없는 것만도 아니기는 하다."

"하지만 그때 내가 네게 모든 것을 바치려 하던 것이 아무런 의지도 없이 한 일은 아니었다 하더라도 그것은 또 너를 동정한 탓도 아니었던 것이다. 너는 지금도 내가 너를 동정한 줄로만 안다. 그러나 내가 누구를 동정한다는 말이냐. 누구를 건져낸다고 하는 말이냐. 건질 것이 있다면 그것은 나를 건지지 못해서 하는 나도 모르고 너도 모르고 어떻게 할 수 없는 내 어떠한 결심이었을 따름이 아니냐."

철은 고개를 들어 아까부터 자기에게서 대답을 기다리는 순이 얼굴을 한번 쳐다보고,

"왜 아무 말도 없느냐고. 무슨 말을 하라는 말이냐. 그전 나는 너더러 잘나 보이겠다고 한 말이 있었다. 너는 내가 잘난 것인 줄로 알 것이다. 그러나 그 잘난 것이 너는 구하고 나를 구하지 못했으면 어떻게 할 터이냐. 그리고 누구보다 잘나겠다는 내 말이었느냐. 지금 나는 아무런 위인(爲人)에게도 내 구원을 청할 수 없는 완전히 질투 없는 괴롬에 시달릴 뿐인데—"

"너는 구원을 받지 못했다고 지금 애걸한다. 그것이 내가 잘나지 못한 탓이라면 그것은 나도 모를 일이다. 그러나 그 까닭에 더욱 나는 너에게서 떨어지고 싶지 않을 것이다."

"그러나 내가 아무에게나 사랑을 구할 수 있는 사내요, 또 아무에게나 사랑을 받을 수가 있다고 생각하는 사내로 아는 것이 네게 괴롬이 된다면, 그것은 아무의 죄도 아니요 네 죄일 것이다. 그것이 내 거짓된 연고라고 하는 말이냐."

하였다. 그러나 물론 이것은 입가에 내어서 한 말들은 아니었다.

저녁을 가져올 생각도 없이 이렇게 하다가는 언제까지나 시달릴지 몰라 철은 순이의 고양이같이 노리고 있는 무시무시한 그 눈찌[36]에서 눈을 떼었다. 그리고 그 자리를 일어섰다.

물론 순이도 이때 가만히 있을 리가 없었다.

그는 화닥딱[37] 쫓아 일어나며 철이가 한 팔 뀄 양복 저고리 소매를 나꾸어채었다.

"어떻게든지 하고 가요. 나두 부득부득 당신을 잡아두려는 건 아니요, 무슨 말이든지 끝을 내고 가란 말이야요. 당신같이 까닭 모를 사람이 어디 있단 말이요."

"나도 모른다."

철은 갑자기 얼굴이 파르라니 질리면서 반사적으로 이러하였다. 그리고 나꿔채는 저고리 소매를 꽉 두 손으로 붙잡고 순이의 팔을 휘둘러 빼었다.

순이는 철이가 휘두르는 대로 몇 걸음 모으고 비틀비틀 비틀거리더니 부엌문 기둥에 머리를 박고 거기 주저앉았다.

그 서슬에 방문을 나서는 철의 뒷모양이 번개같이 머리에 빛났을 때 그는 다시 일어나려고도 하지 않고 그대로 그 자리에 엎드러져 있었다.

하루하루 거리의 풍경[38] 소리가 짙어가면서 가을 기분도 소슬한 밤이었다.

인제는 무거운 것을 다 떨어놓은 포도 덩쿨에 저녁 바람 소리가 잦아들려고 하는 땐데 순이는 설레는 마음으로 가시를 부수고 나서 오늘은 끝말을 내어야겠다 하고 부엌문을 나섰다.

축축히 누기[39] 받은 나무들 사이를 지나 조심스러이 젊은 주인 방 뒷문에 다가섰을 때 안에서는 바깥주인의 코 고는 소리밖에 아무것도 들려 나오는 것이 없었다. 벌써 저녁이 끝나고 한잠 들었나 보다 하면서 순이는 선생 방으로 발머리를 돌리었다.

선생 있는 방은 이 집 안방으로 지어진 네 칸이 넘는 길쭉하게 터진 방이었는데, 선생이 오자 거기 장지를 들여 세간으로 막고 그 맨 아랫방에는 이 집 노주인, 그다음 칸에는 진실한 예수 신자인 주인 할머니, 그리고 선생 방이었다.

선생 방과 젊은 주인 있는 방은 마루 하나를 가운데 놓고 있는데, 그러므로 자연 이 마루는 선생 방과 건넌방이 공통으로 쓰는 출입처로도 되어 있는 곳이었다.

아무런 기척도 없이 방문이 열리는 틈에 선생은 털것 짜던 손을 멈추고 황급히 이쪽을 쳐다보았다.

그 얼굴에는 분명히 낭패의 빛이 떠오르는 것을 순이는 본 것 같았다.

"무슨 일을 이리 쫌쫌이들 하세요. 벌써 겨우살이가 아니라구요."

순이는 선생 옆에 가 바싹 다가앉으면서 선생 짜던 털것을 한 끄트머리 잡아 눈에 갖다 대었다.

그리고,

"이거 바깥어른 게로구면요."

하면서, 보아라 이년 하듯이 선생의 눈치를 노리었다. 그리고 그 눈으로 옆에 비스듬히 앉아서 바지에 솜을 고르고 있던 젊은 안주인에게도 새삼스러이 인사를 한다.

"선생 오라버님 거랍니다."

선생이 아무 대답도 없는 것을 보고 젊은 안주인은 순이의 그

실름실름 일부러 웃음을 짓는 눈에 이렇게 대꾸를 하였다.

"아이구 어쩌면, 오라버니가 다 계셨어요. 난 또 어느 좋으신 어른 거라고요 호호호."

"선생님께서는 안적 좋은 분은 없으시답니다."

"아이구 어쩌면 저렇게 좋으신 나이에 여태 그런 분이 없으실까. 하지만 남이 한창 우러러보시겠으니 얼마나 좋으실구."

순이는 이러며 마디마다 감탄사를 넣는 것이나 얼만큼 입 끝을 비쭉 내어민 그의 아랫입술에는 처음부터 서슬 푸른 비웃음이 감추어 있었다.

"그렇지 않으려면 숙자 어머니처럼 바깥어른을 잘 만나시거나."

"아이, 갑작스럽게 별말씀을 다 하세요. 집⁴⁰이 그렇게 잘해주시는 줄 아세요. 하루 종일 면소⁴¹에 가 계시다가 돌아오셔선 저녁 잡수시고 곧 또 나가시는 어른인데 하루도 빼지 않고 날이면 날마다 낚시질이니 뱃놀이니 뭐니 하고—"

"하지만 오늘도 댁에 계신가 보던데요."

"네에, 오늘은 늦게 무슨 이 골 관청 어른들의 뱃놀이가 있다더니 그래서 한잠 주무시고 가신다더군요. 바로 그렇게 날마다 계시는 어른인가요."

하고 멋도 모르고 안주인은 대꾸를 하기 시작하였다.

"사내 양반이 집에 붙어 계시면 뭘 합니까. 구더기같이 덩실덩실 집 안에서 굴기나 하면 징그럽기나 하지."

"아이, 현 주사 댁도 별말씀을 다 하시네. 그런 점잖은 어른을 모시고서…… 요새 댁 어르신께서도 낚시질을 시작하셨다지요. 가끔 숙자 아버지도 만나 뵙는다던데요."

"네에, 요즈음 뭐 한답시고 저녁마다 나가나 봅디다만, 나가서 누가 무슨 짓을 하고 돌아다니는지 압니까."

하고 그는 힐끗 선생의 얼굴빛을 살폈다.

"왜 그런 말씀을 하세요."

"왜 그런 말이 뭡니까, 어떤 사람이라고요. 그러기 한집에 살면서도 한 길 사람의 속을 모른다는 게 옳아, 나의 색시란 색시, 남의 계집이란 계집은 한번 거들떠보지 않는 법이 없고 아무렇게 해서라도 수작을 붙여보지 않고는 못 배기는 사람인데."

하고, 그는 또 한 번 선생을 흘기어보았다.

"현 주사 댁도 어쩌면 그런 말씀을 하세요. 정 하실 말씀이 없으신가 봐."

하는 것은 숙자 어머니의 말이었다.

"할 말이 없는 게 뭡니까. 있으면 자그마치나 있게요. 이 집 오기 바로 전에는 저 장터 갓바치네 집 바보 같은 년을 한바탕 추넘질을 하고 왔답니다. 그리고 여기 와서는 또."

"네에? 장터 갓바치 딸이라니 저어."

선생이 대바늘을 반이나 털 끝에 꿰다 만 채 이렇게 갑자기 순이의 얼굴을 쳐다보는 바람에,

"네, 갓바치 딸이요. 그런데 왜 그리 놀라세요. 그 말에 선생이 그리 놀라실 줄은 참 천만뜻밖인데요 호호호. 설마 무슨 인제 알아서 너무 늦어진 일이 있으신 건 아니겠는데."

순이는 아랫입술을 비쭉 내밀어 이러면서 비웃고는 머뭇머뭇 무슨 말을 더 계속하려다가 말았다.

그는 이 기회에, 하고 속으로 생각하지 않은 것은 아니었으나 다시 생각하고 뒤끝을 애껴 끊었던 것이다. 그러나 이때 선생이,

"아니, 일이 있는 게 아니라 그 애가 우리 학교 다니는 아이가 되어서요."

하니까, 순이에게는 맥이 풀리는 대답이 아닐 수 없었다.

선생은 순간적이나마 자기가 놀래었던 것을 스스로 어리석게 생각하였는지 다시 머리를 소곳하더니 몇 겹 남지 않은 자켓에 실을 주기 시작하였다.

순이는 도드러진 눈초리로 선생을 노리었다. 다만 그는 오늘도 자기 말이 서지 않기 시작하는 것을 직각하고 낙심하지 아니할 수 없었다.

같은 집에 살면서도 이 집 노할머니조차 선생에게는 늘 전도를 하면서 자기에게만은 예수의 예 자도 천당의 천 자도 입에 대지 않는 것은 오늘따라 안 것이 아니었다. 그리고 순이 자기도 물이 되든 불이 되든 자기의 하고 싶은 말을 참고 돌아갈 여자는 더욱 아니었다. 이 좋은 기회에 최후의 말을 선생에게 따지지 못하고 돌아가는 것은 분한 일이 아닐 수 없는 것이다.

"은덕이 망덕이란 말도 없지 않아 있다듯이."

하고 순이는 다시 숙자 어머니에게 총 머리를 돌리며,

"그것도 내가 공부를 시켜서 그만큼이라도 되었답니다. 인젠 다 드러난 말이니 말이지 그전 향란이라면 그래도 참 이름 있는

기생이었거든요. 총독부 누구누구, 경찰서 누구누구, 변호사 의사 무슨 시장패들 할 것 없이 다 참 쳐줬지요. 그 시절에 뭐가 못 미쳐 말라붙은 무말랭이 같은 그까짓 녀석하고 산답니까. 지금 이렇게 되어서 곧이들을 사람도 없겠지마는 할 수 없어 내한테 와서 무릎을 꿇고 빌던 작잔데요 뭘. 그렇던 허두잡이[42]가 오늘날은 꼴불견이 되어서 꼬리를 젓고 다니는 걸 보니!"

기가 막히는 소리를 다 못 하지 않느냐는 듯이 순이는 이러면서 숙자 어머니의 대꾸를 제치었으나 숙자 어머니는 인제는 아무 말도 없이 그대로 수긋하고 바지에 솜을 이어나갈 뿐이었다. 그러하매 자기 말을 계속하자면 그는 어성을 낮추지 아니할 수 없음을 깨달았다. 그 소리는 애연하게 울어 나왔다.

"하지만 지금에야 속절없이 먹는 나이를 어찌할 수 있어야지 않아요. 그래서 그렇구 간에 살아주런만 지금은 도리어 저편에서 그러는 걸 보면 이러다가 나중엔 헐[43]을 벗을 길조차 없으려니 하는 생각까지 나는군요."

"사내 어른은 다 그러신 줄 알고 그저 그럭저럭 살아가는 수밖에 없지요. 어느 집이나 씻고 보면 어디 그리 알뜰한 곳이 흔합니까."

숙자 어머니는 머리를 들려고도 하지 않고 으레껀으로 이렇게 한마디 하였다. 너무 순이가 민망할까 보아서 한 대꾸였던 것이다.

"그러니깐 어차피 그럴 테면 분풀이로 몇천 원 위자료나 청구해서 한번 혼이나 단단히 내어볼까 하는 생각도 없지 않아요. 그래 이 선생과 의논했더니."

하고, 순이는 다시 선생에게 갑작스럽게 손을 엎어 돌리며,

"이 선생은 그래서는 밤낮 마찬가지라고 하십니다그려. 그리고 아주 아무것도 청구하지 말고 딱 갈라서는 게 지금이라도 낫다고 하신답니다. 그렇지요, 선생 어르신."

하며, 그는 선생 얼굴에 나타나는 반응을 살피었다.

"그렇지만 그 어른이 그만한 것을 내실 수가 없으시다고 하시니까 아주 갈라서시려면 일찍 그렇게라도 하시는 게 좋을 성싶어서 그런 말씀 한 거지요, 숙자 어머니."

선생은 짜나가던 털것에서 머리를 들어 숙자 어머니에게 동의를 구하였다. 그리고,

"그리구 저는 저밖에 의논할 데가 없으신 줄 알고 그랬어요. 제가 뭘 그런 걸 알아야지요."

하며, 이런 일은 자기에겐 조금도 알 도리가 없는 것인데 공연히 시빗거리를 만들었다는 듯이 일감을 놓고 그 자리를 일어섰다.

"아이, 이것 끝을 마치려단 밤이 가겠는데요. 내일 운동회에 쓸 당목 몇 자 끊으러 갔다가 어쩌면 경성여관에 들러서 그것 박아 가지고 오겠어요. 미안하지만 앉아서 이야기들 하세요."

그리고 기지개를 하듯이 서서 약간 몸을 위로 뽑으며,

"가을이 되면 뭐니 뭐니 해서 몸이 곤해 죽겠어요."

하고, 변명하듯이 생긋 웃으며 선생은 방을 나가버렸다.

숙자 어머니도 일어나려 하였다.

"나도 방에 가봐야지요. 숙자년이 혼자 잘걸."

하고, 그제야 자기도 생각난 듯이 하던 일을 차근차근 개어 손에

엎어 들었다.

이러하거늘 순이는 오늘도 끝말을 내리려고 하던 것이 이렇게 될 줄을 뜻밖으로 생각하며 그렇지만 하는 수 없이 자기도 따라 마루로 나왔다.

그러나 그는 자기의 초당으로 갈 생각은 없이 숙자 어머니를 쫓아서 건넌방으로 대선 것이다. 그리고 숙자 어머니가 자기 방문을 열어제치고 혼잣말로 나가셨군 하면서 순이를 맞아들이려 할 때 그는 이 숙자 어머니의 혼잣말에 직각적으로 혼자 속에 짚이는 것이 있는 듯이 주춤 발끝을 멈추고 어둠을 가리어 초당 쪽으로 건너다보았다.

과연 아니면 무엇이냐. 거기 서 있는 것이 현가가 아니면 무엇이냐. 그때 현은 구두끈을 매고 나서 막 허리를 펴는 모양이었으나 순이는 그다음 순간 자기 남편과 남편의 앞을 서서 나가는 선생 사이에 어떠한 눈짓이 벌써 오고 가는 것을 또 분명히 본 듯하였다.

순이는 일단 숙자 어머니를 따라 방 안에 들어갔다. 그리고 그는 들어선 채 앉지도 않고 몇 분간 이상히 주뭇주뭇**하다가,

"나도 집이 비어서 가보아야겠어요."

하고 다시 마루로 나와버리었다.

생각이 있어 한 노릇이니까 물론 순이는 초당으로 돌아간 것은 아니었다.

그가 대문을 나와서 경성여관 있는 윗거리를 바라보았을 때에는 선생과 남편의 두 사람 그림자가 희미한 가로등 밑에 희뜩희

뜩 앞서거니 뒤서거니 멀리 사라질 때였다.

순이는 따라 나와 네거리까지 와서 이발소 모퉁이에 몸을 세우고 경성여관으로 들어가는 남편의 뒷모양을 살피었다. 그리고 선생이 경성여관을 지나쳐 어느 포목전까지 갔다가 다시 돌이켜서 역시 그 여관에 돌아오는 것을 틀림없이 볼 수가 있었다.

철은 밤이 퍽 들어서야 배에서 돌아왔다.

얼근히 술이 몸에 퍼졌던 김이라 그는 쓸쓸하니 스며드는 밤바람에 맡기어 가는 줄 모르게 낭암대까지 거닐어 가다가 집에 돌아왔을 때에는 어느덧 자정 가까운 시각이 되어 있었다.

그는 이때껏 처가 돌아오지 않은 것을 이상히는 생각하였으나, 어디 마을을 가서 늦는 게지 하고 그대로 자리를 보고 드러누웠다.

그러자 안마당에서 날아오는 여편네의 찢어지는 높은 갈랫소리를 귀에 담고 번쩍 머리를 들었는데, 이미 이때는 바깥을 엿볼 틈도 없이 그 소리가 어느덧 중마당까지 달려온 때였다.

"저기 저 문에서 나와 이리 달아 나오는 걸 누구는 못 봤을까 봐서."

하고, 그 소리는 초당 댓돌 앞까지 다가와서,

"자 들어가봐, 지금 와 있나 안 있나."

하면서, 쾅하니 마루를 밟고 올라섰다.

철은 어느 불길한 예감에 갑자기 부닥치며 그 히스테리컬한 소리에 소스라쳐 일어섰다.

그것은 분명한 순이의 목소리였다. 그리고 문고리를 철그닥 나

38

꿰채는 소리에 딸려서 거기 나타난 것은 입에 거품을 물고 얼굴이 파라니 질린 순이였다. 보니 몸에는 철의 낡은 파나마 모자와 양복 저고리가 걸치어 있었고, 아랫동은 그대로 흐트러진 치마가 발끝에 친친 감기어 있었다.

순이는 문을 열어제치고 철에게 달려들었다. 그리고 어리둥절하여 섰는 그의 앙가슴[45]을 두 손으로 움켜잡고 다짜고짜로 문 밖으로 끌어내었다.

아무런 저항도 없이 끌려 나간 철을 마루 끝에 세워놓고 그는 자기도 거기 털썩 주저앉았다. 그러고는,

"자, 여기 있는 이놈이 아니구 뭐냐 말이야. 응 뭐냐 말이야."

하면서, 여누다리[46]를 시작하였다.

"이 년놈들, 응 이 년놈들. 남을 업신여겨도 분수가 있지. 너희들은 얼마나 정하고 깨끗해서 남의 서방마저 이년 저년에게 빼돌리느냔 말이다. 응 그리군 그 더러운 욕을 그래 내한테다 씨우려고 해. 내가 못 본 걸 이렇게 봤다 했어. 이 년놈들, 이 년놈들아. 분통이 터져 죽겠구나. 분통이 터져 죽어."

발악을 하고 나선 갑자기 비칠비칠 일어서며,

"이 선생년인가 뭔가 한 년 이년 나오너라 나와."

하며 안마당으로 달려가려고 하였다.

그러나 사람들은 순이를 붙들어서 다시 철에게 맡기었다.

철은 이렇게 들썩들썩하는 동안에야 겨우 마당에 모여든 사람들의 얼굴을 일일이 볼 수가 있었다. 거기에는 다른 데서 온 사람은 없었고 이 집에 사는 사람들뿐이었다. 다만 그 틈에서도 선생

의 얼굴은 보이지 아니하였다.

그는 비틀비틀 쓰러지려는 순이를 꽉 두 팔에 휘어 감고 방에 들어와 자리 위에 그 계집의 몸을 눕히었다.

이때 철은 무엇이 어떻다 할 것도 없이 종내 이날이 오고야 만 것을 전부 이해하였을 뿐이었다. 그리고 눕히고 나서 그는 무엇을 하는가 하였더니 새삼스러이 정색을 하면서 계집 앞에 무릎을 꿇었다.

"내가 잘못되었다. 이렇게 될 줄을 뻔히 알면서 어떻게 하지 못한 것이 내가 잘못이다."
하고 빌었다.

순이는 이때 갑자기 온 전신에 맥이 풀리는 것을 느끼며 철의 얼굴을 쳐다보는 일도 없고 아무런 말도 하지 않았다. 반듯이 누워서 머엉하니 천정을 바라보는 그 눈찌는 실성한 사람과도 같았다.

그리고 이렇게 추측하는 힘이 빠른 여자에게 흔히 있는 것처럼 어느 한편 몹시 단순한 그는 역시 얼마 있지 않아 잠이 들고 말았다.

철은 순이가 잠든 것을 확실히 인정하였다. 그러고는 이윽고 정신을 가다듬어 숙자 아버지를 만나려 그 자리를 일어서 나왔다.

"바른 대로 말씀드리면 오늘 밤 일어난 일은 어떻게 된 자초지종을 새삼스러이 여쭐 것도 없이 미리부터 제게 짐작된 것이 없는 것은 아니었습니다. 그러므로 이것은 애초부터 제 처의 잘못이라고만도 못 할 사정이 있는 것입니다. 이렇게 여쭙는다고 하여서 물론 이것은 제 변명도 아니요, 제 처의 허물된 것을 감추려고 하는 뜻만도 아닙니다. 또 그 사정이라고 하는 것도 처와 저 사이의 것에 불과한 것이니까, 따라서 제가 여러분에게 진심으로 사죄하는 것은 물론 당자 되시는 그 선생 어른도 뵙고 할 수만 있는 일이라면 무엇이든지 그의 무고한 것을 변명해드리고자 하는 생각입니다."

"네에, 물론 저도 이 일에 대해서는 그 선생에게도 적지않이 미안한 생각이 있습니다. 하지만 지나고 난 일을 지금 시야비야했대야 별일 없는 일이요, 선생도 별말씀 없이 우리에게 모든 것을 일임한다 하며 새삼스러이 이 일을 밝히고 싶은 생각도 자기는 없노라고 하셨다 합니다. 그리고 오늘 저녁은 자기 동무 어른 댁에서 주무시고 오신다고 하셨다는데 계시어도 뵈이실 어른도 아닐 겁니다."

"네에, 그렇겠습니다. 그럼 저도 선생을 만나 뵙지 않겠습니다. 하지만 그 선생은 이 일을 어떻게 생각하고 계시는지요."

"그거는 저도 자세히는 모르겠습니다. 하지만 이 일은 대단히 공교롭게 일어난 것같이도 생각되는 데가 많습니다. 아까 집안 식구들끼리도 이야기했습니다마는, 제가 배에서 선생들과 헤어지고 나서 잠깐 장터 이 서방네 가게에 들렀다가 돌아온 것은 자정이 넘은 시각이었습니다. 지금 제 처의 말을 종합해보면 내일 아침이 학교 운동회이어서 그 선생이 운동회에 입을 적삼을 경성여관 주인 방에 박아 가지고 돌아왔는데 그 뒤에 끝을 이어 제가 또 막 왔다는군요. 오늘도 저는 노 다니던 길로 온 것이지마는, 그

길이 선생 방 뒷문 곁을 스치어 오는 길이고 보매 선생이 돌아오셔, 제가 돌아와, 또 돌아오자 선생 방에 불이 켜져 하니까, 그 방에 두 사람이 다 들어간 걸로만 보였겠지요. 그런데 현 형 부인이 보시기에는 저를 잘못 보시고 현 형이 들어가신 줄로만 알으시지 않았나, 이렇게 생각되는 겁니다. 그래서 한참 있다가 둘이서 누워 잘 만한 때 부인이 그 복색을 하고 선생 방엘 들어가신 것이 아닌가, 그리고 들편들편[47] 들어가 살피자 선생이 깨어서 소리를 쳐 집안 사람들이 모여들어 그리구 모두들 자기를 시야비야하기 시작하니까, 초당 쪽으로 쫓아가면서 이 길로 도망을 갔다, 와 있나 안 있나 보자 하며 서둘렀던 것이 아닌가 하는 겁니다. 그렇지만 그때 우리가 그러는 그의 뒤를 따라가면서도 현 형이 또 그렇게 공교로이 와 계시었을 줄은 몰랐습니다."

"아하, 정녕 그렇게 된 일이겠습니다. 그 선생도 이렇게 알아주시겠는지요."

"그야 그렇게 생각하시지요. 그뿐 아니라 벌써 선생이나 우리 집에서 나는 자기네를 변명할 것조차 없으리만큼 부인에게 대해서……"

하고, 주인은 말을 계속하지 못하고 그대로 뚝 소리를 끊어 넘기었다. 그것은 남의 남편 되는 사람을 맞대어놓고 차마 하지 못할 말인가 싶었다. 그랬다고 철의 그때 얼굴이 아니 붉어질 수는 없었다.

철은 돌아왔다.

돌아와서 다시 그 방바닥에 털썩 주저앉으니 그때에선 별로이 부끄러운 생각도 없고 번민도 분노도 일어나지 않았다. 오로지 몸이 몸덩어리만이 천 근만큼이나 피곤할 뿐이었다.

그러나 그 피곤도 그것에 따라서 일어나는 그의 나태(懶怠)의 정신에 비하면 아무것도 아니었다. 그 나태는 모든 것을 응시하고, 또 따라서 모든 것을 거부하는 정신이었다.

그는 순이의 자는 얼굴을 들여다보았다. 그 푸른 입, 요염한 미간에 뭉킨 독기 있는 의혹과 증오의 표정은 순간적으로 철에게 이 계집과 자기와의 관계를 가장 짧은 정의(定義)로 해서 회상시켜주는 것이 있었다. 그리고 그 회상은 이 한 점에 와서 이상히도 서리는 것이었다.

—— 철은 가끔 이러한 때 먼저 잠든 이 계집의 얼굴을 언제까지나 노리고 있는 것이었다. 그리고 이렇게 노리던 끝에는 그만 이 계집의 목을 그대로 눌러버리고 싶은 짐승과 같은 욕심에 부대끼는 수도 한두 번이 아니었다. 그러나 이상한 것은 그런 충동이 격하여 올 때마다 또 신묘하게도 그 계집의 눈이 뜨여서 철의 살기 스민 눈을 마주 쳐다보는 때가 많은 것이며, 또 그렇지 않고 눈이 언제까지나 뜨이지 않고 잠을 계속하여 나아가는 때에는 철은 곧,

'그래서 내가 살아날 길이 있다는 말인가, 내가 누구를 멸시할 수가 있을 것이며 누구를 미워할 수가 있어.'

하는 따위의 자기 질책의 소리를 가슴 깊이 듣지 않을 수 없어서 여지껏 무사히 지내온 것이었고, 이것이 또한 자기가 처를 두고 가지는 전[48] 노골적 감정이 아닐 수도 없었다.

그는 순이의 얼굴을 다시 한 번 들여다보았다. 그리고 이 책고[49]

중 어느 것이 그를 괴롭히었는지, 그렇지 않으면 아무런 괴롭도 이때 그에게는 있다고도 할 수 없었던 것인지, 그는 그 자리를 일어나서 책상 앞에 다가앉았다. 어느 결심의 빛이 싹 그의 질리인 얼굴을 스치고 갔다.

그리하여 그는 설합[50]에서 종이 한 장을 꺼내어 그 위에 이렇게 썼다.

나는 너를 떠날 결심을 하였다.

내가 너를 사랑하지 않는 탓도 아니요, 너와 같이 살아가는 것이 부끄러워서 하는 것도 아니다. 더럽기로 한다면 나는 너보다 몇 갑절 더한 놈인지 모르는 놈이다.

나도 너처럼 더럽고 하잘것없는 놈이니까, 진심으로 조금도 부끄러운 생각 없이 여태껏 너와 같이 살아온 것이 아니냐. 그것은 지금과 예전에 다를 것이 없다.

그러나 너는 어디까지 따라가서든지 네가 받는 남의 업신여김을 무엇으로든지 끝을 보지 않고는 못 배기는 성미인 줄은 오늘 지금에야 알았다. 그것이 나는 못 배기는 것이다. 지금 떠나면 나는 더 보잘것없는 짓을 하고 더 보잘것없는 계집을 얻고, 또 이보다 더 부끄러운 처지에 박혀 있을는지도 모른다. 하지만 그런 때가 있다고 하더라도 그중에서 역시 나를 구원하는 것은 내 해결성 없는 '지속의 버릇'일 것이다. 이런 것은 쓰지 않아도 알 일이지마는 내가 여태까지 너와 아무 결말이 없이 살아올 수가 있었다는 것은 분명한 그 증거의 하나가 아니냐.

그러면 너는— 이 해결을 내게 맡기고 가느냐 할지도 모르겠다. 하지만 그것까지는 나는 모른다. 여기 동봉하여 넣는 편지는 내 퇴직금을 네게 위임하는 위임장이다. 이 적은 돈까지도 벌써 네게는 소용되지 않을 것까지 나는 시방 모를 것 같지도 않다. 허지만 내 이 무서운 예상이 맞지 아니하여 네가 이 돈을 쓰게 된다면 그날도 또한 좋은 날이 아니냐.

현 철.

　순이에게

철은 여기서 붓을 놓았다. 그리고 그는 설합에서 종이 두 장을 더 내어 한 장에는 위임장을 써서 편지와 동봉을 하였다. 남은 한 장에는,

　선생님

이라고만 먼저 썼다. 그러나 뒤에 다시 생각하고 이것을 찢어버리고 말았다. 누구를 위해 변명을 해준다는 것도 이렇게 되면 벌써 사람의 손으로 될 바가 아니었다. 오직 이때 철의 머리에는 어느 날 저녁 숙이가 낭암대에서 "그때는 끝이 난다"고 한, 한마디 말이 다시 번개같이 오싹하게 그의 머리 한 귀퉁이를 스치어 지나간 것이었다.

그는 치를 부르르 떨었다. 그러나 그다음 순간에는 그것도 일종의 통쾌한 미소가 되어 그 얼굴에 떠올랐다.

이윽고 그는 그 자리에서 일어섰다.

내가 만일 나를 능란한 이야기꾼으로 자부할 힘이 있는 사람이라면 이 이야기는 여기서 넉넉히 끝이 나야 했을 것이다. 하지만이 이야기는 여기서 끝이 나지 못하였고 또 끝낼 자신도 없는 나는 차라리 끝까지 본 것을 본 대로 다 털어놓고 일어서는 것이 제 직분일 성싶고, 또 그뿐으로 겨우 역부족한 자의 덕을 삼으려 하지 아니할 수 없음을 느낀다.

아침 미명에 순이는 눈을 떴다.

이것은 사람이 가진 무슨 미묘한 일종의 교감작용(交感作用)인지도 모르는데, 눈이 뜨이자 그는 방바닥에 한 장의 봉투를 발견하였다.

순간에 순이는 순이대로 역시 모든 사정을 일시에 이해할 수가있었던 것이다. 편지를 뜯었으나 물론 사연은 눈에 보이지 않았다.

그는 방바닥에 엎어져서 눈물 없이 울었다. 그리고 그 힘조차없어지자 그는 그대로 잠이 들어버리었다.

잠이 깨었을 때에는 어느덧 어슬어슬 날이 저무는 때였다. 그는그제야 모든 것을 정확히 이해할 수가 있는 것처럼 화다딱 일어나서 그 일어나는 힘으로 젠창[51] 부엌에 달려갔다.

동시에 그는 깊은 마가을[52] 저녁 도마 위에 싸늘히 빛을 감추고있는 날카로운 것을 집어 들고 안마당으로 뛰어나왔다.

그리고 자기의 모든 것을 집어삼킨 그 계집에게로 달려가는 것
이었다.

습작실習作室에서

—북지 어느 산골 병원에 계신 T형에게 보내는 편지

정말 홀로 혼자 되는 것이 좋아서 그랬던지, 그렇지 아니하면 나 혼자라고 하는 의식 속에 놓여 있기를 원함이어서 그랬던지, 어쨌든 고독이라 하는 것이 그처럼 사치한 물건인 것을 알게 된 것은, 나와 같은 청춘에 있어서는 여간한 은근한 기쁨이 아니었 습니다.

그것을 힘이라 하여서 좋을는지는 몰라도, 혹 지금이라도 나를 좋게 관대하게 보려는 사람은 외유내강(外柔內剛)한 사람이라고 하고, 별로 그렇지도 아니한 사람은 도무지 부접[1]할 나위 없는 건 방진 사람이라고도 하고, 또 그렇지도 못한 이는 나를 한마디로 애로건트[2]한 사람이라 하여서는 한참 동안 머뭇하고 서서 자기가 말하고 싶은 뉴우안쓰[3]가 거기 다 포함이 되었는가를 음미하는 사 람도 있지마는, 어찌하였든 좋건 그르건 간에 이 무엇인지 알지 못할 것들이 뱃속에 움크리고 앉아 있었던 것만은 사실인 것 같왔고, 또한 그런 시절의 청춘의 기쁨이 복돋우어준 무엇이 아니었으면 그럴 수 없었으리라고 하고 싶은 지금의 나이기도 합니다.

낡아서 반들반들 닳아진 고루뎅 바지에, 소매가 댕강한 써어지 저고리를 받쳐 입고, 게다가 홀렁홀렁한 역시 고루뎅 저고리를 껴입어서 팔목과 소매를 가리우고, 발에는 검은 다비⁴에 게다를 걸치고, 더부룩한 중머리에 도리우찌⁵를 푹 눌러 쓰고, 책을 들고 나서는 거지 대학생을 생각할 때——잘 사는 것의 어려움, 아니 부득부득 쉽지 아니한 길을 골라서 살아가보려는 청춘의 줄기찬 한결같은 마음과, 그나마 이제는 다시 가져볼 수도 없는 그리운 날들이 소중하여서 그런지, 어쩐 일로 이처럼 제 일 같지 아니하게 마음에 따뜻한 정이 고여 드는지를 나는 모르는 것입니다.

겨우내 눈이 없는 동경의, 아침 한겻⁶만 꼬독꼬독 언, 교외의 길을 조그마한 도랑 하나를 끼고 물길을 거슬러 올라가, 허름한 빈 야다이(屋臺)⁷ 한 대가 공지에 비켜 서 있는 돌다리를 왼손으로 꺾어 한참 들어가면 있는, 동경 들어가는 성선(省線)⁸이 와 닿는 곳——하루에 적어도 두 번은 이상, 어떤 때는 네 번도 타고, 다섯 번도 타고, 타고 싶은 마음이 날 때마다 열 번도 타고, 스무 번도 타던 이 정거장의 이름이야 내 평생 잊혀질 길이 없겠건마는, 같은 다섯 해의 긴 세월을 두고 언제 자기의 고독과 공부가 꽃을 필 것을 기(期)하지 아니하는 청춘의 수없는 불면증과, 야반에 일어나는 까닭 모를 헛헛증이 서리고 엉기인 그 낡은 납짝한 야다이의 모영(貌影)⁹도 나는 도무지 잊을 수 없을 것입니다.

납짝한 동물 내장 타는 노랑내의 전 노렝(暖簾)¹⁰ 뒤에 숨어 서

서, 어쨌든 여기는 칠팔 년 전까지도 거리는커녕 어디를 둘러보
나 집 한 채 사람의 새끼 한 마리 얻어볼 수 없는 갈밭[蘆田][11]이
어서, 아무리 지금은 이런 거리가 생겼다 하더라도 손[客]의 발
없음이 당연할 이런 곳에 가게를 벌인다는 것은, 자기와 같은 얼
빠진 홀아비의 짓이 아니면 못 할 노릇이라고 하면서 얼빠졌다는
대목에 와서는 무슨 곡절이 없지도 않다는 억양(抑揚)[12]을 놓아
탄식하던 것을 생각하면, 그 돌다리 근방에 엉기성기 둘러 있던
두붓집이며, 반찬 가게며, 이발소며, 목욕탕까지라도 내가 드나
들던 집으로, 아니 초라한 집이 없던 곳인 것 같기도 하다── 황
차[13] 거기서도 다시 동강이 나 휑 휑 무장야[14] 벌판으로 뻗어져나
간 긴 길섶에 붙어서 오독하니[15] 밑을 붙이고 있는 단칸짜리 내 집
한 채쯤이야, 아무리 청춘의 고독을 밝고, 슬프고, 화려한 것으로
꾸며준 전당이었기로, 어느 공중에 나는 새가 분(糞)하고 가기를
주저하였을 곳이랴.

이 집을 나는 내 학비요 동시에 생활비인 오십 원이라는 돈 중
에서 거지반 그 절반이나 되다시피 하는 막대한 부분을 던져서
빌려 있었으면서도, 마가리(間借)[16]하는 학생이나 날품팔이 노동
자조차 아니 나오는 이 한벽한 거리에서, 아침이 늦은 겨우내를
규우메시(牛飯)[17] 한 그릇 어쩌지 못하고 오들오들 떨고 다닌 내
생활을 아무 부자연한 것도 없이 생각하고 지낸 것은, 아무래도
내가 형에게 자랑하지 않고는 못 배길 기막힌 사치라 안 할 수 없
지 않습니까.

그러나 사람이 고독한 것은 그것만으로 옳은 일이요, 또 옳게

사는 사람은 고독한 것이 당연한 법이니라고 생각하게까지 이르른 그때의 내 생각조차도, 사실은 나만으로 안 것일 수 없으리라는 추억은 도무지 나를 쓸쓸하게 하여서 못 견디게 하는 겁니다.

그 노인의 죽음을 생각할 때마다 나는 모두 내 잘못인 것만 같아 가슴이 저림을 깨닫습니다. 형이여, 고독함이니 쓸쓸함이니 이 모두 나의 사사로운 쇄사(瑣事)에 불과한 것을 이런 편으로 해서 부쳐 보내는 것 맞갑지[18] 않게 여기시지 않으실 줄 압니다.

금년은 어쩐 일로 오래도록 따뜻하기만 하던 이 겨울이 오늘 정월 열하룻날, 오래간만에 함박눈깨나 날리면서——예전 형이 여기 계실 때 같았으면 이 자리를 뛰쳐나가 형과 더불어 더러 감상적(感傷的)인 내 본바탕을 들추어내이며 쏘다녀도 좋았으련만.

아무러나 형에게 드리는 편지 속에서까지 나는 나란 것을 감추고, 극복(克服)하고, 압착하고 살 조심성만은 갖지 안해도 될 줄로 알던 사람입니다.

겨울 학기 동안에는 규우메시 한 그릇 사 먹지 못하고, 아침도 궐하고,[19] 세수도 궐하고 다니는 나이었는데, 어쩌다 한 반 시간 이르게 일어나서 숯불이 잘 당기는 날에는 물을 끓여 낯도 씻고, 남은 밥을 겨우 한술 물에 꺼서[20] 먹고 가는 지경밖엔 안 되는데도 마음이 간간하고[21] 삶의 진실감이 배저지는[22] 시간은 역시 아침의 이 한때를 놓고는 다시 없는 듯도 하였다.

잘 때 벌써 일찍 일어나기를 기하지 아니하는 나는, 이것도 이상하게 항상 아침이라야 그 빠듯한 시간이 되어서 깨게 되는데,

그런 때에도 한 오 분 동안만은 도중 뛰어갈 각오를 하면서라도 이불 밖에 목 하나만 내어놓은 채, 오 분이란 시간이 가져다주는 태타(怠惰)[23]와 태타에 대한 간지러운 즐거움을 맛보지 않고는 안 나서는 까닭이었다.

도중 드문드문 달음질을 하고서도 학교 첫 시간에 미치자면 한 시간 없어서는 안 되는 곳인지라——탄 데서 이께부꾸로[24]까지 이십오 분, 이께부꾸로에서 신숙(新宿)[25]까지 십 분, 신숙서 중앙선이 되어서도 십 한 오분, 이렇게 성선을 갈아타고 뛰고 하여서도 교문을 들어설 때쯤 하여서는 벌써 둘째번 사이렌이 나는 때이어서, 나는 그나마 고루뎅 덧저고리 안에 감추어버린 써어지 양복고리 하나밖에 '복장'에 위반이 아니 되는 것이 없는 내 옷에서, 도리우찌만 벗어서 책과 함께 옆구리에 비비어 끼고, 학생감(學生監)이 제일 아니 오는 히까에시쓰(控室)[26]의 반대 방향 복도를 가만가만 더듬어 들어가는 것이었다.

콘크리트 다다미로 된 복도의 날카로운 신경을 진맥하듯 끈을 바싹 졸라서 신은 게다 끝으로 어루만지며 더듬어 기어 들어가는 것도 과히 나쁜 것은 아니었지마는, 때를 따라서는 그놈의 찬 시체와 같이 굳어 붙은 무신경한 딱딱한 콘크리트 몸뚱아리를 마음대로 짓밟고 소리를 내어 차고 갈 용기가 생기는 날도 나에게는 상쾌한 날이었다.

그것은 질긴 뒷맛이 오래인 도둑이었지만 하지만 오늘이야말로 그런 도전적(挑戰的)인 쾌미(快味)조차도 맛볼 필요 없이, 게다끈을 늦출 대로 늦추어 끌며 보무당당(步武堂堂)하게 히까에시쓰를 지나 학생감실을 향하여 학생감실을 지나서는 교무실로 어디라도 마음 놓고 걸어 들어갈 수가 있는 날이었다.

만일 학생감을 만나 심문을 당하는 일이 있더라도 오늘이야말로,

"나는 시험을 보러 온 것이 아니라 잠깐 교무실에 볼일이 있어 들른 것이로다."

라고나 하면 그제야 궐[27]도,

──남목(南牧)이란 사람이 일 년에 두서너 번 보는 이 시험이란 것 보지 못해 안타까워서 평소부터 그런 스캔들을 한 것이 아니라──

는 것쯤 알아듣지 못하지는 않겠지, 하지만 매섭게 보이게로만 주장이지 날카로운 곳이라고는 있을 법도 하지 않은 이들에게 그런 지혜가 있음 직도 하지 아니한 일이요, 아니한 일이기로니 알려서는 뭘 하나 하는 자부(自負)의 기쁨이 비질비질 입가에 터져 나옴을 금치 못하면서.

뿐만 아니었다.

무슨 급한 일인지는 몰라도 집에 가는 것을 한 일주일 물려서 시험을 치르고 가도 좋지 않느냐는 것을,

"아무래도 가야 한다."

는 완강한 고집으로 우겨서 받은 두 장 할인권을 아무렇게나 포켓 속에 집어 넣고,

"금년도 계속하여 자네가 특대생[28]이 될는지는 모를 일이나 그렇다고 아주 안 보고 가는 것도 아쉬운 일이 아니냐."

던 그 교무 주임 할뱅이의 어딘지 쿡쿡 쑤시는 비집는 말투가 적

지 아니 쓰거웁게 목구멍까지 올라오지 않았음은 아니었으나,

"특대생은 또 해 무얼 하게, 그런 거란 이런 거니라 하게 한두 번 해봤으면 그만 일이지."

하는, 어디까지나 도고한[29] 생각만으로 쓸쓸한 입맛을 다시어 넘기면서, 해가 바뀌어 스물한 살 나는 소년은 그러고 교문을 돌아서 나오는 것이었다.

주면 좋고 안 주어도 할 수 없게 생각한 할인권 두 장을 공것으로 생각한다면 신숙서 내려 '올림피아'의 런치 한 그릇 못 사 먹고 갈 것은 아니나 한 끼나 먹으면 먹어 치울 한술 밥을 솥 밑에 남겨놓고 갈 생각도 아니 되었고——하고 보니 고마기레[30]와 두부를 넣은 된장국이 끓는 동안 문을 활짝 열어제낀 다다미 위에 넙쩍 엎드려서 혼자 마음껏 해바라기나 하다 가자, 그 돈으로 집주인 늙은이에게 셋돈 주면서 줄 나마까시[31]라도 한 곽 사 가지고 가면, 그새 못 해온 치사도 저절로 하게 되는 것이요, 또 그것이 얼마나 옳은 일 같기도 하였다.

집주인 말인데, 이이는 긴자(銀座)[32]에서 무슨 잡화상인가 하는 아들과 니이가다껭[33] 어느 시골서 중학교 교원 노릇을 하는 작은아들까지 둔 늙은이였는데, 부자간이라도 남을 의탁할 뜻이 없이 서로 제 힘대로 살아감이 옳다는 생각으로, 내가 들어 있는 집과 똑같은 집 세 채를 지어 거기서 들어오는 세만으로 지내가는 분이었다.

"이렇게 남(南) 상 부엌에 환히 불이 켜져 있을 적엔 여간 반가운 게 아니라오."

이것이 한번은 닷새에도 한 번 엿새에도 한 번 짓는 내 저녁밥 때에 노인이 부엌문으로 들여다보고 한 나에게 대한 위안이요, 또 자기 자신의 처음인 표백(表白)이기도 하여서 이 이상 과남하게[34] 자기의 그처럼 혼자 지내는 살림을 무슨 연유(緣由) 있듯이 말한 적은 한 번도 없는 이였다.

그는 내가 남에게 그가 어떠한 형편의 사람인 것을 아니 묻더라도 가히 짐작할 만한 것을 지닌 분이었지마는 내가 어떠한 사람인 것을 노인이 또한 알아줌을 깨달을 때, 나는 그러지 아니하여도 내 고독이 얼마만한 값의 것인가를 새삼스러이 자문(自問)해 보지 아니할 수가 없는 노릇이었다.

"저 그림은 무슨 그림이오."

노인은 저녁밥이 잦느라고 내솟는 가는 보얀 김 속으로 팔을 뻗어 내가 일요일에나 식당으로 쓰는 삼조방[35] 천정을 가리키며, 이렇게 묻는 것이었다.

앙그르[36]라는 이의 「샘」이라는 그림이로라 하니, 그는 다시 한참 그 그림에 눈을 보내고 있다가 문득 무엇이 생각나는 모양으로,

"아아, 인제야 알겠소. 그래서 남 상 집 이름이 노천암(蘆泉庵)이구려. 이 육조방에 건 로댕의 「생각하는 사람」은 저 길가에 나서서도 환히 건너다보이기로, 그게 아마 노(蘆)자를 의미하는 거나 아닌가 하는 건 짐작되었지만—역시 저런 힘찬 신선한 샘이 없이야 한 대 갈댄들 제법 건들건들하게 자라날 수가 있으리라구."

혼잣말처럼이나 이렇게 끝마무리를 어름어름 지어놓고는 어색

하다는 듯이 다시 샘의 그림을 올려다보며 우스개로,

"남 상한테 이상하게도 여인네가 너무 찾아오지 않는구나 하고 혼자 늙은이의 쓸데없는 걱정까지 하군 했더니, 그러구 보니 저런 젊은 미인을 곁에 항상 모셔놓고 있어서 그랬군그래."

하였다.

이미 노인의 말 속에 변명해서 대답하지 않아도 좋은 것이 들어 있음을 알매 나는,

'자기는 자매(姉妹) 없는 집에 태어나서 생활하는 것과 생각하는 것과 여자에 대한 관념에 이르기까지 도무지 부자연하고 불균형하고 부조화하여서 못 견디겠다.'

는 말까지 하려던 것을 참고, 그대로 네에 하고 웃고만 말았다.

"남 상 댁이 아마 퍽 잘 지내시지, 겉은 수수하면서도 이렇게 알찬 사치를 하시는 걸 보면."

노인은 다시 이러면서 내게서 무슨 말 나오기를 기다리므로,

"제가 이 집 하나 사치하는 거 말씀이세요."

하면서, 나는 역시 웃으며 대꾸하지 않을 수 없었다.

"하지만 아무리 속이려 들어도 남 상 살림엔 알이 꽁꽁 백였는데."

그가 이러고만 하매, 그제야 나는 내 벙글거리던 웃음을 끊져버리고,

"그렇지도 아니합니다."

하고 나서,

"저희 집은 아주 살림이 없다시피 합니다. 제 어르신은 가난한

한방의십니다. 칠순이 넘으서서 거의 은퇴하다시피 하시고요, 숙부 되시는 분이 제 뒤를 돌보아주시지요…… 그래서 주인어른께도 두 달에 한 번씩 석 달에 한 번씩 세를 들여다 드리고 또 이렇게 가끔 보리밥도 지어 먹고요."

하면서, 나는 정색하였던 얼굴에 다시 히죽거리는 웃음을 담으며 다 끓어 난 가마솥을 얼굴로 가리키듯이 하니 노인은,

"아 그래애, 그러니깐 그러다 나머지엔 보리란 말이라!"

하고 웃으며,

"으응 그러시다 그럼 춘부장 어른께 약방문 하나 얻어야겠군— 내가 위궤양이 있어요. 먹는 데에야 아무리 가리는 것이 많고 절식(節食)을 하여야 한다기로, 내가 겁날 것이 없겠지만 신약으로는 도저히 적극적 요법이라는 것이 없다는구려. 그저 여러 가지로 병에 조심이나 해서 더 더치지나[37] 않게 하잘 따름이지—하던 중에 누가 오오모리[38]에 와 있는 조선 한의로서 용타는 이가 있다기에 가보지 않았겠소. 그래 쓰자는 약을 몇 첩이나 써보던 중인데, 지난 달 열사흗날 그만 그 의사가 별세를 하셨구려."

"네에, 그러세요."

"그런데 그러려니 해서 그런지 훨씬 병 기운도 덜린 것 같았구요…… 어쨌든 아침저녁 반주를 끊지 않고 고치자던 거니까."

"그러시다면 제가 편지하겠습니다."

"뭐, 그렇게 급할 것은 없고, 이번 방학 때라도 가시게 되면 좀 의논 여쭈어서 몇 제[39] 지어다주시오그려—그리고 내 집세 늦는 것을 늘 그렇게 미안하게 생각하는가 보지만 그건 아무러나 상관

없고, 보리밥이란 좀 과해 내가 남 상 생각과 성미를 못 짐작할 것은 아니지마는 알고 보면 몸이 제일인데 그런 무릴 해서 되나. 저금이라도 했다가 조금씩 찾아 내어 쓰는 도리라도 해야지, 그렇게 규칙적으로 돈이 아니 오면 말씀이야."

"하지만 그렇게 안 됩니다."

나는 머리를 벅벅 긁으면서,

"손에 돈이 들어오면 가끔 가다가 책권 사 볼 욕심도 나고."
하고는 끝을 계속하려다가 아뿔싸 하고 입을 다물었더니,

"술잔 하실 땐들 없지 않겠지."
하면서, 노인은 자기가 먼저,

"참, 전전달이로군. 남 상 어느 날인가 새벽이 다 되어서 들어와서 학교에도 안 간 날 있었지, 그날 아마 한잔했을걸."

"......"

"너무 이 첨지가 남 상 생활을 엿보고 있는 것만 같아 안되었지만 유심히 보아지는 사람은 또 어떻게 유심히 안 볼 수가 있소."
하고는 노인은 말꼬리를 내리었다.

"네에, 상관없습니다. 그날 하라라는 한반 동무하고 다까다노 바바[40]에서 늦게까지 놀다가 보니, 자동차비도 없어져서 그대로 걸어오던 길입니다. 이십 원 있던 걸 몽땅 쓰고 나오니 호주머니엔 성선 파쓰[41]밖엔 안 들었고 해서 몸도 시원하기에 걸어왔습니다."

"그 동무는 어쩌고."

"그 사람은 니시오오꾸보[42]에 집이 있어서요. 같이 가 자자는 걸

58

뿌리치고 왔습니다. 무사시노 고등학교까지 와서 동이 트는데 그 무어라고 말씀 못 할— 그때 저는 걸어온 보람을 다한 것 같았습니다."

"으응…… 그야 그렇기도 하겠지, 하지만 이 알량한 집엔 뭣이 있다구 그렇게 밤중에라도 잊지 못하고 오고 싶으담. 남 상의 아마 유일한 제이다꾸[43]가 되어서 그런가아."

노인은 껄껄거리는 웃음을 섞어가며,

"내 이야기 한마디 하리다. 내 나이 삼십 전후 친구에 오까베라는 친구가 있어서 그때 대장성 경리과 관리로 있었는데, 그만한 관리면 그때로서도 상당한 것이언만 선생은 도무지 그런 데 있는 나으리 격(格)에 메이지를 못해서 옷도 우습게 하고 다니고 몸 모양도 어디로 보나 허줄하였지마는,[44] 그중에서도 넥타이 삐두름하게 매고 다니는 것으로는 더욱 유명해서 친한 사람들 사이에는 아침마다 그 삐뚜름히 돌라매인 목 댕기를 말 경마 잡듯 잡아서는, 툭툭 나꾸채기질하면서 넥타이쯤이야 날구 날마다 매는 것을 왜 좀 바로 못 매고 다니느냐고 어르는 사람도 있고, 또 점잖은 패라는 패들은 펄로니어즈[45]가 아들 리어지즈[46]를 외국에 보내는 대목까지 인용하여 옷이란 것이 사람 생활에 그렇지 아니함을 타이르는 이도 있어서, 이랬거나 저랬거나 자기네들 체면도 생각해서 그랬겠지만 어쨌든 그는 그러함이 자기의 천품이어서 그랬던지 너무들 심하게 하는 때마다 번번이—으응, 온 아침 넥타이 또 삐뚤어졌던가 하면서는 머리를 벅벅 긁으며, 하지만 여보 내가 넥타이를 바로 매고 다닌다 치세, 내 넥타이룬 줄은 알려니와 어느 누가 이 오까베의 목 곧은 줄이야 알아주나 말일세, 하고는 남에게 억지 웃음깨나 웃게 한 사람이 있었더라우.

물론 일부러 그런 모양을 하고 다니는 사람이 아닌 줄이야 알기 때문에 나도 그때는 쓴웃음깨나 덩달아 웃는 패지마는, 이분이 그런 통음(痛飮)을 잘하던 분이어서 날구장천[47] 마시구 다니는 사람도 아니지마는 한번 먹기 시작하면 끝을 보는 사람이란 말이오 ─남에게 잘 놀리우고 놀리워도 뭐라는 것도 아닌 사람이었지만 그렇게 술을 좋아하는 사람이거니 하고만 있던 차에 하루저녁은 내가 그 녀석 하숙에를 어떻게 들렀다가 방 안의 장식, 장식이라야 장식될 거라구는 방 한가운데 놓인 자그마한 책상 하나와, 그 위에 얹힌 몇 권 책밖에는 잡은 것이라고 별게 있을 리가 없는 방에서, 도꼬노마[48] 위에 걸린 '大忍辱'[49]이라고 쓴 큰 현판 하나를 발견하고는 나는 여간 가슴이 뜨끔하지 않았던 거요. 인욕, 큰 인욕이라니 이것이 어떻게 된 말이겠소!

선생이 결국은 나으리 생활을 걷어치우고 무슨 생각으로 소오바시[50]가 되었든지 소오바시가 되어서 서른둘의 젊은 나이로 죽을 때도 비참한 소오바시로 죽었지마는 그 생전에 한번 같이 통음하지 못한 게 내 큰 한이란 말이요."

"네에, 그런 분이 계셨어요."

"한데 내가 이 이야기를 왜 꺼냈는고 하니 남상을 볼 때마다 오까베의 그 넥타이 타령이 생각이 나곤 해서 못 견딘단 말이야─남 상 언제 한번 나하고 통음해, 그래서 차비가 떨어져서 다까다노바바에서 한번 걸어와봐요─또 저 혼자 무사시노 학교 앞에 와서 있을 양으로 나만 떼놓고 오질랑 말고 말이야, 이런 사람들이란 괴벽하니까 뭘 할지 누가 알아야지, 하하하."

노인의 두 눈에서는 이때 무슨 빛이 희뜩 빛나는 것을 나는 본 듯하였고, 또 꺼지기 전에 그 빛을 글썽글썽하는 눈물들이 잡아 적시려는 것이나 아닌가도 싶었다. 그러나 지금 생각하니 분명히 그러하였지 그것이 보통 아무나 우는 눈물일 리는 물론 없었다.

이께부꾸로에서 생색으로 친다면 나을 것이 없을 못쭐한[51] 적은 메론 한 개를 애초에 예산을 넘겨 나마까지 대신에 사 들고 집에 돌아오기는 새로 한 시나 되어서였다.

목욕과 이발과 요기할 것을 나중으로 밀고 사 가지고 온 메론을 들고 노인을 찾아 들어갔을 때, 그는 멍하니 화로를 끼고 앉아서 창밖을 내다보고 있었다.

무릎을 꿇고 인사를 하고 이것을 하나 잡숴보실까 하여 사 왔노라 하면서, 메론을 내어놓으니 노인은 굳이 사양하지도 아니하면서,

"그래 스키를 간다니 시험은 다 끝이 났던가."

하는 물음에 나는 끝이 났노라고 마음 아니한 거짓말을 하지 아니할 수 없음을 느끼며, 또 한편으로는 이번 방학에도 집에 가지 못하게 된 것을 새삼스러이 깨달은 듯이 민망한 생각이 복받쳐 올라옴을 막을 수가 없었다.

이번 방학엔 이번 방학엔 하고 미루어나가다가 만일 그 마음먹었던 일을 이루지 못하여, 한 되는 일을 만드는 것이나 아닌가 하는 불길한 예감도 없지는 아니하였으나,

"올해는 조선도 눈이 없다기에 며칠 눈 구경이나 하다 오렵니다."

하였는데, 저로서도 제법 며칠 있다 돌아와서는 곧 조선 나갈 요량으로나 있는 것처럼 말한 듯하였다.

"뭐, 마음 놓고 푹 쉬다 오시오. 평상시에는 보리밥을 깨물다가도 가끔 가다 그런 제이다꾸나 있어야 남 상의 혼자 사는 보람도 있지 아니하오. 그렇지 아니하면 그렇기만 하다면야 비렁뱅이[52]나 아무 다름이 없게──아마 남 상이 내 약 걱정을 하시는 모양인데, 정 그리 미안한 생각이 든다면 우리 다녀와서 편지로라도 못할 건 없지 아니하오."

"하지만 너무 번번이 방학 때마다 그렇게 되곤 해서요."

게으름뱅이 대학생은 숙인 머리를 벅벅 긁었을 뿐이었다.

"상관없소. 남 상 같은 시절에 집에 가기 싫은 건 젊은 사람으로서 다 일반인데 뭐── 그리고 내 병이 또 근간 좀 나아요."

노인은 이러면서 일어서서는 쟈단쓰[53]에서 찻종[54]을 하나 더 꺼내어 들고,

"응 저것 보시는군 모사(模寫)지. 모사. 오까베의 작품을 모방한 거야. 그리고 그 아랫것은 내가 죽을 제 외일 주문(呪文)으로 택한 것이구."

나는 노인 말에 대꾸라도 해드려야 할 것임도 잊어버리고,

忍　　辱
無 無 明　亦 無 無 明 盡 [55]

이라고 쓴 현판을 정신없이 쳐다보고만 있었다.

"모사는 모사지만 글씨는 유명한 이의 글씨요. 규당이라는 이의—규당이 서계(書界)에는 이름이 없지마는, 아는 사람은 알아서 내가 일필을 청하니까 무엇을 쓰리까 하기에, 내 입으로 부름이 인사는 아닌 줄 알면서 염치없이 나는 이 두 줄을 불렀던 것이요. 인욕이라고 한 밑에는 무엇이라고 더 붙여 씀이 없지 않겠으나, 그것은 모방의 도덕을 지킴이 옳을 것 같아서 그대로 두고 그다음 줄만 내가 불경에서 떼어온 것이요."

"네에, 저도 분명한 뜻만은 못 알아보입겠습니다마는 못 알아 보이면서도 퍽 좋은 것 같습니다."

하고 연소자가 치하를 하니,

"뭐— 하지만 오까베가 살아 있을 때 그 집에 가서 보고 마음이 뜨끔하였다 하였지만, 지금으로 보면 그때야 무슨 그리 신통한 느낌이 있어서 그랬을 것 같지는 안했고 다만 죽은 뒤에 생각하니 사람이 자기의 존재를 밝히는 데, 자기가 이 세상 어떠한 자리에 놓여 있는가를 알자는 표현으로는 제일인 듯하여 취하여보았을 뿐이지— 제가 이 세상에서 아무것도 아닌 것을 깨닫는 사람이 아니면 제가 이 세상에서 위대한 일을 할 사명을 지니고 나온 사람인 것인들 모르는 것이 아니겠소. 오까베가 소오비[56] 한 돈을 어디다 쓰려고 하였나 함을 생각할 때 나는 여간 마음이 클클하고 슬플 것 같지 아니한 것이오."

노인은 다시 숨을 이어,

"이런 것을 생각하여 그런지 깊은 불교도 없는 나지마는, 도무지 무무명 무무명진이란, 모오든 이 세상일과 저세상일을 밝히는 말로는 절구(絶句)⁵⁷만 같단 말이야. 언제 죽어도 좋게 도(道)를 닦은 사람도 좋지마는, 죽는 저편짝 일이 무섭게만 생각이 되어서 죽기를 위하여 사는 것처럼 사는 사람도 없지 아니할 때에, 나 같은 범부로 그만한 체념이 생겨 죽을 여유가 있다고 생각하는 것도 복됨이 아닐 수 있나."

"……"

"세상에 벼락을 맞아 죽으라는 욕이 있지마는 다 같이 죽는 거라도 제 생활과 의식이 끝이 나는 것을 아는 최소한도의 시간만은 절대로 필요할 것도 같지 아니하겠소."

"네에— 하지만 노장께서는 왜 돌아가시는 말씀만 하세요."

세속적인 인사임을 모름도 아니나 그만한 응대를 나는 아니할 수도 없었고, 또 사실 그것이 이상하게도 마음에 걸려 한편 구석에 응달을 만드려는 것임도 아니 느낄 수 없는 노릇이었다.

나는 차를 일부러 소리를 내어 훌훌 들어 마시며 과자 그릇에 손을 자주자주 보내면서 시간이 많이 흘러간 것 같은 기분이 돌기를 바랐다—사실은 오래 게으름을 피던 방 안의 발구듬 먼지 구듬들을 좀 털고 갈 생각과 하면 날마다 아니하고는 못 견디고 안 하기 시작하면 두 달도 석 달도 그만인, 내 목욕도 좀 할 생각이 있었고 또 식은 밥을 한술 솥 밑에 남겨놓고 가는 것도 마음에 걸리지 않는 일은 아니었다.

"그럼 차비 차릴 것도 있고 해서 저는 물러 나가겠습니다."

하고, 나는 노인 앞에 손을 모으고 무릎을 꿇었다. 했더니 노인은,

"아니야, 아니야, 차비라야 뭐 있겠기에, 여기서 저녁이나 시켜다 먹고 그리고 떠나요. 아무래도 한 끼 먹으면 될 것이니, 아모래도 시켜다 먹고 가거나 나가 사 먹고 갈 것 아니야."

"아닙니다, 집에 한술 먹고 갈 것이 있습니다."

"아따 있으면 이담엔 못 먹나, 시켜다 먹는대야 돔부리[58] 같은 것밖엔 없기도 없어. 그리고 언제든 한번 나하고 통음을 해야지 않아, 하하하하."

노인은 별로 자기의 아는 것을 안다 하게 자기의 믿는 것을 그렇다 하듯이 남에게 내여 거치는 이도 아니었건마는, 그날따라 그의 모오든 거조(擧措)[59]가 왜 그다지 나를 두고 섭섭해하는지를 나는 몰랐다.

정거장에서 내리면 산과 골짜구니와 눈으로만 된 산협의 좁은 길을 한 십 리는 더 가야 '게렌디'[60]가 있는 곳이었다.

구불구불 돌아 올라가기만 하는 까꾸벼랑[61] 길을 나는 한 꼬부랑이가 끝이 나는 데서마다 서서는 바람에 불리어 쓰러 몰리고 쓰러 몰리고 한, 정말은 얼마나 깊은지를 알지 못하는 꼴짜구니들을 내려다보곤 하였다. 눈이 다 날리어 없어진 외진 여울에는 청정한 물이 들어나 유유히 흐르고 있었다.

꼬부랑이를 돌 때마다 겹겹이 쌓인 눈들 밑으로 출렁출렁한 물이 감치어 흘러 내려갈 것을 생각하매 나는 일종의 견디지 못할 유혹까지 느끼며, 몸이 오싹함을 금치 못하는 것이었다.

나는 마침 가는 날 법학부의 모리 씨가 와 있었던 것을 알고 대

단히 반가웠다.

그는 지난봄 나에게 처음으로 스키를 신는 것부터 가르쳐준 이일 뿐 아니라, 같은 스키어이면서도 그는 경주를 떠난 주로 등산가인 편이어서, 봄에 나는 그를 따라 산에 올라가 살다시피 하였다. 온종일 산마루터기에서 산마루터기로 휘휘 돌아다니다가는 차고 간 냄비로 점심까지 지어 먹고 저녁 되기를 기다려서야 돌아오는 것이 그와 나의 공과이었다.

눈이 오면 한꺼번에 여섯 자 일곱 자로 못 오지 않는 곳이언마는, 이들 눈 오시는 시간은 이상하게도 대개 일정해 있어서 우리가 산에서 돌아와 언 몸을 오색온천(五色溫泉)이나 한탕 하고 저녁상까지 물리고 나서 이제부터 밤이 드는고나 하는 시간부터 시작하는 것이었다. 정확히 어느 땐지는 몰라도 그때가 오면 내 귀는 어김없이 자연스럽게 예민하여지고, 리셉티브[62]하여지고 또 조용하고 부드러운 소리를 향하여 순종하였다.

아침이 되어 일찍 아무도 밟지 아니한 어젯밤에 온 처녀설(處女雪)을 밟고 산을 정복하는 기쁨도 큰 것이었지마는, 후끈후끈다는 고다쯔[63]에 두 발을 들이밀고 반와(半臥)한 몸을 팔에 받쳐 누운 채 눈발이 희끈거리는 축축히 젖은 산장(山莊)의 어둠을 내어다보는 우수(憂愁)에다 비기면, 그것은 또 얼마나 단순한 즐거움이었는지도 몰랐다.

온 지 한 주여(週余) 되어 시험이 끝난 예과(豫科) 동료들이 몰려들기 시작하면서 산장은 밤으로 들썩하게 되었다.

나는 밤에 가지던 나의 조용한 은근한 즐거움이 다 덜리지나 않을까 혼자 근심도 하였으나 가루다[64]를 치고, 사치기[65]를 하고, 얼버물려서 오께사[66]를 추는 동안에 어느 결엔가 자기도 그들의 한 부분이 되고, 자연의 한 분자가 되어 자연과 생활을 정말 함께 구가하는 것임을 깨닫고는 안심하였다. 내 속에 한 가지 것만은 얼버무리지 못하는 것이 있다고 자신 생각하고 고집하던 것에조차 나는 내심 부끄러움을 느끼기까지 하였다.

그러나 어느 사이엔가 그해도 벌써 그믐날이 되던 날 밤이었다.

이날은 이상하게도 아침부터 없던 눈이 내리는 날이어서 동료들은 거의 산장에 남아 있고, 모리 씨도 전날 삔 발이 낫지 않는다고 하여 집에 떨어져 있는 날이었는데, 나는 아침에 나와서 어슬어슬하는 초혼(初昏)이 지날 때까지 혼자 '게렌디'에 남아 있었다.

이날 시루꼬[67] 집의 텐트는 아침부터 보이지도 않았건만 더러 나온 사람이 있던 중에서도 대개는 낮결[68]에 들어가버리고, 또 하나둘 남아 있었대야 짙은 황혼과 설무(雪霧)에 가리어 분간하지 못할 경각까지 되었는데, 나는 이상한 마음의 클클증[69]을 안고 그 자리를 떠나지 못하였다.

사십오 도의 꽤 급격한 경사로 되어 있는 점프장의 아래 코스를 눈을 감고 발 깍지질을 하여가며 올라가서는 미끄러져 내려오고 미끄러져 내려와서는 또 올라가곤 하였다.

그리고 정말 앞이 보이지 아니하도록 어둠이 짙어졌을 때 나는 미끄러 내려오다 넘어진 자리에서 아주 넘어진 채 머리에 아무 대인 것도 없이 그대로 눈바닥에 누워버리고 말았다.

처음으로 넘어진 것도 아니었다. 그리고 넘어진 것이 분하여서 그런 것도 물론 아니었다. 무슨 일로 이 밤이 이처럼 치우치게 마음에 헛헛하고, 슬프고, 너그러운 기쁨 같은 것조차 가져다주는지를 모르면서 내 온 전신——눈과 코와 이마와 그리고 온 사지에까지 찬 눈과 쾌한 어둠이 묻어 들어옴을 느끼는 것이었다.

저녁을 먹고 난 나는 바깥에 바람이 이는 듯한 보라 기운까지 섞인 눈 부스러기가 방 안에 날려 들어옴을 보고서는 가라앉으려던 광기(狂氣)가 일층 참지 못하게 솟구어남을 깨달았다.

내 집에 가겠노라는 말에 모리 씨는 깜짝 놀라며,

"남 상 아무래도 허깨비에 홀렸나 보우. 이 밤중에 집에 간다는 건 다 뭐요. 오다가도 보시었겠구려. 내려다보면 천 장 만 장의 벼랑이요. 도르래미타불을 해서 겨우 끼기어 가는 그 눈길을 어느 귀신에 홀리질 못해 간다는 거요. 유끼온나[70] 있는 데는 소원이거든 낼 아침 내가 안내해드리리다 하하하."

하면서 웃고 달래고 하였다.

그래도 나는 아무런 무서운 생각도 나지 아니할 뿐 아니라 도리어 그러니깐 가려는 것이라는 것을 내 마음에 타이르듯이 하면서 모리 씨에게는,

"그저 가야기만 할 것 같습니다."

라고밖에 내 심정을 설명할 도리는 없었다.

"글쎄 그저 가야만 될 일을 자기 자신도 모르면서 부득부득 가자는 게 그게 홀린 게 아니오. 여보 남 상 그러지 말고 그런 탈 난 소릴랑 말고 말이야, 정초만은 여기서 쇠고 갑시다. 내일이 자 설

아니오. 대그믐날 밤이라는데 그건 무슨 일이란 말이오. 이런 푸근한 고장에서 도소(屠蘇)[7]를 먹어야 저따위 함박눈 같은 복덩어리가 굴러 들어오지. 저 눈 좀 봐요. 이 어둠은 어떻구."

그는 눈발이 보이는 것 같기도 하고 또 보일 리가 있을 것 같지도 아니한 창밖의 어둠을 내다보았다. 하고는,

"그리고 또 나머지 오께산 다 안 배워가지고 가나."

하면서 내게로 얼굴을 돌려 나의 안색을 훑어보았으나 우물쭈물하는 것이 말하기만 어색해하는 것이지 조금도 결심이 변해진 것이 아닌 것을 알고,

"그럼 정 그렇다면 내 초롱을 들고 따라갔다 오리다."

하고 벌떡 먼저 일어섰다.

정작 모리 씨가 이렇게 나오매 나는 주저하지 아니할 수 없었다. 그저 아무런 동기가 있는 것도 없이 해보고 싶은 이 광기로 해서 남에게 근심을 주는 것도 아니되었고, 또 애초부터 남과 같이하자던 일은 더더구나 아니었던 것이다.

이렇게 해서 나는 설을 산장에서 쇠기로 하고, 설날 떠나는 것도 일이 아니어서 하루를 더 묵은 이튿날 아침 온천을 떠났다.

그리고 세상사의 기묘한 일이란 이것뿐으로 그칠 것도 아니겠지마는, 기이한 중에도 기이하게 나는 동경으로 들어가는 기차 본선 속에서 내 집주인의 둘째 아들을 만나게 된 것이었다.

정초인지라 동경으로 들어가는 찻간은 빈 편이어서 처음은 마주 앉아서도 알 리가 없었으나 내 학교와 나 있는 곳과 이런 것을 서로 가끔 묻고 대답하고 하는 사이에 내가 먼저 의심이 나서 신

사의 성씨를 물었던 것이었다.

"네에, 후루다니 씨세요. 그럼 니이가다 어느 중학에 교편을 잡고 계시다는……"

나는 놀라고 기쁘고 한 나머지에는 불길한 예감이 선뜻 치미는 기이한 표정을 한데 버물려서 이렇게 앞질러 물었다. 물론 그랬기로니 초면이라도 실례가 아니 될 만한 사람인 것을 믿었던 까닭이었다.

"네, 그렇습니다. 그런데 어떻게 그렇게 저를 잘 아십니까."

젊은 후루다니 씨도 나와는 다른 의미로 놀래는 듯하였다.

"사실은 제가 춘부장 어른을 모시고 있는 사람이 되어서요."

"제 아버지를 모시고 계시다니요."

그는 둥그런 눈으로 잠깐 동안 내 얼굴을 뜯어보고 있다가 어떻게 대답을 하여야 할지 몰라 하는 내 멍멍한 얼굴에,

"그럼 제 아버지 지으신 집에 들어 계시는 분입니까."
하였다.

"네에, 그래서— 아무래도 그럴 것만 같아서 제가 먼저 알아뵈인 거지요. 들은 말도 있고 하기에요."
하고, 내가 마디를 풀어놓으니 젊은 신사는 이상하게도,

"그러세요."
하고는, 한참이나 자기의 숨길을 누르고 내 얼굴을 쳐다보다가 실심한 듯이 그제는 갑자기 고개를 차창 밖으로 돌리며 후 한숨을 내쉬었다.

나는 그것이 참말로 이상하였다. 이상할 뿐만 아니라 그와 동시

에 한 줄기 불측한[72] 예감이 내 등골을 벗디디고 올라옴을 나는 순
간적으로 아니 느낄 수가 없었다.

"그래 어디 왔다 가시는 길입니까."

신사는 비로소 자기의 태도가 너무 솔직하게 나타났음을 깨우
친 듯이 그러고는 내게로 머리를 돌렸으나 정작은 나를 보는 것
도 아니고,

"스키 왔다 가시는 길입니까."

하였다.

나는 그의 수그린 얼굴과 눈망울들에 무엇이 어리어 있을 것을
의심하지 아니하였다.

"어제 그제 그 어른이 돌아가셨습니다."

"네?"

"남 상은 모르실 것입니다."

"전연 몰랐습니다."

"저도 임종을 못 모셨습니다."

자기 입으로 발하는 이 말만에는 목구멍까지 올라오는 울음을
참지 못하면서 아들은 창에 고개를 돌려 대고 흐느끼기 시작하는
것이었다.

소리는 안 나지만 그것이 사내의 울음인 것을 안 나로서는 아무
런 연분이 없던 터에도 아니 울 수가 없음을 깨달았다.

나는 내 마음과 눈들에서 눈물이 잦아들기를 기다려 한참 동안
이나 잠잠하니 있다가, 노인을 모시고 앞뒷집에서 살던 이야기
며, 내가 졸업한 뒤에는 지금 들어 있는 집보다 훨씬 싸고 나 쓰

기에도 알맞은 집을 한 채 지어주시겠노라고 하시었다는 말까지 하여, 나도 자기와 같은 슬픔에 놓여 있는 사람인 것을 그에게 알려 얼마간의 위안이라도 될 수 없는 것일까 하였다.

그러나 그러면 그럴수록 젊은 상제[73]의 슬픔은 새로워질 뿐임을 알고, 나도 다시 잠잠하고 말았다. 잠잠하다가 차가 몇 정거장인가 더 달려 지나와서 나는 가는 사람과 보내는 사람의 교감작용(交感作用)이란 그렇게도 기이할 수가 없음을 동경 떠나던 날 그처럼 나를 두고 섭섭해하시더란 말로부터 시작하였다.

그리고 문득 내 이야기가 경문[74]의 한 구절이 쓰여 있는 그 현판 이야기에 이르자 그는 돌연 얼굴에 비창한[75] 빛을 띠며, 한참 또 무슨 생각에 잠기는 듯하더니,

"그러신 줄은 제가 도리어 몰랐습니다. 하지만 또 이렇게 자식에게 한 되는 죽음이 어디 있습니까."

하면서, 양복 안주머니를 뒤적뒤적하여 편지 한 장을 꺼내어 내 무릎 위에 놓았다.

"이걸 좀 보아주십시오. 이것이 내 아버지가 없으신 뒤에 아버지의 임종을 보아준 파출부에게서 부쳐온 것입니다. 내 형도 임종에는 미치지 못한 모양입니다."

그가 꺼내어 놓은 내 무릎 위의 편지를 나는 사양 없이 손에 들었다.

내가 살아 있는 동안 어떻게 하면 잘 사는 건가를 생각하는 것도 중요한 일이었지마는, 이 살던 것을 어떤 모양으로 마쳐야 옳은가를

생각하는 것도, 내 중요한 과업 아닐 수 없었다.

　나는 꼭 내가 살던 모양으로 자연스럽게 죽기를 결심하였다. 이것은 아무 교훈거리로도 아니오, 내 자연에 어그러지는 억지로라도 아니니, 너는 아버지가 너희들을 불러 올리지 않은 것으로 사람의 이 세상 인연이 그처럼 쓸쓸한 것이란 생각을 먹지 않기를 바란다.

　또 이것은 내 이생의 비밀이기도 하여서, 어려서 내가 죽도록 앓았을 때 나는 어머니더러 어느 관립병원 조그마한 병실에 가서 며칠만 누워 있다 죽겠노라고 하였다. 이렇게 함이 실로 오래인, 어떻게 처리해버릴 수 없는 내 얄궂은 습성임을 알지 않겠는가.

　내 생은 결단코 짧은 것이 아니었다. 서양의 어떤 종교가들은 아침 일어나는 길로, 자기의 손으로 지어둔 관곽[76]에 한 번씩 들어가 누웠다가 나와서 그날 하루씩을 살아간다고까지 하거늘, 세속적으로 보더라도 내 죽음은 그만큼 다행하였다 할 것이다.

　내 반생을 나는 그렇게는 못 살았을망정 이 죄업 많은 아비에게 최후의 한 시간을 저 죽자는 염원대로 죽게 하는 것 용납하라.

편지를 아니 보더라도 생전에 그렇게 두고두고 생각에 없는 것도 아니던 약 몇 첩 못 지어다 드린 것 내 가슴 아픈 한이 아닐 수 없었다.

“내가 스키 떠난 것도 잘못이었습니다.”

“……”

“내가 방학마다 집에 아니 간 것도 잘못이었습니다.”

“……”

"하지만 그건 걸 생각하면 뭘 합니까. 어르신이 없으심이 꼭 선생을 울리시자고 한 것이 아님을 저는 압니다."

 이렇게 하는 나의 마지막 말마디로 나는 스스로 목이 메어나옴을 깨달았다.

잔등 殘燈

장춘[1]서 회령[2]까지 스무 하루를 두고 온 여정이었다.

우로[3]를 막을 아무런 장비도 없는 무개화차 속에서 아무렇게나 내어 팽개친 오뚝이 모양으로 가로 서기도 하고 모로 서기도 하고 혹은 팔을 끼고 엉거주춤 주저앉아서 서로 얼굴을 비비대고 졸다가는 매연(煤煙)에 전 남의 얼굴에다 거언[4] 침을 지르르 흘려 주기질과 차에 오를 때마다 떼밀고 잡아채고 곤두박질을 하면서 오는 짝패이다가도 하루아침 홀연히 오는 별리(別離)의 맛을 보지 않고는 한로(寒露)[5]와 탄진(炭塵) 속에 건너 매어진 마음의 닻줄이 얼마만한 것인가를 알고 살기 힘든 듯하였다.

이날 아침 방(方)과 나는 도립병원 뒤 어느 대단히 마음 너그러운 마나님 집에서 하룻밤을 드새고 나왔다.

아래윗방의 단 두 칸 집인데, 샛문턱에 팔고뱅이[6]를 붙이고 부엌을 내어다보고 주부와 이야기를 주고받고 하는 늙은이는, 이

집 할머니이신 모양이요, 손자가 서너너덧 될 것이요 손녀가 있고 집으로만 한다면 도무지 용납될 여지가 있는 것 같지 않기도 했으나, 이 집 주부로서는 역시 이날 밤 목단강엔가 가서 농사를 짓던 주인 동생의 돌아온 기쁨도 없지 않다고 해서 그랬던지

"오늘 우리 시동생도 지금 막 목단강서 나왔답니다."

하는 말을 수없이 되풀이하면서 비좁은 방임을 무릅쓰고 달게 우리를 들게 한 것이었다.

이 집 저 집 이 여관을 기웃 저 여관을 기웃하다가 할 수 없이 최후적으로 찾아든 낯선 우리가 미안하리만큼 우리의 딱한 형편을 진심으로 동정한 것은 분명한 주부뿐이어서 밖에 나갔던 남편이 돌아와 찌뿌듯한 얼굴을 하고 못마땅한 듯이 아래윗방을 한두 번 오르내리는 것을 보고,

"생원과 같이 금생(金生)서 걸어오신 분들이랍니다. 서울까지 가시는 손님들이래요."

하였다. 그러고는 남편에게나 손님인 우리들에게 양쪽으로 다 같이 미안하게 된 변명으로,

"어쩌면 한 정거장만 더 갓다주면 될 걸 게서 내려놔요? 이 밤중에 글쎄."

하고 혼자 혀를 끌끌 차며 할머니를 보았다.

남편은 마지못해 지듯이,

"글쎄 우리 식구가 있으니 말이지."

하며 윗방으로 올라와 방바닥에 널려놓았던 것을 주섬주섬 거두고 게다 자기 자리와 동생 자리도 껴보았다.

이런 경위를 지남이 없었다 하더래도 미안할 대로 미안하였고 고마울 대로 고마웠을 우리인지라 아침 부엌에서 식기를 개숫물에 옮겨 담는 소리, 지피는 나무에 불이 이는 소리가 들리기 시작하는 데는 더 자고 있을 수도 없는 처지였다.

깨끗이 가시지 아니한 피곤을 우리는 도리어 쾌적히 생각하며, 주부에게 아이 과자값을 쥐여주고, 동이 트인 지 얼마 아니 되는 정거장으로 가는 길에 나선 것이었다.

방은 터지고 째어진 양복바지를 몇 군덴가 호았는데[7] 오는 도중에 거의 검정이가 된 회색 춘추복에 목다리 쓰꾸화[8]를 신고 와이샤쓰 바람으로 노타이 노모자에 목에,

'Good morning △ 祝君早安'

이란 붉은 글자가 간 상해에서 온 타리수건을 질끈 동이고 나는 팔월달부터 꺼내 입지 않을 수 없었던 흑색 써어지[9] 동복에 방의 외투를 걸쳤다.

길림(吉林)[10]서 차를 만나지 못하여 사흘 밤 묵는 동안에 나는 무료한 대로 제법 영국 신사가 맬 법한 모양으로 넥타이만은 꽤 단정하게 맨 셈인데 그것도 이순[11]이 가까운 동안을 만저거려보지 못한 데다가 원체 빡빡 깎고 나선 중머리이므로 해를 가리자고 쓴 소프트[12]가 얼마나 뒤로 떨어지게 제쳐 썼던지 방이 내게 던지는 잔광파가 무한히 흐늘거리는 수없는 윙크로 그 짓이 어떻게나 유머러스하였던 것인가만은 짐작 못할 것이 아니었다.

"지금 막 변소에 갔다가 일어서자니까 만돌린[13]이란 놈이 제절로 둘룽둘룽 떨어져 내려오지 않소 글쎄."

방은 와이샤쓰 소매 밖으로 풀자루같이 비어져 나온 북만[14]의
군인을 위하여 만든 두툼한 털내의를 몇 벌론가 걷어붙인 위에다
가 두 손가락을 발딱 제쳐 들고 게딱지 집듯 집어 보인다. 집게발
에 물리울 거나 같이 섬세하게 하는 그 거조가 실로 거대한 몸집
을 한 그에게 대조적인 효과의 우스움을 아니 품게 하는 수가 없
었다. 그러고 나서는 지난밤 금생에서 늦게 들어와서 요기하던
장국밥집 앞마당에 오자 절름거리기를 시작한다.

  걸어오는 도중에 회령 가면 여덟 시에 떠나는 차가 있다는 사람
의 말을 곧이듣고 그 연락을 대기 위하여 이십여 리 길을 반 달음
질로 온 것이며 또 그의 발이 혹 부르틀 염려가 없지 않았던 것이
며를 짐작 못 할 것이 아니고 보건대 만돌린의 발생을 우려하는
그 한탄조가 짐짓 황당한 작심만은 아님이 분명하나 이런 여고
(旅苦)가 없던 예전부터 술집 앞에 와서 절름거리는 그의 대의(大
意)일랑 못 짐작할 것이 아니어서,

  "여보 주을(朱乙)[15]이 앞에서 손빼를 헤기고(손짓을 해서) 기다
리는데 다리를 절다니요."
하면서도 지난밤 그렇게도 회령 술을 찬송하던 그의 얼굴을 바로
보기에 견디지 못하였다. 나도 사실은 술집 앞에서 절름거리고
싶은 충동이 없는 것도 아니요, 만돌린쯤에 이르러서는 벌써 문
제도 아니었다.

  그들의 동의를 지각해온 지는 어제오늘의 일이 아니지마는 이
러고 있을 수 없다는 나의 대방침이 그에게 주을의 온천을 상기
하게 하자는 데 불과하였다.

우리가 안봉선(安奉線)¹⁶을 택하지 않고 이렇게 먼 길을 돌아오는 이유로는 이쪽이 비교적 안전하다는 경험자의 권고에도 있는 것이지마는 우리의 여정을 청진(淸津)이나 주을에서 절반으로 끊어가지고 일단 때를 벗고 가자 함도 일종의 유혹이 아닐 수는 없었던 것이다.

열흘이고 스무 날이고 주을에 푸욱 잠겨서 만주의 때를 뺄 꿈이 있어서 그런 것만은 아니지마는, 어쨌든 그 실현성의 여하는 불문하고 당장의 형편이 우리에게 그런 소뇌주의(小腦主義)에 빠져 있게를 못 할 것만 같은 까닭이었다.

첫째 돈이었다. 함경도만 들어서면 여비쯤은 염려 없다는 방의 말을 지나친 장담으로만 알고 떠난 길은 아니지마는 정작 와보니 교통상 불편으로 갈 데를 마음대로 가지 못할 것을 생각 못 하였던 것이 잘못이요, 간다더라도 부모 형제라면 몰라도 그저 막연한 친구라고만 하여서는 오래간만에 만난 터에 딱한 사정을 입 밖에 내지 못하는 정리의 일면도 없지 아니한 것이다.

추위도 무서웠다. 푸르둥둥한 날씨가 어느 때에 서리가 올지 어느 때에 눈을 퍼부을지 모르는 것을 아무런 옷의 준비도 없이 떠나지 아니할 수 없었던 길을 짤막한 방의 오바 하나를 가지고야 어떻게 하는가.

셋째로는 기차였다. 지금 형편으로 본다면 기차의 수로 본다든지 편리로 본다든지 닥치는 그 시각시각마다가 극상(極上)의 것이어서 닥치는 순간을 날째게 붙잡아야 할 행운도 당장당장이 마지막인 것 같은, 적어도 더 나아질 희망은 없다는 불안과 공포심도 작용하지 않을 수 없었다.

'잘못하다간 서울까지 걸어간다는 말 나지이.'

하는 마음이 사람들 가슴에 검은 조수와 같이 밀려들었다.

닥쳐오는 추위와 여비 문제와 고향을 까마득히 둔 향수가 나날
이 깊어 들어가서 일종의 억제할 수 없는 초조와 불안이 끓어오
름에는 그들과 다름이 없었으나 반면에는 만조에 따라오는 조금[17]
과 같이 아무리 보채어보아도 아니 된다는 관점에 한번 이르기만
하는 날이면 그때는 그때로서 그 이상 유창(流暢)[18]한 사람이 없
다 하리만큼 유창한 사람이 되는 나이기도 하였다.

"그렇게 되면 그렇게 된 대로 또 어떻게라도 되겠지."

명확한 예측이 서지 아니한 채 이런 낙관부터 가지고서 계속
되는 몇 날이고 몇 날이고를 안심입명[19]하였다는 듯이 지내는 것
이었다.

이것은 방에게 있어서도 일반이었다. 나와 이 성질은 마치 수미
(首尾)를 바꾸어놓은 가자미의 몸뚱아리 모양으로 노상 지축거리
면서[20] 태평하게 콧노래를 흥얼거리고 다니고 주막에 앉으면 궁둥
이가 질기고 누우면 다섯 발 여섯 발 늘어나다가도 한번 정신이
들어야 할 때에 이르면 정거장 구내에 뛰어 들어가 어느새 소련
병에게 군용차를 교섭하기도 하고, 또 날쌔게 화차에 뛰어오르기
도 하였다. 나를 체념(諦念)을 위한 행동자(行動者)라 할 수가 있
다면 그는 관찰과 행동을 앞세운 체관자라 할 수가 있을 것 같았
다. 내 항상 블랭크[21]를 수행(隨行)하는 찌푸린 궁상한 얼굴 대신
에 항심(恒心)이 늘 배어 나온 것 같은 잔광파가 흐늘거리어 마지

않는 그 눈언저리가 이를 증명하였다.

그가 교제적인 것과 내가 고독적인 것, 그가 원심적(遠心的)인 것과 내가 내연적(內延的)인 것, 그가 점진적인 것과 내가 돌발적이요 발작적(發作的)인 것, 그가 행동적이요 내가 답보적(踏步的)인 것—이곳에도 이 음양(陰陽)의 원리가 우리의 여행을 비교적 순조롭게 하는지도 알 수 없는 일이었다. 그렇지 않고서야 기차가 두 정거장 가서도 내려놓고 세 정거장 가서도 내려놓는 이 여행을 수없는 정거장에서 갈아타고 오면서 회령까지 오기로 친대도 몇 달 걸렸을지 모르는 일이었다.

방이 장국밥집 앞에서 절름거리기를 마지아니하는 동안에 정거장 방향에만 마음을 두고 있던 나는 폭격을 받아서 형해조차 남지 아니한 사람을 정리하느라고 쳤을 새끼줄 너머로 거므스름한 동체(胴體)의 쭉 뻗어나간 긴 물쌍[22]이 놓여 있음을 희미하니 이슬을 짓다 남은 아침 연애(煙靄)[23] 속으로 내려다보았다.

"으응, 차가와."

옆구리를 쿡 찌르는 바람에 방은 늘씬한 그 허리가 한 발이나 움츠려 들어가는 듯하였으나 어시호[24] 이때에 생긴 긴장미는 우리가 재치는 걸음으로 정거장에 이르기까지 풀리지 아니하였다.

차는 역시 군용이었다. 자동차 장갑차 대포 같은 병기가 실렸음은 물론 시량(柴糧)[25]인지 천막을 쳐서 내용을 가리운 차까지 치면 한 삼십여 개도 더 될 차로 맨 뒤끝에는 서너 개 유개화차도 달려 있었다.

이날도 여느 날과 달라야 할 일이 없어서 이 세 대 유개차 지붕 위에는 벌써 빽빽이 사람들이 올라가 앉아서 팔짱을 낀 사람, 무릎을 그러안은[26] 사람, 턱을 받치고 앉은 사람, 머리를 무릎 속에 들여박은 사람, 이런 사람들이 끼이고 덮히고, 밟힌 듯이 겹겹이 앉아 있어서 어디나 더 발뿌리를 붙여볼 나위가 있을 것 같지 아니함도 일반이었다.

입은 것, 쓴 것, 신은 것, 두른 것, 감은 것, 찬 것, 자세히 보면 그들의 차림차림으로 하나 같은 것을 찾아낼 수가 없겠건만, 그러나 그들이 품은 감정 속의 두서너 가지 열렬한 부분만은 색별(色別)할래야 색별할 수 없는 공동한 특징이 되어서 그 가슴속 깊이 묻히어 있음을 알기는 쉬운 일이었다.

고개를 무릎 틈바구니에 박고 보지는 아니하나 만사를 내어던진 듯이 완전한 체념 속에 주저앉은 듯한 중년의 사람, 그도 그의 두 귀만은 무슨 소리를 기대하는 것이었다.

그들의 열원[27]은 한결같았고 또 한데 뭉치인 것이었다.

그들 중에서,

"왔다아."

하는 소리가 한마디 들리자 지붕 위에 정착해 있던 군중의 수없는 머리는 전후로 요동하였고, 위로 비쭉비쭉 솟아났다. 와악 하고 소연한[28] 소리조차 와글와글 끓는 듯하였다.

보니 과연 대망의 화통이 남쪽 인도교 까아드[29] 밑을 지나 꽁무니를 내대이고 물레걸음[30]을 쳐서 온다.

우리는 이 경쾌한 조그마한 몸뚱아리로 말미암아 얼마나 애를 쓰는지 아마 예스가 아니면 노오라도 뱉어주어야 할 경우에 이르

른 사내를 앞에다 놓고 애타는 웃음만 웃고 맴돌이질하는 연인과
도 같았다. 우리는 그 믿기지 않는 일거일동에 예민하지 아니할
수 없었으며 그 밑 빠른 거취에 실망하면서 우직하게 따라가지
아니할 수도 없었다.

　나도 저들과 같이 두서너 가지 색별하여 갈라놓을 수 없는 감정
의 열렬한 몇 부분을 가진 한 사람에 틀림없을진대 이 모질은 연
인으로 말미암아 물불을 가리지 못하게 하는 열광적인 환희와 동
시에 일층 이상 정도의 초조와 불안과 그리고 얄궂은 체념을 동
반하는 위구[31]를 품지 아니할 수는 없는 노릇이었다.

　'어떻게 하자는 웃음이며 어디 와서 머물을 맴도리[32]야.'

　나는 여러 번 역증[33]이 나던 버릇으로 막연히 이런 소리를 가슴
속에서 다시금 불러일으키며 방이 장춘에서 가지고 온 증명을 들
고 소련병에게 교섭하는 것을 보고 있었다.

　그러나 역시 운명은 손길이 아니 보이는 바람과 같다고나 해야
할 것처럼 바람에 불리우는 줄이야 누가 모를까마는 아침이 아니
고는 어느 연로에 기쁨을 놓고 가고 어느 연로에 슬픔을 놓고 갔
는지 더듬어 알기 힘든 것인가 하였다.

　방이 천막 친 자 언저리에 발뿌리를 붙이고 기어 올라갈 적에
차는 떠났다. 그리고 차 위에서 발 디딜 만한 데를 골라 디딘 뒤
에 기립을 하여 몸을 돌이켰을 때, 비로소 그는 철로 한가운데 놓
인 나를 보았다.

　두 손으로는 무겁게 짊어진 륙색의 들멧줄[34]을 잡고 땅에 떨어
지다 붙은 듯한 과히 제쳐 쓴 모자를 쓰고 두툼한 훌렁훌렁한 호

신[35] 속에 망연히 서서 바라보는 나를 그는 어떻게 보았을까— 그는 두 사내 사이에 벌어져가는 거리에 앞서 층일층[36] 차에 앞서가는 걸로만 보이게 하자는 것처럼 뒤에 떨어지는 나를 향하여 섰다가 이렇게 된 형편임을 보고서는 다시는 어쩔 수 없음을 깨달은 듯이 얼른 체념의 웃음을 웃어 던지었다. 그러고는 손을 들어 머리 위에서 휘저었다. 이때 그가 혼신의 힘을 다하여 차상(車上)의 몸이 된 것임을 알고 그의 심중도 어떠하리라는 것을 나는 모를 수가 없었다. 나도 손을 들었다. 차머리가 까아드를 지나 커브를 돌아 차차 속력이 가해짐이 분명할 때에 유발적(誘發的)인 이외에 아무런 동기도 없이 올라간 내 손은 제 힘을 빌어 다시 무겁게 내려왔다.

이제는 완전히 홀로 된 것을 느끼며 철로에서 나와 폼[37]으로 발을 옮겨 디딜 때까지 몇 개 붉은 글자의 행렬은 오랫동안 나의 눈앞에서 현황하게[38] 어른거리었다.

굳모닝 △ 祝君早安 △ Good Morning

철로 한복판에 서서 진행해가는 차를 전별할 때부터가 별로이 이 이별에 부당함을 느끼었음은 아니나 허물어지다 남은 플랫폼 위 한구석 찬 이슬에 젖은 돌팡구[39] 위에 륙색을 놓고 그 위에 걸쳐 앉았을 때에는 무슨 크나큰 보복이나 당한 사람처럼 방과 나와의 교유 관계에서 오는 인과(因果)에까지 생각이 이르러, 그 여운(餘韻)이 새삼스러이 머리를 스치고 지나감을 아니 느낄 수 없었다.

나는 내 생래(生來)의 성질로 해서 사람에게 대하는 태도가 혹

애걸하는 모양도 되고 혹 호소하는 자태로도 보여서 지저분한 후줄근한 주책없는 인상을 누구에게나 주었을는지는 모르지마는 그렇다고 해서 그 이상 어느 누구의 우의(友誼)를 이용하자 하지 않았음에는 비단 방에게뿐 아니라 누구에게 있어서도 또 예전이나 지금이나 다를 데가 없었다.

"보복은 무슨 보복 인과는 어디서 오는 인과."

나는 이 불의의 별리에 아무러한 나의 죄도 인정할 수가 없었다.

혹 허물이 있었는지는 모르고 잘못됨이 있었는지는 모르나, 그런 의식쯤이야 나의 고독에 대한 용력(勇力)과 인내력을 집어삼킬 것까지는 못 되었다. 내가 부르르 털고 일어나서 때마침 우연히 타게 된 트럭 위의 몸이 되어, 방이 탔을 군용 화차가 머물은 어느 소역(小驛)을 반 시간도 못하여 따라잡을 때가 오기 전까지에는 다만 세상은 무한히 넓고 먼 것이라는 느낌 외엔 운명에 대한 미미한 의식조차 없었던 것을 발견하였을 뿐이었다.

내 몸을 휩쓸어 넘어뜨리고 가려는 거침없이 달리는 트럭 위에서 일어나서 나는 허어연 연기를 내뿜으며 기진맥진하여 누워 있는 방이 앉았을 화차를 먼 빛에 바라보며 그 방향을 향하여 한없이 내 모자를 내흔들었다.

이렇게 해서 이백몇 리가 된다던가 삼백몇 리가 된다던가 하는 나에게는 천 리도 더 되고 만 리도 더 되는 길을 서른몇 사람으로 만들은 일행의 한 사람이 되어 나는 떠난 지 불과 서너 시간이 다 못 되어 청진에 다다른 것이었다. 그것은 아무리 급한 그때 내 형편으로서의 불소한 금액이었다 하더라도 참으로 돈에다 비길 상쾌한 세 시간만은 아니었다.

우리가 자동차에서 내린 것은 청진을 한 정거장 다 못 간 수성
(輸城)[40]이라는 역 앞 다릿목이었으나 이십 리 길을 남겨놓은 곳
이라고 하는데도 바다가 있음 직한 방향을 앞에 놓고 산으로 병
풍같이 둘러싼 구획 안에 검은 굴뚝이 수없이 불쑥불쑥 비어져
나온 것이 치어다보이는 데서 우리는 떨어진 것이었다.

정말인지 아닌지는 몰라도 청진까지 다 들어가면 자동차를 빼
앗긴다는 운전수의 말을 곧이들으려고 하며 일변으로는 감사하는
마음을 금하지 못하면서 가리켜준 대로 다릿목에서 십자로 가로
질러 달아나는 제방을 외로 꺾어 따라 들어가서 나는 동으로 동
으로 발을 옮기고 있었다.

처음엔 사실 나는 이 수성이라는 정거정 앞에서 내렸을 적에 한
참 동안 서서 망설이지 아니할 수 없었다.

'만일 방이 탄 차가 이곳을 통과함이 틀림없는 사실이고 볼진대
청진을 다 가서 그 피난민이 오글오글할 정신을 못 차릴 정거장이
란 곳에 나가서 만나자느니보다는 여기서 기다리고 있다가 와 닿
는 차를 맞아서 타고 같이 청진으로 들어감이 좋지 아니할까.'

아무리 목표지가 지척 간에 와 닿았다 하더라도, 이십 리란 길
은 무거운 짐을 짊어지고 장차 지뚝거리기를 시작할 곤곤한 길손
에게, 이만한 트집을 갖게 하기에는 충분한 것이 있었다.

쨋수[41]를 가린다면 가령 제일 목적지라고나밖에 하지 못할 목적
지이겠지마는 어쨌든 이 목표한 곳에 도달한 안심감에다가 지난

밤 금생에서 떨어져서 회령까지 허덕거리고 뛰어온 괴로운 구찬한 추억이라든가, 오늘은 의외로 또 편안하게 올 수 있는 나머지 채 꺼지지 않고 남아 있는 사치욕이라든가 게다가 시장한 것이다.

이미 내 허기증은 도중에서부터 시작된 것이었다. 어젯밤 이래 먹지 아니한 데다가 깨끗한 산과 청명한 계곡(溪谷)의 맑은 공기를 절단하듯 일로매진하여 탄 차가 다사한 초가을의 광명을 헤치고 나아옴을 깨달을 때에 생기지 않고는 못 배길 헛헛증도 없지 아니했을 것이다.

여태까지 이러한 조건이 일시 내 마음의 피댓줄[42]을 늦추게 하였으나, 그러나 서서 아무리 휘둘러본대야 역 앞에 인가라고는 일본인의 관사식 건축이 몇 개 뭉키어 건너편 언덕 밑에 연하여 놓여 있을 뿐, 노변에조차 떡 한 자박 파는 데가 없다. 나는 군 입맛을 몇 번 다시었다. 그리고 방과 만나는 수단으로서도, 이편이 불리하고, 도리어 위험성조차 적지 아니할 것을 생각하였다.

방이 타고 오는 차가 군용차이고 보매, 이러한 일(一) 소역에 설 일이 있을 것도 같지 아니하려니와 방과 내가 회령서 나누일 때, 장차 어디서 만나고 어떻게 하자는 의논조차 할 새 없이, 참으로 돌연 떨어지기는 한 처지이지마는, 방의 친척이 청진에 많이 산다는 것으로 열흘이든 스무 날이든 예서 때를 빼고 가자 한 우리들의 담화로만 보더라도, 청진에서 만나자는 것은 암묵한 가운데 일종 우리들의 약조가 되어 있다고도 할 고장이었다. 말하자면 우리 두 이인삼각 선수가 발을 맞추어가지고 떠나야 할 제일 목표지에 다름없었다. 그렇거늘 이 난시에 청진과 같은 대역에서 사람을 만나기 혼잡할 구차함과 의구쯤은 문제로 삼을 것도 아니어서, 방도 게서 만나고, 밥도 빨리 가서 게서 먹고, 여로도 게서 풀 결론으로 마음을 편달[43]하여 떠나 온 것이었다.

날은 유별히 청명하여서 어깨 너머로 넘어간 륙색의 두 갈래 들멧줄은 발자국을 옮겨놓는 대로 불쾌함을 곁따르지 아니한 압박감을 줄 뿐, 물에 부풀어 일어난 것 모양으로 우둥퉁하게 생긴 아무렇게나 된 찌일찔 끌리는 호신 밑에서는 어느덧 발가락과 발바닥 밑에 축축한 땀이 반죽이 되어 얼마간의 쾌감을조차 가지고 배어 나온다.

자동차에서 내린 일행 중 몇 사람은 나남(羅南) 가는 방향이라고 하여 오던 길을 바로 더 걸어가버리고 더러는 촌으로 들어간 사람도 있은 뒤에 사오 인 혹 오륙 인씩 짝패가 되어 청진으로 들어가는 이들의 뒤를 홀로 전군(殿軍)[44]이 되어 나는 따라갔다.

나날이 유정하여[45] 가는 마가을의 다사한 햇볕을 전폭으로 받으며 등에 진 륙색 밑을 두 손을 뒤에 돌려 받쳐 들고 시가지를 가리켜 굽어가는 제방 위를 타박타박 들어 걸어가는 것이었다.

사오 인씩 혹은 오륙 인씩 된 짝패들 중에는 도중 제방에서 밑으로 내려가서, 잔잔한 물가에 진을 치고 밥 짓는 준비를 하는 동안, 벌써 세수를 하고 발을 씻는 패도 있으며, 해림(海林)에서 장춘을 거쳐 나온다던 젊은 농부 내외는, 하나는 쌀을 일고 하나는 북어를 두들기는 것까지, 한가한 햇볕 속에 째애쨌이[46] 탐스럽게 내려다보였다.

이윽고 타고 오던 제방이 끝이 나는 데를 왔다.

제방 아래에서 꺽굽 서서[47] 무엇인가 밭에서 거두고 있는 농군을 불러 물으니, 끝이 난 제방을 내려서서 가던 길을 곧장 가라고 한다.

"이쪽 이 줄기로 해서 방축이 또 한 개 뻗어나간기 배우지 앵 있소. 이 질으 따라가서 방축 등으 넘어서믄 개앵 멘다. 그 갱으 건너 또 저어짝 방축 등때기르 난 질루 해서 넘어가메난 질으 따라가압세. 큰 질이라군 그것백겐 없음 멘다."

농부는 저짝과 이짝을 번갈아 가리키던 손을 내리고 겸사스럽게 가리켜주었다. 그러고 보니 지금껏 자기가 걸어온 것은 보강적(補強的) 의미밖에 아니 가진 외곽(外廓) 제방인 듯하였다.

가리킴을 받은 대로 나는 끝난 제방을 내려서서 다시 제방 등을 넘어서서 강가로 내려왔다. 예상했던 것보다 폭도 넓고 수량도 대단히 많은 청령한 맑은 물에 눈허리가 시근거리도록 가을 햇볕이 찬란하게 반사하였다. 나는 위선 짐을 내려서 륙색 안에 든 물건을 꺼내어 모래 위에 아무렇게나 내던지었다.

남색 중국 홑의(單衣) 위 아래.

어떤 구상 중의 그림을 위한 사생첩 두 권.

천복(千僕)이라는 내 이름이 쓰여져 있는 동(同) 일기 한 권.

꼭 십일 년 전 두번째 동경 갈 때 어머니가 만들어주신 이불의 거죽과 홑청.

홑청 속에 싸 넣은 헌 구두, 더러는 짝짝이가 된 양말들.

그리고는 신문지에 둘둘 말아 남이 보기 전에 빨려고 하는 사루마다.[48]

아 또 잊어서는 아니 되는 내 '귀중품' 보료, 함경도 말로 탄자라는 것이다.

나는 이것들을 깨끗한 흰모래 위에다 픽픽 던져서 놓고 뿝은 발을 물에 담은 채 사변에 앉았다 누웠다 한다.

"너 만주서 이런 물 봤니."

"못 봤어요."

남양(南陽)⁴⁹서 회령 온다고 하는 차를 타고 두어 정거장이나 지난 뒤에 연선을 따라 흘러 내려가는 맑은 물을 턱을 고이고 한참이나 물끄러미 쳐다보고 있던, 길림 이래 단속적(斷續的)으로 동행이 되다 말았다 하는, 장춘서 적십자에 있었다는 젊은 애티가 나는 간호부와, 목릉(穆陵)⁵⁰에서 탔다는 열두어 살이나 났을 소학생과의, 시(詩)의 대화(對話)를 불현듯 나는 하늘을 누워서 보며 생각하였다.

살 만한 자리란 자리는 다 빼앗기고 발 들여놓을 흙 붙은 데도 없어서, 고국을 떠나 산도 없고 물도 안 보이는 광랑한⁵¹ 회색 벌판에 서서, 밭을 갈고 논을 일으키고 혹은 미천한 직업을 찾아서 헤매이는 사람들의 간절한 그리움이, 이 두 어린 사람들의 입을 통하여 우러나오는 시의 주제(主題)에 있는 것이 아닌가.

"너 언제 또 들어가니."

"다신 안 들어가나 봐요."

아무리 생각한대야 생활의 의미를 깊이 알 도리가 없는 소년의 압박과 고독과 공포의 오랜 습성은 아직 해방의 뜻조차 그의 가슴속에 완전한 것이 못 되어 막연한 불안이 아직 그 입가에 퍼덕이고 있었다.

"학교도 다 떼가지고 나와요."

이때 이 언제까지나 불안이 꺼지지 아니하는 소년의 떨리는 어조는 내가 지난해 겨울 북안(北安)[52]에 들어가 있는 사촌매부의 어린 넷째 아들을 나에게 연상케 하였다.

내가 보통학교를 졸업한 지 삼 년째 되던 해니까 진정으로 이십 년 전 매부는 아는 이가 있어 지금으로 보니 공주령(公主嶺) 어느 근방에다 처음으로 만줏짐을 부려놓은 모양이었다. 의지가 굴강하고[53] 바르고 과감한 매부 일족의 고투는 십오 년 동안의 풍상을 겪어오는 동안에 밭날가리 논마지기나를 제법 만들어놓기에 성공하였다.

위로 장성한 아들 셋은 배필을 정하여 더러는 분가도 시키었고 시집도 보내었다. 근린에는 조선 사람 집이 수십 채로 늘고 예배당까지도 서게 된 부유한 촌이 되었다. 매부는 술도 모르고 담배도 모르고 잡기에도 재주가 없이 대체 이 사람이 일하는 외론 무슨 재미로 사는 사람인가를 모르리만큼, 그저 독실만 하고 정직만 하고 온화만 한 성품의 사람이었다. 자기는 별로 이렇다 하게 내어놓고 다니지는 아니하나, 누이는 예배당이 되자 백 원이라는 그때로서는 막대한 돈을 기부까지 하여 예배당의 일을 적지 않이 부축도 해왔었다.

매부는 물론 그런 것을 아니라 할 사람도 아니요, 기라 하고 내세울 사람도 아니었지마는 이렇게 아무 근심 걱정 없이 넉넉히 살아올 수 있던 그들 일족도, 촌 전체 운명의 일부를 나누어 지고 다시 십오 년 뒤 유리(遊離)의 길을 떠나지 않으면 안 된 것이었다.

"아는 사람을 따라 들어온다는 것이 우연히 좋은 땅이더래서 도리어 그런 봉변을 당한 셈이 되었지. 알고 보니 반반한 데는 한 군데도 그런 변을 당하지 않은 데가 없었어."

"차라리 처음부터 아무도 돌아다보지도 않을 토박한[54] 곳에나 주저앉았더라면야. 풀 하나 날 데 없이 반반히 만져논 손때 묻혀 논 정이야 들었겠나."

벌써 쉰 고개를 몇이나 넘었을까 싶은 나이 알쏭알쏭해서 잘 기억도 되지 않는 나이 먹은 누이는 남편의 말 뒤끝을 이어 손아래 사촌동생을 보고 이렇게 언짢아하였다. 그들도 일본 집단 개척에게 전지를 빼앗기고 살던 데를 앗기운 사람들의 일족에 지나지 못하였다.

"만척[55]에 강제 수용을 당하고 북안에 온 지 오 년쨌데 오는 첫해는 이걸 또 호미를 쥐고 낫을 잡고 어떻게 땅을 파자고 하나 하고 생각하니 어떻게 을씨년 같지 않을 수가 있었겠나. 한 해 가고, 이태 가고, 삼 년 가니, 인제는 억지로 정 붙이려던 제 생각도 다 절로서 잊어버리고 아무 일도 없었던 것처럼 또 이렇게 살아오는 것 아닌가."

그는 면면[56]하였다.

그는 누구를 원망하는 것도 없는 것 같았다. 그도 그렇고 누이도 그렇고 누구를 저주할 줄을 아는 사람으로는 될 법을 못한 사람들이었다. 그들이 그렇거늘 그들과 함께 일족을 이룬 그들의 장성한 아들들이나 딸들도 그렇지 않을 수 있으리라고 생각할 수가 없었다.

그는 자기의 지금 막 한 말조차 쓸데없는 소린가 하고 뉘우쳐 생각한 사람처럼 말뿌리를 돌리어 조선에 있는 일가친척의 안부, 촌수로 헤일 수 없는 머언 원척에 이르기까지 세세히 묻고, 이 영감은 어찌 되었나, 저 영감은 어찌 되었나, 하는 끈끈한, 그러나 그리움이 멎을 길 없는 물음만 한참 캐어물은 끝에,

"그런데 차차 한 해씩 나일 먹어가느라니까 인젠 그 바람이 딱 싫어집데. 봄가을 한참 때에 부는 그 하늘이 빨개서 뒤집혀 들어오는 흙바람— 언제야 안 불었을 바람이련만 그 바람이 인젠 딱 싫어집데. 흙바람이 아니랜들 무엇하겠나만…… 이제는 앞으로 목숨이라야 아마 흙 될 것밖에 다른 것이 남지 안해서 그런지 하늘빛이 잿빛인 것도 좋은 건 아니구……"

말이 막힌 것이 아니라 가래가 돋는 모양으로 그는 꽤 오래도록 쿨쿨대고 기침을 기쳤다.

입만(入滿)한 지 얼마 안 되어 농부에겐 있을 수 없는 소화불량을 얻어 이래 이십 년 가까이 고생하여오던 끝에, 이번에는 또 기침까지 병발하여서 이제는 된 일은 아니하노라 하며, 힘드는 농사는 아이들이 다 맡아서 한다고 하였다.

성장하여 취처(娶妻)하여 손자 보고, 일 잘하고, 외도를 모르는 자기 자신과 호말[7]도 틀림이 없는 진실한 아들을 둔, 보통 무난하다 할, 행복의 무슨 자랑 같기도 하고, 또는 굴강한 의지에 엄호(掩護)를 힘입어 별 감상(感傷)을 드러내지 아니하려는 이 평범한 술회가 일종의 한탄 같기도 하였지마는 그렇지만 어찌 되었

든 그 심저(心底)에 가라앉아서 흔들리울 길이 없는, 한 방향으로 쏠리는 일정한 정서를 그 외의 무슨 방법으로 표현할 수가 있었겠는가.

'향수(鄕愁)란 이렇게 근본적인 것일까.'

나는 누워서 눈에 스며드는 높은 하늘의 푸른빛을 마음껏 가슴에 물들이며 아까 제방에서 떨어져 내려가 잔잔한 수변에 진을 치고 뭉기어[58] 밥을 짓던, 오붓오붓한 칠팔 인의 일행을 문득 생각하였다.

'매부의 일족은 어찌 되었을까.'

이번 일 후에 응당 생각할 순서에 있었던 불행한 그들의 운명을 나는 뉘우치는 마음으로 새삼스러이 생각하지 아니할 수 없었다.

'그들은 어찌 되었을까.'

나는 다시 마음에 되뇌이었다.

만일 그들이 무사할 수가 있어 동 넘어 뭉기어 밥 짓는 저 일행들의 행색을 하고라도 어느 이 고토의 흙을 밟고 있다 하면 작년 겨울 소학교 이학년이던 어린 조카──영하 사십 도의 쨍쨍히 얼어붙는 겨울 하늘 아래서 눈물을 얼리우며 십오 리 길을 왕래하던 어린 조카, 그것이 너무 측은해서

"어린 것에게 너무 과한 짐이 아니 되느냐."

"그렇게까지 해서 학교에 아니 보내면 어떠냐."

는 소리가 목구멍에서 터져 나올 뻔한 것을 어른이나 아이나 그밖에 자리에 앉았는 누구의 얼굴을 쳐다보나 그런 말이 나올 수 없음을 인정하고,

"쟤들이 저러구두 날마다 빠지지 않고 학교에 다닙니까?"

하였었다.

"춥고 눈보라가 치고 정 매워서 못 가리라는 날에는 이 동네 한 서른 가호 되는 집 아이들 중 학교 다니는 좀 큰 놈들이 찾아와서 결석을 못 하게 데리고들 가지."

아버지의 말을 들으면서 제 날마다 하는 일이 금시에 생각나는 듯이 두 조마귀[59]를 볼끈 쥐고 오들오들 떨던 그 조카놈도 같이 따라올 수 있는 것이라면,

"너 만주서 저런 하늘 봤니?"

"못 봤어요."

하는 문답을 하면서 토닥거리고 오는 것이겠다.

비로소 눈몽아리를 뜨겁게 함을 깨닫는 이러한 연상들 속에서 나는 조선이 그처럼 그리울 수가 없는 나라인 것을 다시금 깨달았다.

이때 물이 흘러가는 발아래 방향에서 '찰그닥' 하는 짧고 날카로운 소리가 다부지게 귓봉우리에서 맺어지는 바람에 나는 놀래어 일어났다. 서너 간이 될까 말까 하는 물 아래켠에서 궁둥이를 이쪽에다 대이고 기역자로 꺼꿉 서서 열심히 물바닥을 들여다보는 아이가 있다. 얼결에 보면 아인지 어른인지 사람인지 아닌지조차 분간키 어려우리만큼 그 채림채림[60]은 우스웠다.

진한 구릿빛으로 탄 얼굴과 윗도리는 아무것도 걸친 것이 없이 해를 받아 뻔쩍뻔쩍 빛나는데, 희끄무레한 사루마다 같은 것을 아랫도리에 감았을 뿐이었다. 그는 막 '찰그닥' 하는 소리가 남과

동시에 상반신을 일으킨 내가, 그것이 사람인 것을 포착하는 순간에 허리를 꾸부리었던 것이다. 만일 나의 몸을 일으킴이 몇 초만 늦었더라도 그 꾸부리고 섰는 형태만으로는 무슨 물건인지, 물 가운데 박힌 말뚝이나 바위팡귀[61]로밖에 심상히 보고 지나갔을지도 모르니만큼, 그 채림채림은 의외의 것이 아닐 수 없어서 직각적으로 내게 내가 떠나 온 이국인의 풍모를 연상케 하여 몇 번씩이나 몸을 소스라치게 하였는지 모른다. 그의 발은 손댓 켠[62]에는 물 가운데 자기의 꾸부린 키보다 얼만큼 클지 안 클지 모르는 작대기가 꽂히어 있는데, 이것도 그가 꾸부리었던 허리를 날쌔게 펴면서 그것을 빼어 들고 물을 따라 띄엄띄엄 따라가기 전까지는 그것이 무엇을 하는 것인지 짐작할 여유가 없으리만큼 그의 행동의 변화는 순간적이었고 돌발적이었다.

내려가는 물세를 따라 시선을 보내는 모양으로 그 머리의 뒤통수가 뒤로 차츰차츰 제쳐져 올라오는가 하였더니, 별안간 허리를 펴고 물에 꽂힌 작대기를 잡아 빼어 드는 동시에, 그는 물을 따라 뛰어 내려가기 시작하였다. 뛰면서도 시선은 항상 노려보던 물 가운데에 쏠리어 있는 것을 보고야, 비로소 그 전체의 의미를 나는 대개 짐작할 수가 있었다. 그는 아마 한 간통[63]이나 이렇게 해서 뛰어 내려가다가 다시 허리를 꾸부리고 물속을 열심히 응시(凝視)하던 끝에 그제는 들었던 작대기를 자기 자신의 시선이 몰리인 물을 향하여 힘껏 던지었다. '찰그닥' 하는 소리는 이때에 난 것이 분명하였다. 그러고는 작대기에다가 전신의 힘을 집중하여 내려누르고 이리저리 부비대었다. 동시에 그의 희끄무레한 사루

마다를 두른 궁둥이가, 영화에서 보는 남양 토인의 춤처럼 몇 번인가 좌우로 이질거리었다.[64]

나는 이 모든 행동에서 그의 목적한 바가 완전히 달하여진 것을 의심하지 아니하고, 그가 허리를 전 자세대로 펴며 작대기를 다시 빼어 들 때까지 주목하지 않고는 못 배길 마음의 충동을 느끼었다. 그가 물에 박히었던 쪽의 작대기를 하늘을 향하여 치켜들고 금속성의 광휘를 발하는, 작대기 끝에 박힌 거무스럼한 물건을 뽑아내는 듯하는 거동을 나는 먼빛에 보았다. 그 검은 물건은 소년의 손끝에서 꿈틀거리었다.

이때에 나는 그 작대기가 금속성인 세 갈래의 삼지창으로 된 끝을 가진 것이며, 그 창에 박혀 몸부림을 치는 것이 무엇이며 그의 첫번 겨눔이 실패하였을 때에 내가 그 소리에 깨우쳐 일어난 것이며를 인지(認知)할 수가 있었다.

"그런 것 너 하루에 몇 마리나 잡니."

륙색에서 꺼내어 모래 위에다 널어놓은 내 짐들 가까이 그가 삼지창 끝에서 빼어 들고 온 물건을 홱 내던지고 다시 물로 들어가려 할 즈음에 나는 이렇게 물었다.

"그런 뱀장어 하루에 몇 개나 잡어."

이처럼 재쳐 묻는 내 말에 그는 반 마디 대꾸도 없이 거들떠보지도 아니하고 이리 기웃 저리 기웃 하면서 물로 점병점병 더듬어 들어간다. 아무리 보아도 사람을 통째로 삼킨 듯한 시치미를 뗀 그 거만하고 초연함이란

"잔소리 말고 널랑 잡아다 논 그 고기 지키고나 있어."

하는 걸로밖에는 아니 보인다.

과연 모래 위에 팽개쳐놓고 간 그놈의 고기가 곰불락일락[65] 뛰기를 시작한다. 삼지창 끝에 박히었던 장어의 대가리는 옥신각신 진탕으로 이겨져서 여지없이 된 데다가 뛰는 때마다 피가 뿜겨져 나온 부분이 모래와 반죽이 되는데도 불구하고 이 세장(細長)의 동물은 그 전신 토막토막이 전수히[66] 생명이라는 듯이 잠시도 가만 있지를 아니하였다. 제가 얼마나 뛰랴, 뛰면 무엇하랴 하고 얕잡아보고 앉았는 사이에 여러 번 여러 수십 번도 더 툭툭거리기질을 하는가 했더니 어느덧 물 언저리까지 접근하여 다시 가서 한번 더 뛰면 물속으로 뛰어 들어갈 수 있게까지 된 것이 아닌가.

잡아다놓은 고기에는 조금도 관심이 없다는 듯이 이번에는 물을 거슬러 올라가며 한 반만치 구부리고 역시 그 물 밑만 노리고 있는 아이는 아무리 보아도 보통 아이가 아니었다. 혹 고기를 잡으며 물을 거슬러 올라가는 도중 편이한 장소를 찾아 잠깐 들렀던 것이 아닌가 하는 생각으로 하나는 양보를 할 여지가 있다 하더라도 사람의 말을 들은 체 만 체도 아니하고 거들떠보지도 아니하는 그 오만한 태도에는 충분히 양해가 갈 만한 이유가 서지 아니한다. 괘씸하여 내어버려둘까 하는 생각도 났다.

그러나 부르튼 듯이 입이 불쑥 비어져 나온 열사오 세밖에 아니나 보이는 이 소년의 행동은 나로 하여금 오래도록 탐색적인 논란(論難)의 태도를 갖게 하기에는 너무나 직선적인 굵기와 부러울 만한 열렬함이 있었다. 자아 중심의 황홀이 있는 듯하였다. 나는 나 자신의 이때 너무나 직정적인 일면을 자소(自笑)하듯 일어나서 한 번이면 알아볼 마지막 고비를 뛰어넘으려는 동물의 중동을 잡아 올려 전 자리에 팽개쳐버리었다.

목숨이 어디 가 붙었는지도 모르는 그 목숨에 대한 본능적인 강렬한 집착(執着)——그리고 그 본능의 정확성은 놀라리만큼 큰 것이었다.

곰불락일락 처보아서 전후좌우의 식별이 없이 그저 안타까워서 못 견디는 맹목적인 발동 같아 보이지만 나중에 그 단말마적(斷末魔的) 운동이 그려나간 선을 따라가보면 그것은 언제나 일정한 것이었다. 그것은 자기의 생명이 찾아야 할 방향을 으레히 지향하고 있는 것이었다.

수부(首部)가 전면적으로 으깨어져나간 나머지는 그저 고기요, 뼈다귀요, 피일밖에 없는 생명이 어디 가 붙었을 데가 없는 이 미물이 가진 본능이라 할는지 육감칠감이라 할는지 혹은 무슨 본연적인 지향(指向)이라 할는지 어쨌든 이 생명에 대한 강렬하고 정확한 구심력(求心力)——나는 무슨 큰 철리의 단초(端初)나 붙잡은 모양으로 흐뭇한 일종의 만족감을 가지고 동물의 단말마적 운동을 바라보고 있었다.

이러한 철리의 실증운동으로 말미암아 내가 두어 번 더 그 실종자의 뒤치닥거리를 아니 해줄 수 없는 동안에, 소년은 제이의 소획을 들고 올라왔다. 길이는 뱀장어의 삼 분의 일이 될까 말까한, 대가리는 불룩한 것이 빛까지도 복아지[67] 같고 꼬리는 빨고[68] 빳빳하고 날카로웠다. 역시 대단히 빳빳할 거 같은 날구지[69]가 두 개 아금지[70] 좌우에 붙어 있는, 맑은 산간계수에나 흔히 있을 듯한, 날째게 생긴 생선이었다.

물으니 소년은 비로소 무엇이라고 하였는데, 나는 그 대답을 역시 확실히 기대할 수 없었음에 기인하였던지 맨 나중으로 무슨 '딱이'라는 두 음만 분명히 붙잡을 수가 있었다.

"너 어디 사니."

소년은 턱을 들어 돌려서 강 건너 제방 너머를 가리킨다.

고장을 이름으로 가르쳐 들었기로니 소용이 없을 것이라, 대개 이만한 정도면 충분한 만족이어서,

"너 저거 파니 먹니?"

"안 먹어요."

"안 먹으면 얼마씩 받니 한 마리에."

목적의 현실적인 요구에 따라 내 질문은 차차 실제적인 데로 들어갔다.

"오 원씩."

"또 이건."

나는 아직 소년의 손에서 땅 위에 내려놓이지 아니한 그 무슨 '딱이'를 가리켰다.

"이건 안 팔구 집에서 먹구."

부르튼 듯이 부풀어 오른 그의 입술 끝에서는 열었다 닫기는 때마다, 반말이 아니 나오는 때가 없었다. 아까와는 많이 달라져서 더러 녹진녹진한[7] 데가 그 태도 가운데 엿보이는 반가움보다도 이것은 나에게 잊어버렸던 내 더 큰 그리운 고혹(蠱惑)이 아닐 수 없었다. 나는 이 오래된 고혹에 제절로 끌리어 들어가는 나 자신

을 느끼며

"하루 몇 마리나 잡니 저런 건."

"너더댓 마리도 되구 열아믄 마리 될 적도 있구."

"너 여기서 그거 하나 구워주지 않으련— 저 풀 뜯어다가 불 놓아서."

"풀을 뜯어다가요."

이상하게도 갑자기 공손한 말을 쓰고 부드러운 어조(語調)인가 하였더니, 그러구 이 자리를 떠난 소년은 돌아오지 아니하였다.

뱀장어가 한 마리에 얼마 하는 것이나, 무슨 딱이라던 것이 하루에 몇 마리 잡히는 것이나, 또는 나의 시장기가 견디어날 수 없을 정도도 아니었으나, 전쟁 이래 처음 안겨지는 고국 산수의 맑고 정함과, 이 맑고 정한 물을 마시고 자라나는 사람의 잡티가 섞이지 아니한 신선한 촉감이 혼연히 일치가 되어, 나의 마음을 건드림은 심상한 것이 아니었다.

뱀장어며, 딱이며, 또 그것들을 불을 놓아 구워 먹자는 것이며가, 다 이 희끄무레하게 거슬때기밖에는 아니 될, 헌 사루마다를 걸치고 진 구리빛 얼굴에 앞가슴이 톡 비어져 나온 발가숭이 소년과 함께 마주 앉아서 반말지꺼리를 하며, 그 아무것도 섞이지 아니한 검은 눈동자를 마주 보고 앉아 있었으면 하는 욕망밖엔 아무것도 아니었다. 언어(言語)는 내가 소년에게 건너놓고 싶은 한 미약한 인대(靭帶)에 불과하였다. 만일 이 인대가 없어도 되는 것이라면 반말지꺼리의 대화인들 도리어 우리에게 무슨 필요가 있으랴. 소년이 가진 여러 가지 가슴이 쩌엉 해 들어오는 감촉에 부딪칠 처소에만 놓여 있을 수 있다면, 잠자코 묵묵하게 앉아서 건너다보고만 있음이 더 얼마나 훌륭한 일이겠기에!

그러나 소년은 그의 행동적이요, 감각적이요, 직절하고[72] 선명한, 다시 군데가 생길 여지가 없는 성품이, 나의 부질없는 희망을 받아들일 사이가 없다는 듯이 사라지고는 오지 아니하였다.

나는 속이 빈 륙색을 거꾸로 들어 안의 먼지를 깨끗이 털고, 모래 위에 꺼내어 바래이던, 보료며 호복이며를 역시 깨끗이 털어 주워 넣고 떠날 준비를 하였다. 방이 탄 차가 와 닿았는데도, 내가 가지 못한 걸로 해서 못 만나지나 아니할까 하는 조밀조밀한 의구도 갑자기 가슴에 습래하였다.[73]

챙긴 륙색을 이어 지고 입었던 양복에다 양말, 호신 같은 건너가서 신어야 할, 떨어지기 쉬운 물건들을 싸서 한아름 안고, 모자를 쓰고, 사루마다 바람으로 나는 물을 건너기 시작하였다.

물은 깊은 데로서 정강이를 넘을락 말락 하였으나, 물살이 세고 찬 데다가, 퍽이나 넓은 강이었으므로, 건너편 모래 위에 발을 디디고 올라섰을 때에는 발바닥이 오그라져 들어오고, 몸에 소름이 돋고 속으로 와들와들 떨리기까지 하였다.

나는 모래를 디뎠던 맨발 바람으로 축동[74] 등골[75]에 올라가서, 게서 다시 륙색을 내리고, 한아름 안았던 양복을 내려놓고 입었다.

지금까지 보이지 아니하였던 청진의 전 시야가, 거리를 에워쌌을 산허리를 중심으로 일부분 완전히 건너다보였다. 쑤욱쑥 비어져 나온 공장의 굴뚝들과, 서로 제가끔인 그늘로 덮인 건물들 때문에, 산이 내려다보고 있을 바다는 아니 보였지마는 째앳쨋하고도 재릿재릿한[76] 마가을 햇볕 아래, 그 상반신을 바래이고 있는 산 중복[77]의 경관(景觀)은 유난히도 조용하고 아름다운 것이었다. 언제 싸움이 있었더냐는 듯이 서로서로 손을 내밀어 잡아다니고, 붙들리어 떨어지지 않게 부축하고, 떠받들리어 오복하니[78] 연락이 된 수없는 인가와 인가——오직 이 중에서 하나, 마음을 선뜩 멈추게 하는 것이 있음은 다릿목에서 처음 뚝으로 걸어 들어올 제, 먼 발에 본 한 채의 붉은 이 층 벽돌집이었다. 그것이 먼발에 무심히 보았던 탓으로 속이 타버려서 아래층도 위층도 없이 된 훤히 속이 들여다보이는 겉껍데기만인 것인 줄은 몰랐었다.

'불이 났나 혹 폭격을 당한 것이나 아닌가.'

그러나 한 개 피난노상에 있는 사람에 불과한 나에게 이것을 단순한 화재로 상상할 수 있는 유유한[79] 기회보다는 전쟁으로 인한 재화로 연결하여 생각함이 첩경인 특수한 처지에 나는 서 있었을 밖에 없었다.

'그렇기로 저런 산말랭이[80]의 동떨어진 외딴집인데, 폭격은 무슨 폭격이람. 대견한[81] 무슨 군사상 관계의 집도 아닌 듯한데.'

그러구 생각하면 그 집 한 채만 복판으로 명중을 했다는 것도 공교스러운 일이요 또 했다더라도 속만 말쑥하게 맞아 없어지고 겉껍데기가 그렇게 묘하게 남아 있을 리도 없을 것 같았다. 이상하다 생각하면서 나는 모래가 말라서 부실부실 떨어지는 발을 손으로 말짱하게 비비어 닦고 양말을 신고 일어서려 하였다.

이때 축동 아래로 카키빛 목으로 된 새 군인복에 짚신을 신고 더부룩한 맨머리로 더풀더풀 강을 건너 넘어오는 사람이 있었다.

옷이 대단히 큰 모양인 것은 몸에 홀렁홀렁하는 것을 저고리 소매와 바지를 걷어올린 것이 손목과 발등에 희게 나덮힌 양복 안으로만도 알 수 있었다. 바른손에는 지게 지팡이인지 끝이 갈래가 난 몽둥이를 쥐고, 왼손에는 소 천엽 같은 거무스름한 거스럽이거나 또는 무슨 생선 같기도 한 흐늘흐늘하는 것을 버들가지인지 무엇인지에 꿰어 든 것이다.

그가 강을 건너 모래판을 지나 축동을 밟아 올라옴과 동시에 그의 두 손에 들렸던 소지품이 천엽도 아니요, 지팡이도 아니요, 내가 상상하던 모양의 생선도 아니요, 실로 아까의 그 더벅머리 소년이 가졌던 삼지창에 그 소획물들에 틀림없음을 발견하였을 때는 그의 너무나 갑작스러운 변모에 나는 놀라지 아니할 수 없었다.

그가 동둥에 올라와 나와 같은 지면에 서서 고개를 들고 나에게 일면(一眄)[82]을 던졌을 때, 그는 나의 휘둥그러해지는 눈을 다시 한 번 건너다보고 싱긋 웃었다. 그는 아까 강에서 고기를 잡던 때의 자기의 행장이 괴상하였던 것을 자인(自認)하는 모양이었고, 지금의 이 돌연한 번듯한 차림차림에 놀라지 아니할 수 없는 내가 또한 당연한 것을 인정하는 듯하였다.

이러하거늘 거기 대해 더 캐어물을 것이 없음을 안 나로서도 또한 기이한 질문이 가슴 한편 구석에서 머리를 들고 일어남을 누를 길만은 없었다. 나는 무슨 묵계(黙契)나 있었던 것처럼 묵묵히 소년의 뒤를 따라 제방을 내려왔다.

소년은 밥을 먹으러 간다고 하였다.

"너 여기 비행기 많이 왔었니."

무엇보다도 나에게는 이 고장 사람이 아니고는 풀지 못할 바로 직전에 생긴 의문이 덩어리가 된 채 가슴 한편 구석에 뭉키어 있었다.

"많이 왔어요."

소년은 나의 말의 의미하는 바를 짐작할 수 있다는 모양으로 이번에도 이상하게스리 정중한 말로 이렇게 명확한 대답을 하고 나서, 그 뒤에 으레히 따라야 할 나의 질문이 무엇인가를 의심하는 눈초리로 내 얼굴을 올려다보았다.

"저기 저어 산허리 턱에 벽돌집 있지 않니, 꺼어멓게 타서 껍데기만 남은 저 이층집 말이야. 거 멀 허든 집이냐?"

"학교야요."

소년이 순한 사람이 아니라고 미리 정해놓지 않은 것은 나의 다행한 정확한 감정(鑑定)이었다. 나는 방향을 가리키기 위하여 들었던 손을 내리고 다시 그의 얼굴을 들여다보았다.

"그런데 학교가 왜 타? 거기도 폭탄이 떨어졌던가."

"아아니요. 일본놈이 불을 놓구 달아났지요."

"왜."

나는 나 자신 놀라리만큼 갑작스러운 높은 어조로 물었다.

"학꾄데 왜 일본놈이 불을 놓구 달아나?"

"약이 오르니깐 불을 놓구 달아났지요 뭐."

내 말이 채 떨어지기도 전에 서슴지 않고 불쑥 비어져 나온 이 약이 오른다는 대답은 과연 조략(粗略)한[83] 것이었으나 신선하였고, 직명하였고, 그 자체로부터 완결된 것이었고 그러므로 또한 청량하였다.

"그래애. 네 말이 맞아. 약이 올랐겠지, 하 하 하."

소년이 더듬거리지 아니하고 쓴 소복하고도 함축이 많은 이 청량한 표현에 나는 막혔던 가슴이 시원히 터지도록 웃었다.

웃었으나 흥분 상태에 돌입하기를 비롯하려던 증오(憎惡)의 불길은 미처 꺼지지 아니한 채 가슴 한 모퉁이에 남아 있었다. 다만 그것이 연소하여 충분한 불길로 발전하기에는 지금 자기와 함께 곁따라 가는 소년의 그 성싱한 품성이 나로 하여금 한시도 다른 길로 삐어져나가기를 허락지 않는 자극적인 것이었고 또 강인(强引)한 것이었다고도 할 것이었다.

나는 창자 속에 아무것도 남음이 없는 웃음을 웃고 난 뒤에 소년의 이 강인한 촉지(觸指)[84]가 언제든지 한번은 내게 능동적으로 와 작용할 날이 있을 것을 은연중에 기대하면서, 소년과 몸이 스칠락 말락 하는 거리를 사이에 두고 한참 동안 일부러 잠자코 걸어가고 있었다.

내 묻는 말에 하는 수 없이 대답은 하였으면서도 아직까지도 탁 풀어져서 돌아오지 못할 어느 종류의 경계와 의혹이 잠재해 있는 것을 나는 소년의 흘깃흘깃 곁눈질하는 그 안색에서 엿볼 수 있는 까닭도 없지는 아니하였다. 과연 소년은 내가 지일질 끌고 오는 호신을 새삼스럽게도 내려다보는 듯하더니 정면으로 다시 내 얼굴을 올려다보았다.

"만주 어디서 오십니까."

"나 장춘서— 예전 신경이라고 하던데."

"네에 신경이요!"

"시방은 신경이라고 안 그러고 맨 처음 가지고 나왔던 이름대로 장춘이라구 도로 그러게 되었지—신경이란 뜻은 새 신자 서울 경자, 새 서울이란 말인데, 예전 중국 땅이던 것을 일본이 빼앗아가지고 제 맘대로 만주국이란 나라를 세웠다 해서 그 새로된 나라의 서울이란 뜻이지. 그러기 지금은 만주도 만주란 이름으로 부르지 않고 동북지방이라고 그래—마치 이 함경도가 우리 조선 동북쪽에 있는 것처럼 만주도 중국의 서울인 남경에서 보면 동북 지방이 되거던."

무엇이든지 붙이어 친근감을 갖게 하자는 내 설명은 불가불 길어질 수밖에 없었다.

"아까 저어기 강가에 내놨던 그 뻘겅 탄자 만주서 가져온 겁니까. 거 만주서 산 거야요?"

내 생각이 거지반 맞아 들어가는 것은 알았으나, 소년의 호기심도 처음엔 역시 그 탄자에 있었던 모양이었다.

이 탄자라 함은 무슨 털인지 털 이면을 모르는 나로서는 도저히 알 길이 없었으나 여우의 털로서는 과히 클 것 같기도 하고 늑대의 털로서는 지나치게 호화로운 것을 석 장을 이어서 밑에 빨간 빳빳한 모슬린[85]을 붙이어 만든 것이었다.

펴고 누우면 과히 큰 키가 아닌 나로서는 발이 나올 정도는 아니어서, 이 반삭[86]을 넘어 나오는 피난행에 어느 때는 유개화차 지붕 위에서 뒤집어쓰고 한풍(寒風)과 우로를 가리기도 하였고, 찬

여관 방바닥에서 밤을 지새우게 되는 날은 번번이 방과 나는 그것을 반반에 쪼개어서 깔고 겨우 한습(寒濕)을 막아온 물건이었다.

"거 좋소."

북신북신하는 털 위를 한번 쭈욱 손바닥으로 거슬러 훑어보고 또 쓰다듬어 내려와보고, 방은 내 얼굴을 쳐다보고서는 그의 본성대로 상찬(賞讚)으로 치고는 너무 무미한 입맛을 쩝 다시었다.

이 말 끝에던가 내가,

"짐을 지고 오는 륙색을 털리우고 옷도 다 빼앗기어 사루마다 바람이 되더라도 이 탄자만 무사하면 그만이요."

한 나의 발언으로부터 우리의 환향은 언젠가 금의환향이란 말 대신에 사루마다 환향이란 명칭을 만들어 쓰게 되었고, 그걸로 해서 킬킬대고 웃게 되었고 따라서 내가,

"서울 가서 다시 책상을 놓고 앉게 될 적에 깔아볼 생각이요."

하고 나서게까지 된 이 탄자는 이러한 나의 알뜰한 염원(念願)이 존중함을 받아 귀중품이라고 명명하게 된 것이었다.

귀자를 붙인 또 한 가지 연유에는 이것이 돈을 주고 바꾼 것이 아니라 일 소련 장교——동부 전선에 활약한 전차대로서 불가리아, 루마니아, 에트바니아 등등 여러 나라를 전전하다가 팔꼬뱅이와 어깨와 다리사채기[87]에 총을 맞고 흉터가 생긴 것을 만나는 사람마다 자랑으로 이야기하던, 장춘서 내 옆방에 들어 있던 이반이라는 전차 중좌에게서 받은 물건인 까닭도 있었다. 그는 나중 백림[88]까지 쳐들어가 독일이 완전히 항복하는 것을 목격하고 온 장교라 하였다.

이 탄자는 반삭이 훨씬 넘는 세월을 처처로 전전(輾轉)해오는 동안에 참으로 많은 선망(羨望)과 많은 웃음을 제공한 물건이었다.

소년이 산 것이 아니냐고 묻는 말에는 물건 자체 그 유독히 붉은 빛깔이라든지 북실북실한 털의 촉감이라든지, 무슨 그런 것으로부터 오는 호기심 이외에 별다른 욕기가 있을 수 없음을 모름이 아니나, 산 것이 아니라 얻은 것이로라 하고 정말로 한다면은 부대적(附帶的)인 설명이 또한 적지 아니한 시간을 차지할 것을 깨닫고,

"응 샀어."

하여버리고 말았다.

그런 것으로 허다한 시간을 잡히기에는 너무나 많은 궁금증과 질문이 남아 있었을 뿐만이 아니라, 지금 소년의 심리 중에 그만한 내 요구에 응할 준비만은 넉넉히 되어가고 있음을 짐작할 수 있었고, 짐작한 이상 또한 그 절대의 호기(好機)를 놓쳐서는 아니되리라는 성급한 요구도 없지 아니한 까닭이었다.

"그럼 일본 사람은 다들 도망을 가고 지금은 하나도 없는 셈인가."

소년이 잠깐 잠잠한 틈을 타서 나는 비로소 공세를 취하여야 할 것을 알았다.

"도망도 가고 더런 총두 맞아 죽구 더런 남아 있는 놈도 있지요."

"남아 있는 건 어디덜 있노. 저 살던 데 그대루 있나."

"아아니오. 한군데 몰아났지요, 저어기 저어."

소년은 손을 들어 산허리에 있는 불을 놓았다는 벽돌집의 약간 왼편 쪽을 가리키며,

"저기 저 골통이[89]에 그전 저네 살던 데에다가 한 구퉁이를 짤라서 거기 집어넣고 그 밖에선 못 살게 해요. 그중에선 달아나는 놈두 많지만."

"달아나?"

"돈 뺏기기 싫어서 돈을 감춰가지고 어떻게 서울루 달아나볼까 하다가는 잡혀서 슬컨[90] 맞구 돈 뺏기구 아오지나 고무산[91]같은 데루 붙들려 간 게 많았어요. 나두 여러 개 잡았는데요."

"으응, 네가 다 잡았어, 어떻게?"

"저 골통이에 내 뱀장어 날마다 도맡아놓구 사 먹는 어업 조합 조합장인가 지낸 놈 있었지요. 너, 이놈 돈푼이나 상당히 감췄구나 어디 두구 보자 허구 있었었는데, 하룬 해가 져가는 초저녁입니다. 저어 우이."

소년은 상반신을 절반이나 비틀어 돌려서 우리가 내려온 축동 길로부터 훨씬 서편 쪽으로 올라간 강상(江上)을 왼손을 들어 가리키며,

"저 위짝 뚝 너머를 웬 사내하고 여편네하고 둘이서 넘어오겠지요. 길 아니 난 데로 우정[92] 골라서 넘어오듯이 넘어오는 것인데, 고길 몰라서 저 위꺼정 올라갔다가 내려오는 길에 내가 보았지요—이 어슬어슬해서 어디를 가는 웬 나들이꾼이 길을 질러가느라고 이런 길도 아니 난 험한 델 일부러 골라 오는 건가—하고 아무리 보아도 수상하지 않아요. 덤비거든요. 가만 목을 질러서

풀숲에 숨어가지곤 고기를 더듬는 체하면서 자세히 보니까 그게 바로 그 조합장 년놈들 아니겠어요. 그놈은 흰 두루마기에 모쫄한[93] 개나리 보따리를 해 짊어지고 여편네는 회색 세루치마에 고무신을 신고요. 그러니 보지 않던 사람이야 알아낼 재간이 있어요. 그놈들이 우리처럼 이렇게 곧은 길로만 왔대도 못 잡았을 뻔했지요. 그때 난 그놈들이 강을 다 건너도록 두었다가 뛰어가서 김 선생—위원회 김 선생한테 가 일러드렸지요. 이만 한……"

그는 두 활개를 훨쩍 벌리었다가, 그 벌린 두 팔로 공중에다가 둥그레미를 그리며,

"보따리 속에서 나온 꿍꿍 뭉치인 돈이 터뜨리니까 이만허더래요. 뭐 오십만 원이라든가 육십만 원이라든가 그걸 다 어따 감춰뒀더랬는지 금비녀 금가락지두 수두룩히 나오고요. 그놈 매 흠뻑 맞고, 고무산으루 붙들려 갔지요."

사투리를 바꾸어 쓴다면 이렇게 될 말로 그러고는 씽긋 소년은 웃었다. 그 웃음은 아까 축동 말랭이에서 웃던 웃음을 나에게 연상케 하였다.

과연 그는,

"그래서 이거 하나 얻어 입었어요."

하고는 홀렁홀렁하는 카키 빛 양복 저고리 자락을 두 손가락으로 집어 들었다. 그러고는 또 한 번 씽긋 웃었다.

"그렇게 물샐틈없이 꼼짝 못하게 하는데도 달아나는 놈은 미꾸라지 새끼처럼 샌단 말이야요."

내가 이때 소년의 미꾸라지라는 말에서 문득 연상한 것은 아까

모래판 위에서 그 행동을 들여다보고 있던 한 마리 생선이었다. 대가리가 산산이 으깨어져 부서진 이 생선의 단말마적인 발악은 지금 소년이 말하는 소위 그들의 운명을 이야기하여 남김이 없는 듯도 하였다. 그 하잘 수 없이 된 존재의 애타는 목숨을 축이기 위하여 물의 방향을 더듬어 날뛰던 작은 미물——그것은 내가 강을 건너온 뒤에 한 개 더 잡힌 동족(同族) 동무와 함께 소년의 자유스러이 내젓는 왼팔 끝에 매달리어 역시 간헐적(間歇的)으로 퍼둥거리기를 마지 아니하였다.

"또 한 놈의 집은."

득의만만한 소년의 볼이 홍조가 되어서 쭉 비어져 나온 우두퉁한 입이 이제는 한없이 재빨리 여닫히는 것을 뜻밖의 느낌으로 바라보다가, 나는 소년의 남은 또 한 가지의 술책이 어떠했든 것인가를 못 얻어들을 줄은 모르고

"그런데 어째 잡은 뱀장어는 애써서 일본집에만 가져다 파누, 아마 돈을 많이 주던 게지."

하고 놀리었다.

놀리노라 해놓고 생각해보니 일견 뜻이 꿋꿋함이 틀림없을 이 소년의 비위를 거슬리었을까도 하였는데 의외로 그는,

"돈도 많이 받지만 조선 사람은 이걸 잘 먹지도 않구요."

하며, 순순히 내 놀리움으로 말미암아 그런 것쯤으로서는 도저히 자기의 자존심이 손상치 아니할 것이란 표정을 그 얼굴에 갈아채어가며 그는 거침없이 걸어 나아가는 것이었다. 그러고는 그 힘의 여세를 빌어,

"그 밖에도 또 하나 그놈들께 가져가야만 할 일이 있지요."

"무슨 일?"

소년은 입을 다물고 한참 잠잠하였다. 그러나 종내는 나의 존재에 대하여 종전에 내린 자기의 판정을 한번 흉중에서 되풀이해보고 그것에 조금도 착오가 없었음을 재인식하는 것처럼,

"첨엔 돈 많이 주는 것도 좋기는 했어요. 정말――했는데 그놈의 조합장 해먹은 일본놈 잡구 나서 하루는 위원회 김 선생이 우리 집에 와서 이 양복을 주며 하는 말씀이 퍽 이상한 말씀이 아니겠어요. 너 남의 집 초상 난 데 가본 일 있니, 담박에 그러십니다――가봤습니다 하니까, 그 사람 죽은 방에서 일가친척이며 온 동네 사람들이 왜 모여서 들끓고 날을 새우는지 알어?――모릅니다 했습니다. 그랬더니 웃으시며 김 선생 하는 말이 다른 할 일이 있어서 그렇기도 하지마는, 죽은 사람이 벌떡 일어나는 수가 있단 말이야 하시고는 하하하 하고 자꾸 웃으셨습니다."

"응."

"글쎄 그래요, 무슨 소린지를 몰라서 왜 벌떡 일어나요, 어떻게 벌떡 일어나요, 하고 무서워서 물으니깐――죽은 사람 몸뚱이 위를 고양이가 넘어 지나가면 일어난다고 왜 그러지들 안해?!――그러시구는 또 깔깔거리고 웃으십니다. 날 놀리듯이 그렇게 자꾸만 웃으시구 나서, 그러니까 고양이가 오는지 안 오는지 시체가 벌떡 일어날려는지 안 날려는지 잘 지켜야만 된단 말이야. 네가 잡은 그놈의 조합장 놈도 그렇게 얌전하게 자빠졌던 놈인데 벌떡 일어나서 달아날려는 것 보겠지."

"그런 말씀을 하셨어? 그러니까 네가 잡은 이 뱀장어가 꽤 엉뚱한 것을 하는 셈이었단 말이지. 사람이 못 지키는 고양이를 다 지키구."

절반은 소년의 말 대답으로 또 절반은 그의 안색을 살피는 놀라움으로 나는 이랬다.

"그 김 선생이란 이가 누구니?"

"위원회에서 뭔가 하시는데, 꽤 높은 사람이야요. 전에 감옥에서 나왔지요. 감옥에 들어가기 전에 우리 집 동네에 살다가 지금은 포항동에 일본놈 살던 집 얻어가지구 게서 지내지요. 김 선생넨 선생 어머니하고 나만 하고 나보다 적고 한, 아버지 없는 조카들하고 지내다가 김 선생이 잡혀 들어가고 난 뒤에 그 할머니가혼자 살 수가 없어서 그것들을 데리고 포항동 어느 집에 가서 지금껏 남의 집을 살았었지요."

"응, 그런 분이시야."

"이번엔 그런 사람이 참 많았어요."

"그랬겠지."

나는 아무 말도 아니하고 잠잠하였다. 소년도 입을 다문 채 더는 재잘거리지를 아니하고 무엇인가 중대한 것을 생각하는 사람처럼 고개를 소긋하고 걸어갈 뿐이었다.

"그건 그런데 에에또 너 그 김 선생이란 이가 죽은 사람을 대놓고 하신 말씀을 그래 그때 알아들었단 말이냐."

나는 다시 이렇게 입을 열지 아니할 수가 없었다.

"알어듣구말구요. 그걸 몰라요."

소년은 한번 내 얼굴을 치켜 올려다보고,

"아직 못 보셨군요. 건 정말 다들 죽은 거 한가집니다."

그는 다시 처음의 흥분 상태로 돌아가 낯에 엷은 분홍기가 떠오르더니 다음 순간에는 다시 푹 꺼져 들어가면서,

"내 뱀장어깨나 사 먹는 녀석들은 어디다 숨겼던지 간에 숨겨서 돈푼 있는 놈들이 틀림없지만요. 정말 다아들 배가 고파서 쩔쩔맵니다. 다아들 얼굴이 하얗고 가죽이 축 늘어지고 다리가 부들부들 떨리는 걸 가지고 밤낮을 모르고 망깨[94]를 비라리[95] 허러 촌으로 나려오지 않습니까. 배추꼬랑이를 먹는다, 고춧잎을 딴다, 수박껍데기를 핥는다, 그래보다가 저엉 할 수가 없으면 고무산이나 아오지로 가지요. 누가 보내지 않아도 자청해서 갑니다. 우리 여기는 쌀이 없는 덴데 일본것들이란 거지반 사내 없앤 것들만인 데다가 애새끼들만 오굴오굴허는 걸 데리고 가기는 어딜 가며 어딜 가면 무얼 합니까."

"……"

"그 와중에서도 외목[96] 나쁜 것만 해온 놈들은 돈이 있어 도리어 뭘 사 먹기들이나 하지만 그렇게 아이새끼들만이 많은 거야 업구, 지구, 걸리고 해서 당기는 게 말이 아니랍니다. 저어번에 또 한 놈은 다다미를 들치구, 판장[97]을 제치구, 그 밑에 흙을 두 자나 파고, 돈 십만 원인가 이십만 원인가 감춘 걸 알아낸 것도 내가 알아냈지요. 그런 놈들이 벌떡 일어나지 못하게는 해야겠지만요…… 그 밖엔 정말 다 죽었습니다. 죽은 거 한가집니다."

일단 자기의 흥분이 대상을 잃은 상태로 기운을 풀어놓고 걸어

오던 소년은 이때 다시 기운을 내어 똑바로 고개를 해 든 채 꼿꼿이 눈앞의 일점 공간을 응시하면서 일층 보조를 거칠게 높이어서 뚜벅뚜벅 전진하는 듯 나아갔다.

"건 정말 다 죽었습니다. 죽은 이 한가집니다."

그는 다시 한 번 이렇게 외고 나서 갑자기 자기가 가던 바른편 짝 길 바깥쪽으로 딱 외향을 하여 머물러 섰다.

그러고는 바른손에 들었던 삼지창을 들어 올려 견주어서 전면의 허공을 무찔렀다.

"이렇게 해서 엎어뜨려놀 기운 가진 놈도 없이 인젠 다 죽었는데요 뭘."

창부리가 내달은 곳에는 어디로 가는 소로(小路)인지 풀에 반 이상 덮힌 조그만 한 줄기 갈래길을 내어놓고는 아무것도 눈에 들어올 것이 없었다.

그는 무슨 힘인지 그저 남고 남는 힘에 못 이기어 끌리어가듯이 그 조그마한 논두렁길을 향하여 이끌리어 들어갔다.

회령에서는 정거장이 전체적으로 폭격을 받아서 어느 모양으로 어떤 건축이 서 있었던 것인가를 조금도 분간하여 알지 못하리만큼 완전히 부서져 있었지마는, 청진은 하[98] 커서 그랬던지 어떠한 규모로 어떻게 서 있었던 정거장인가의 상상을 허락할 만한 형적은 남아 있었다.

시가지에서 정거장에 이르는 광장 전면에 와 서서 보면 걷어치우다 남은 무대의 오오도구(大道具)[99]처럼 한 면(面)만 남은 정거장 본건물의 정면만이라도 남아 있었다.

건물의 입체적 내용을 잃어버리고 완전한 평면 속에 아슬아슬하게 서 있는 이 간판적인 의미밖에 없는 형해(形骸)만도 미미하나마 사람 마음에 일종의 질서감을 깨뜨려주기에는 어느 정도의 효과가 없지 아니한 듯도 하였다.

정거장 정면 좌우에는 회령 이래 낯 익히 보아온 새끼줄 대신에 콘크리트 말뚝을 연결하여 나아간 철조망까지 있었다. 더러는 썩어서 끊어지기도 하고 더러는 끊기인 것 같기도 한 그 중간중간 철선 사이로 무시로[100] 사람들이 들락날락하는 데에는 여기도 다름이 없었으나, 그 저편 폼 구내에 예전 같으면 도록꼬[101] 창고로밖에 안 쓰였을 납작한 판장으로 만든 집 안팎으로 소련병과 역원들과 또 드물게는 피난민들의 몇 사람조차 섞이어서 무엇인가 지껄이며 어깨를 치며 드나드는 것을 보는 것도 한갓 여유감을 주는 풍경이 아닐 수도 없었다.

그 철책을 들어서서 건너다보이는 중간 폼의 콘크리트 바닥과 기둥들도 성한 채 남은 것이 이상하다는 눈으로 훑어 내려가면서 보니, 예전 폼에서 폼으로 사람들을 건너다주었을 어디나 있는 성가시러웁게만 여겨지던 구름다리도 제대로 남아 있었다. 성가시러웁고 구찮고 무미무색한 것이 질서란 것이었던가 생각하며 그 하잘것없는 조그마한 질서를 그리워하는 경우에 도달한 지금의 자기를 생각하면 괴로움과 쓸쓸함을 씹어 넘기기 떫은 감[枾] 같이 하는 자기에게도 과히 쓸쓸한 것이 아니라 할 수는 없었다.

나는 들여다보던 노서아[102]말 포켓 알파벳의 책을 덮어서 주머니에 넣고 주저앉았던 돌 위에서 일어났다. 그리고 이제는 아무도 말리는 이가 없이 된 폼 위를 구름다리를 향하여 걸어갔다.

아마 한 방향의 차를 기다릴 스무 날 동안 낯 익히 보아온 사람들 그러나 누가 누구인지 알 리가 없는 이들의 무리가 이 기둥 저 기둥에 기대어 섰고, 거적을 깔고 부축하여들 앉고 밑을 붙일 만한 돌, 돌마닥[103]에 깊이 고개를 떨어뜨리고 앉아서 엷은 첫 황혼 속에 잠겨들고 있었다.

구름다리 쪽으로부터 오는 같은 복색을 한 두 여군(女軍)이 팔을 닥아끼고[104] 무엇을 속삭이며 지나가는 이들과 어기어[105] 지나갔다. 짙은 다갈색 오바에 깡뚱히[106] 무릎이 드러나게 짧은 장화를 받치어 신고, 머리에 베레[107]를 얹은 그들의 얼굴에는 영양에 빛나는 탄력이 흐늘거리었다.

구름다리 층계가 밟힐 데까지 갔다가 돌아선 나는 중간에서 또 그들 여인과 어기어 지나왔다.

모쭐하게 키가 작고 다부지게 생긴 그중의 한 사람은 까만 눈자위라든가, 곧게 내려붙은 눈썹이라든가 평면적인 전체적 인상으로 보아 소련에 국적을 둔 조선 사람이 틀림없겠으나, 그는 여태까지도 역시 팔을 닥아끼고 지탱하여 가는 동성반려(同姓伴侶)에게 무엇인가 한없이 하소하는[108] 것을 멈추지 못하는 모양이었다.

조선에서 자라난 사람으로 지금 뉘게 그런 사람이 있을까 하리만큼 전체적으로 다부진 긴축한 그들의 육체 중에서도 의복이 다 가무릴[109] 수 없을 만큼 유난히 풍성한 그들의 유방은 협박감이 없이 자유스럽게 자라난 유일한 표적인 것 같기도 하나 하룻날의 일을 다한 곤비(困憊)만이 깔리인 이 황량한 처소에서는 팔을 닥아끼고 몸을 서로 의지하여가며 무엇인가 열심히 속삭이고 면면히 하소하여 끄치지 않는 그들의 뒷 자영(姿影) 역시 붓을 들어 그리자면 두어 자──적막(寂寞)──에 이를 밖엔 없었다. 너 나의 네 것과 내 것의 분별감(分別感)이 모호해지는 신비한 황혼 때를 만나면 힘차고 씩씩하고 탄성이 풍부한 그와 같은 청춘에 있어서조차 그들 역시 우리 나라의 주인공도 못 된다는 표백을 스스로 싸고 도는 듯하였다.

나는 그들의 속삭임을 엿듣고 따라가고 싶으리만큼 고혹적인 독고감(獨孤感)을 새삼스러이 느끼었다.

발이 멈춰졌던 홈 한편쪽 기둥에 기대고 서서 나는 방과 내가 같은 관찰점에 도달한 우리의 노인관(露人觀)을 머릿속에 되풀이하였다. 방과 나의 노인관은 어느 것이 현실적이요 어느 것이 가설적이었는지 모르리만큼 한 가지 과실로 맺혀 떨어질 수는 없었지마는,

"우리가 남과 같이 살아야 한다면 노서아 사람만큼 무난한 국민이 없을는지도 몰라."

한 것은 이십여 일 동안 수많은 노서아 사람들을 만난 우리들의 결론이었다.

이 결론은 중대한 것이었다. 그리고 이것이면 다이었다. 이것만 그럼에 틀림이 없다 하면 소련의 지금 현실이야 어떻게 되어 있든 또한 장차 어떠한 정책이 국내적으로 유행적인 것이 되든 동거해 있는 민족들의 우의(友誼)를 장해할 아무런 구극적인 것도

아닌 것 같았다.

　사실 그동안 그들로 말미암아 당한 우리들의 성화[110]스러움이란 하나둘일 수가 없었다.

　우리는 몇 푼 안 남은 여비도 그들에게 제공하지 아니하면 아니 되었다. 술을 사서 대접하였다. 몸에 찼던 물통이나 펜 같은 것이 라도 귀에 대고 절레절레 흔들어보고 가지고 싶어하면 선선히 선 사하지 아니할 수가 없었다. 사루마다 환향이란 말을 토하면서 킬킬거리고 오던 우리들의 수많은 웃음 속에는 이러한 어찌할 수 없는 체관이 깔리어 있다고도 아니할 수가 없는 것들이었다.

　우리는 무시로 연발하는 '다바이'[111]와 '다발총(多發銃)'의 협 위를 한시도 잊어본 적이 없다. 우리가 순종하지 아니하면 사실 그들은 쏘는 사람들이었고, 또 다음 순간에는 그들은 당장에 후 회할 수가 있는 사람들이었다.

　그들의 행동은 순간적이었고 충동적이었다. 행동적이었고 발작 적이었다. 그리고 그 발작의 행동이 단속되는 콤마와 콤마 사이 에는 긴 관상(觀想)의 스톱이 머물러 있는 듯하였다. 그들은 잠자 코 무슨 생각인지 모르는 생각에 잘 잠기곤 하였다. 그런 때에도 보면,

　"어느 누가 마리아에게 돌을 던질 사람이 있느냐."
하는 따위의 노서아 대(大) 예술가들의 주제(主題)를 시시각각으 로 체험하고 있는 듯하였다. 순전히 겸허한 마음을 가지고 그러 지 않고서야 어떻게, 전 세계 인류를 포용할 수 있는 것은 오직 슬라브 족이어야 한다는 염원——연민(憐憫) 외에는 아무것도 아

니 섞인 이 위대한 염원을 감히 품어볼 수가 있었으랴. 사실로 그들 군대에는 얼마나 많은 이민족(異民族)이 섞이어 있었던 것인가──슬라브, 구류지아[112], 타타르, 가즈백그[113] 등등.

　그들은 우리가 우리 입으로 화가라 하면 화가로 알고 환영하였고, 교원이라 하면 교원으로 알고 환호하여 받아들이는 한낱 우직한 농민들에 불과한 듯하였다. 그들은 농민인 까닭으로 농민에게 특유한 이기적(利己的)인 것이 드러나는지는 모르나 그 대신 소박하고 어리석었다. 남양서 회령까지 오는 차 중 우리는 비를 만나 그들이 숙식(宿食)하는 무개화차 위에 실은 적십자 자동차 위에서 하룻밤을 지냈다. 그들이 배당으로 타오는 수프를 한 스푼을 가지고, 방과 나는 그들과 함께 번갈아서 떠먹어가며 그들의「띠 우 스포꼬이네」[114]를 들었다.

　　띠 우 스포꼬이네 메냐
　　스카지 쯔토 에토 슈트카
　　레포 끼따이 메냐
　　스카지 쯔토 에토 슈트카[115]

　밤새도록 외치는 노래는 환희의 노래 아닌 것이 없겠건마는 통이 굵게 터져 나오는 그들의 목소리에는 끝마무리 마닥에 눈물이 맺히는 것이며, 혹은 매디매디[116]에 우수(憂愁)가 떨리는 것을 나는 들을 수가 있었다.

　울거나 웃지 아니하면 그들은 가만히 있을 수 없는 사람들이었고, 또한 그들은 같은 모멘트로 슬픔과 기쁨을 동시에 자아낼 줄 아는 사람들이었다.

"우리는 한 가족이다."

요만한 정도로 알아들을 수가 있는 내 노서아어는 장춘 이래 쭈욱 들어오는 그들 노래의 유일한 후렴이었다.

날이 밝아서 우리가 그 적십자 자동차에서 내렸을 때, 방은 기차 선로를 채 나서지도 아니하고 두 다리를 쩍 벌리고 서서,

"친구들의 그 지긋지긋한 질긴 키쓰―키쓰는 질기고 길수록 좋은 것이지만 당신의 그 지긋지긋한 긴 수염이 나는 영 싫어요."

오랜 우리들의 여로(旅勞)를 일시에 풀어 팽개치게 하는 동시에 갑작스러이 또 새삼스러운 사내들의 여수(旅愁)를 급격히 밀어다주도록 방은 이렇게 요괴염염한[117] '니마이'[118]의 목소리를 써서 우리를 웃기면서 아직 무슨 께끔한[119] 것이 남아 있다는 것처럼 손바닥으로 그의 두 볼을 동시에 쓸어내리었다.

"그러면서 그 친구들 거 뭐라구 하는 말입디까."

하는 그에게 내가,

"미 아드나 세먀―우리는 한 가족이 아니냐―는 소리 아니요 그게."

하니까,

"글쎄, 그런 모양인 줄 나도 짐작은 하였소마는."

하고, 그는 다시 또 억울하다는 모양으로 쓸다 멈춘 두 볼을 쓰다듬으며 웃었다.

말을 몰라 무슨 말을 해야 할지 모르고 어떻게 말을 들어야 할

지 몰랐지마는, 우리는 그 기쁨과 슬픔에 같이 섞이어서 한 가족이 되어 지내더라도 아무 흠이 없을 것임은 하필 이날 밤에 한하여 이해할 수 있었던 일은 아니었다.

민족을 달리한 두 여인으로 말미암아 일어나는 이 모든 회억과 사람을 유별히 그리웁게 하는 황혼의 그림자는, 층일층 홀로 혼자되는 나의 독고감을 내 흉저(胸底)에 깊이 앉히어놓을 뿐이었다.

그래도 역시 잠이 오지 아니하였다.

축축한 찬 냉기가 얍싹한 요 껍데기 위로 스며 나온다. 나는 쿡쿡 쑤시기 시작하는 듯한 다리를 다리 위에 포개어 얹고 몸을 제쳐 모로 누웠다. 그리고 애매한 그다음 일만 생각하기로 하는 것이다.

정거정 납작한 판장집[120]에는 어느덧 불이 켜져 있었다.

문을 두드리고 안으로 들어가 역원에게 방과 내가 회령에서 떨어지게 된 전말을 이야기하였음도 회령서 그때 선발(先發)한 첫차가 지금 어디쯤이나 와 있을까를 묻기 위함이었다. 회령서는 구내에 들어와 있는 군용차가 둘이나 되었다는 이야기부터 나는 역원에게 하지 아니하면 안 되었다.

처음 방과 내가 타려던 차는 화통이 와 달리려고 그것이 궁둥이를 내밀고 뒷걸음질을 쳐 오던, 폼에 바싹 다가붙어 서 있는 차이었으나, 일단 붙었던 화통이 도로 떨어져 달아나면서, 그다음 이번선에 역시 같은 모양으로 와 서 있던 차에 가 달리기 때문에, 우리는 선로를 뛰어 넘어서서 새로 화통이 가 달린 차로 달려가지 아니할 수 없었다.

그러나 나는 타지 못하였다. 방은 소련병에게 장춘서 가지고 온 증명서를 내보이고 교섭을 하여 겨우 양식인가 실어서 천막을 친 차에 오를 수가 있었으나, 나는 동행인 줄을 모르는 소련병의 거절로 말미암아 주춤주춤하고 완전히 이야기를 다 못하고 있는 동안에 차는 떠나고 만 것이었다.

부득이 뒤에 떨어진 나는 어떻게 하였으면 좋을지를 몰랐다.

'아무래도 같이 가야 할 사람이 아닌가.'

그러나 어떻게라도 해서 될 수 있는 일 같지도 아니하였다.

처음 화통을 달았다가 떨리운 차는 그대로 목을 잘리운 채 일번선 위에 놓여 있었다. 그 맨 꽁무니에 달린 서너 개 유개화차 지붕에서는 사람들이 부실부실 흩어져 내려오기를 시작한다. 이 차는 언제 떠날지 모르는 차라고들 하였다. 화통이 없는 것이며, 또는 척 있어볼 희망도 없는 것이라 하였다.

그러나 나는 이때 결심하였다. 다시 회령 거리로 어정어정 들어갈 용기는 나지 아니하였다. 그만치 나는 아침부터 이 차로 말미암아 제일로 분주한 사람이었고, 또한 이 차로 말미암아 제일로 긴장한 사람이기도 하였던 것이다. 그것이,

'어떻게 이렇게 떨어지게 되었을까.'

나는 사람들이 부실부실 흩어져 내려오는 언제 떠날지 모른다는 차 지붕 위에 올라앉아서 턱을 손에 받쳐 얹고 이렇게 곰곰 생각하였다. 그리고 눈을 지러감았다.[121]

'언제 떠나도 좋다.'

하였고, 아니 떠나도 할 수 없는 노릇이라고 질을 쓰듯이 주저앉
아버리고 말았던 것이었다.

그러나 내 존재는 역시 항상 운명의 회오리바람 속에 놓여 있는
나일 수밖에는 없었다.

손바닥 위에 턱을 고이고 눈을 지러감고 앉았는 내 귀에 도락구[122]
로 청진 갈 사람은 없느냐는 소리가 발아래에서 들린 것은 바로
이때이었다. 그래서 나는 언제나 쫓아갈지 쫓아가게 될지 안 될
지조차 모르는 무망한 순간들을 벗어져 나와, 일사천리로 청진을
향하여 내달은 몸이 된 것이었다.

"얼마나 주고 오셨습니까?"

내 말이 일단 끝나자 이러고 묻는 젊은 역원은 친절한 사람이었
다. 내가,

"백이십 원에 왔어요."

하니까 그는,

"꽤 비싼데요."

하고 의자에서 일어나 한참 동안이나 전화통에 매달리어 찌르릉
찌르릉 전화의 종을 울리었다. 전화는 나오지 아니하였다.

그는 제자리에 돌아와 앉았다가 다시 한 번 일어나서 전화통으
로 갔다.

역시 전화는 종내 나오지 아니하는 모양이었다.

"전화도 아니 나옵니다마는, 나온대야 요새는 어느 정거장이나
금방 지나갈 차라도 모르고 지나치는 차니까요."

참으로 이것은 어느 정거장이나 정거장에 지울 죄는 아니었다.

그러나 내가 그의 말에 그렇겠지요 하면서 순순히 그들의 죄가 아닌 표적을 남겨놓고 그 조그마한 사무실의 나무문을·밀고 나왔을 때에는 과연 거기에는 이 젊은 역원의 설명을 당장에 힘들이지 않고 반증하듯이 저편 쪽 구름다리를 지나 이쪽으로 그 머리를 내밀고 전진하여 오는 차가 보이는 것이 아닌가.

나는 방이 탔을 앞으로 서너 칸째 되는, 천막을 가리운, 차 설 위치를 찾아 허둥거리었다.

사람들은 내린다. 탔으리라고 생각한 찻간에는 방이 보이지 아니하였다. 삼십여 량 달린 차의 꼬리가 보일 때까지 줄달음질을 쳐보았으나, 내가 찾는 사람은 종내 보이지 아니하였다. 이름을 불렀으나 혼잡통에 들릴 리가 없다. 나 할 일이 이 밖에 더 있을 수 없겠건만 나는 나 한 일에 자신이 없어진다.

'그 양반 탄 차를 내가 잘못 알고 뒤지는 동안에 벌써 내린 거나 아닌가.'

'혹 그 양반이 회령서 오다가 중간에서 다른 찻간으로 옮긴 것을 내가 모른 것이 아닌가.'

이런 생각이 전후의 질서 없이 나 자신(自信)을 잃은 머릿속에서 회전한다. 이 둘 중에 어느 하나가 틀림없는 데다가 또 아침녘 트럭 위에서 열심으로 내저은 내 모자를 방이 붙잡지 못하였더라면, 그는 내렸더라도 나를 찾지 아니하고 나가버리고 말았을 것이다.

나는 허둥지둥 역 광장을 향하여 출구를 나섰다.

그러나 철색[123] 꿰어진 사이로 나오는 구녕만도 세 군데가 넘는

126

이 광장 전면에 섰다기로니 아무 짝패가 없이 단신으로 나올 사람을 발견할 적확성이 있을 리가 있는가.

나는 단념하였다. 그러나 아주 그러고 말 수도 없었다.

"이 차가 회령서 오는 참니까."

맨 나중으로 나오는 젊은 농사꾼 내외──맨바지 바람으로 머리에 수건을 동이고 마대로 만든 큰 독 같은 륙색을 궁둥이 밑까지 달고 너들떡거리고[124] 나오는 그 젊은 사내에게 나는 허둥지둥 묻지 아니할 수 없었다.

"예예, 회령서 옵니다."

인제 겨우 한 고비는 지냈다는, 그러나 앞으로 장차 몇 고비나 남았는가 하는 안도(安堵)보다는 한탄이 더 많이 버물리운 어조로 젊은 남편은 길게 '예예'를 내뽑는다.

"아침 회령서 떠난 차 분명하지요."

"그렇다니껩요."

전라도 사투리는 열렸던 입을 채 닫지 못하고, 얼이 빠져서 서 있는 사람의 옆을 서슴지 않고 지나가버리었다.

'혹 도중에서 내려서 내가 타고 오리라고 알고 있을 제 이 화차를 기다리어 나와 같이 타고 오자고 내린 것은 아닐까. 그러나 그렇게 앞이 막힌 소극적인 방도 아니다. 게다가 청진, 이 땅은 누가 말한 것은 없으나마 암암리에 우리들의 제일차 목표지가 되어 있음즉도 한 일이 아닌가.'

젊은 내외가 지나쳐 피난소로 꺼불어져[125] 사라졌을 때에 나도 그 자리를 떠날 수밖엔 없었다.

'지금 이들을 실어가지고 온 차가 아침 방이 타고 내가 못 탔던 차임은 생각할 것도 없고, 또 아니라고 의심할 아무런 근거도 없다.'

'이곳은 방의 고향이오 친구도 많은 곳이겠지마는, 어디가 어딘지를 모르는 내게 그것도 도움이 될 수가 없다.'

'이제 내게 남은 유일한 길은 내일 아침부터라도 일찍 일어나 정거장에 나와 돌아다니다가 우연히 만나기를 바랄 밖에 별 도리가 없을 것이다――그도 나와 만날 기약을 가지고 있다 하면 정거장 밖에는 나올 길이 없음을 모르지 아니할 테니까――그것도 한 이틀 해보다가 못 만나는 날에는 혼자서라도 가는 수밖엔 없는 게지.'

이렇게 결론을 지어놓고 보면 이 유일한 결단으로 해서 오는 의외의 용기도 없지 아니하였고, 그러지 않기로니 그 유일한 길 자체에 기허(幾許)[126]의 광명이 없는 것만도 아닌 듯하였다.

이렇게 생각한 나머지 나는 여관으로 돌아와 자리를 보고 누운 것이었다.

잠은 이내 오지 아니하였다.

나는 다리를 포개어 얹고 모로 누웠던 몸을 돌이켜 다시 바로 누이었다. 등골과 어깻죽지로 찬 바람이 새어드는 것이다.

이때 시계가 몇 점은 치려고 하던 것인지 일곱 점을 뎅뎅 치고 또 스르르 감아들어가는 소리를 내는 순간에 바깥 현관문이 돌연 드르르 열리며,

"쥔 아즈망이[127] 계시오."

하고 들어서는 사람이 있었다.

서슴지 아니하고 들어서는 동정이며 그 주인을 찾는 거침없는 어세가 인근에 살아서 무상으로 출입을 하는 사람이거나, 여객이라면 단골로 다니는 흠 없는 여객에 틀림없는 것이 현관 옆방에 우연히 들게 된 나에게는 똑똑히 분간하여 알 수 있으리만큼 분명한 것이었다.

"뉘요."

안에서 미닫이를 열고 나가는 듯한 주인 마누라가,

"난 또 뉘라고, 어서 오시오."

하고는, 객을 맞아 복도로 모시는 듯하더니 이 분명히 인근 사람 아닌 것만은 확실한, 돌연한 틈입자(闖入者)에게 아래와 같은 문답을 주고받고 한다. 복도에서 하는 말이 현관 옆방에 든 내가 아니라 하더라도 과히 낮은 목소리로만 하지 않는다 하면 어느 방에 든 사람에게라도 분명히 통할 만한 이 집은 일본식 건축으로 되어 있었다.

"그런데 어디 갔다 오시는 길이오."

"회령서 오오."

이 소리에 나는 벌떡 일어나리만큼 회령이란 소리는 내 귀밑을 화끈하게 때리었다. 전등의 스위치를 비틀어서 불을 켜고 복도로 나가는 나 자신을 나는 상상하였다. 그러나 아직은 그럴 필요가 없을 듯해서 불끈거릴려는 가슴을 누릇베개 위에 귀만 또렷이 내놓고 이야기의 뒤를 듣기로 한다.

"말 마오. 회령서 열세 시간 타고 오오. 아침 일곱 시에 떠난 것이 인제 오지 아니합니까."

"요좀 차가 그래요."

"중도동(中島洞) 못 미쳐 고개턱에 와서 고개를 못 넘구 헐떡거리다가 해를 다 지웠지요. 서른네 칸씩이나 되니 어찌 안 그렇겠습니까. 절반씩 두 번에 끊어서 넘겨다놓고야 왔지요⋯⋯ 회령서 청진을 열세 시간이라는 게야 사람이 살아먹을 도리가 있나요."

나는 벌떡 일어나서 전등을 켜고 복도로 나갔다.

"그럼 손님 타고 오신 차가 회령서 온 아침 맨 처음으로 떠난 찹니까."

나는 청진 어느 시골에서 무슨 장사로라도 회령에 다니는 듯한 신래[128]의 객에게 이렇게 물었다.

"예, 처음 떠난 찹니다."

"그러니까 아까 저녁때 여기 와 닿은 차가 선생이 회령 떠나신 뒤에 떠나 온 차겠습니다."

"그렇지요. 우리 차가 중간에서 허덕거리고 고개를 못 넘구 차 대가리가 올라갔다 내려왔다 하는 동안에 그 뒤에 떠난 것이 먼점 지나오고 말았으니깐요."

그러면 뒤에 떠나 오다 먼저 지나쳐왔다는 차라는 것이 언제 떠날지 안 떠날지도 모른다던 그 이번 선 차에 틀림이 없었다. 설마 그 차가 떠나 오리라고는 생각지도 아니하였고, 게다가 그것이 먼저 와 닿았으리라고는 더더군다나 상상할 여지가 없는 일이었다. 참으로 이렇게도 기이할 수가 없는 우리들의 짧은 여로(旅路)

가 일으키는 무쌍한 곡절전변에 나는 또 다시 한 번 놀라지 아니할 수가 없었다.

그리고 생각하면 착 전까지 모든 형편과 이치가, 초저녁에 와 닿은 차가, 방이 탄 차에 틀림없으리라고 확고한 단정을 아니 가질 수는 없으면서도, 그러면서도 무엇인지 억지와 무리가 그 단정 속에 전연 없지 아니한 것을 나는 느끼지 아니할 수 없었던 것도 사실이었다.

아무리 출구가 역에는 많고 그것들이 또 다 불분명한 것들만이라 하더라도, 자기로서도 보리만큼은 보았다 하고 싶었고, 또 방의 행동이 그렇게 재빨랐을 것 같지도 아니한 일이었다. 뿐만 아니라 일층 중요한 것은 와 닿아 있는 차 전체로서 오는 도저히 이치로 깎아 맞추어서는 맞추어질 길이 없는 일종의 '기미'라 할 것부터가 그러하였던 것이었다. 더더구나 고르다 남은 찌꺼기의 기통을 달고 못 하지 아니한 양수(輛數)의 차를 달고서 같은 궤도 위를 남보다 먼저 달려온 차──이것 역시 불가사의한 자연의 이수(理數)와 규구(規矩)[129]를 넘어서는 무법무리한 일 같게로만은 아니 여겨질 일이었다.

'어떻게 하나. 지금이라도 정거장엘 나가보는 것인가. 나가본대짜 쓸데없는 일일까.'

차가 도착한 지 이미 적지 아니한 시간을 경과한 이제 나갔다기로 만날 수 있을 리는 만무하였고 또 어느 거리, 어느 모퉁이에서 우연히 부딪쳐볼 백분의 일 가능성조차 없는, 백주와도 다른, 어두운 밤중이 아닌가. 하나 그렇다기로 듣고 가만히 앉아 있자는 것도 마음에 허락지 않는 의리 인정은 없을 수 없었다.

이 이순여의 짧지 아니한 내 여행이 하루도 안 그런 날이 없었던 것처럼 이날 밤도 나는 양복을 저고리와 바지에다 넥타이까지 맨 채 끄르지 않고 자던 터이므로 방에 돌아왔대야 모자만을 들고 밖으로 나오면 되는 일이었다. 보니, 현관에서 마주 보이는 '오'에 ㅇ만 없는 글자로 난 복도 맨 꼬두머리 벽상에 붙은 괘종의 바늘들은 어느덧 아라비아의 8자와 3자를 가리키고 있었다.

절반 이상이나 불이 꺼지다 남은 침침한 좁은 골목을 나와 낮에 보니 소련의 전몰 해군의 기념비가 거지반 낙성이 된 로터리를 돌아 곧추 정거장으로 통하는 대로(大路) 좌우 보도 위에는 삼사 인 혹 사오 인 짝이 되어, 더러는 치안대 같기도 하고, 더러는 피난민 같기도 한 사람들이 마음이 채 안정하지 아니한 투덜거리는 목소리로 여관이 어쩌니 차가 어쩌니 하며 지나가는, 누가 어쩔 염려는 없으면서도 어쩐지 불안하고 어쩐지 싸늘하여서 못 견디고 싶은 밤이었다.

지금 차에서 내려서 아직 채 헤어져 가지 아니한 사람들인지 혹은 정거장 구내 피난민 수용소에서 궁금증에 못 이겨 나온 소풍꾼들인지, 며칠 몇 달 못 먹은 유령이면 이런 것들일까 하게 삼삼오오 뭉치어서 정거장 정면 벽을 지고 묵묵히 선 것이 그믐이 다 찬, 무엇이나 분간치 못할 어두운 밤에 오직 그들의 배경이 된 벽 자체의 힘뿐을 빌어 희끈히 들여다보일 뿐이었다.

"방 선생."

나는 보고 부르는 것이나 다름없이 정확한 어음[130]을 돋구어 정거장 입구를 향하여 불러보았다. 희끈거리는 유령의 그림자는 다시 움직어리지도 아니하였다.

정문을 들어서서 개찰구이었을 데를 지나 폼으로 나아왔다.

친절한 젊은 역원이 들어 있던 나무판잣집 사무실로부터 헤어져 나오는 희미한 몇 줄기 광원을 의지하여, 거기에도 역시 바람을 가리울 기둥들 틈에 와 이슬을 막을 추녀끝 될 만한 곳곳마다에 제가끔 이슬을 피하여 깃을 가다뜨리고[131] 웅크리고 앉았는 불쌍한 참새의 무리들은 있었다.

"지금 회령서 온 차 어느 겁니까."

판자로 이어 내려온 것이 어슷어슷[132] 규칙적으로 끝이 비어져 나온 사무실 늑골(肋骨)들 틈바구니에 어깨를 틀어박고 앉아서 광명을 등진 채 두어 자 앞만 무심히 바라다보는 한 젊은 사람에게 나는 이렇게 물었다. 그리고 나는 그가 가리키는 데를 따라 초저녁에 와 닿은 차량과 차량을 연결한 체인을 짚고 올라서서 제이 폼으로 건너갔다.

거기도 또한 탈 대로 타고 연소(延燒)할 대로 연소한 불이 지금 막 꺼진 자리에 더할 것도 없고 덜할 것도 없는 곳에 다름은 없었다. 탈 것은 다 타고 타지 못할 것만 남기인 듯이 꺼멓게 식어빠진 회신(灰燼)[133]의 길고 긴 차체의 연장——그 긴 회신의 처처에는 불에다 먹을 것과 입을 것을 태워버리고 어버이와 동기를 잃어버린 금새 의지가지없이[134] 된 가족들이, 회신이 다 된 무한히도 긴 이 차체의 운명을 함께 지니고 가려듯이, 오직 묵묵히 웅크리고 엉기어 앉은 그림자들——무개차 위에 떠받쳐놓은 장갑차(裝甲

車)의 쇠바퀴 사이, 길음길음히 쌓아 얹힌 각재(角材)[135]나 아마 화목[136]으로밖에 아니 운반할 부서지다 남은 책상이나 걸상쪼박[137] 틈바구니에, 혹은 째어진 장막의 한끝을 잡아다려 뼈가 들추이는 어깨를 가리우기도 하고.

나는 방이 탔었을 앞으로 서너 칸째 되는 찻간의 방위를 찾아 걸어갔다.

과연 그것은 내가 상상하였던 것과 다름이 없이 세째 칸째이었음에 틀림이 없었고, 또한 장막을 가리운, 회령서 혼자 쓸쓸한 마음으로 떠나보낸 바로 그 찻간이 틀림없었건만, 나는 다시는 방의 이름을 부르고 싶은 생각이 일어나지 아니하는 내 마음에 맡기어 찍 소리도 내지 아니하고 도로 돌아서버리고 말았다.

기름기름히 쌓아 얹힌 각재들 사이에 끼인 사람, 부서지다 남은 걸상과 책상을 쓰고 자는 사람, 째어진 장막의 한 끝을 잡아다려 뼈가 들추이는 어깨를 가리운 사람, 이 사람들은 한 특수한 개념(槪念)을 형성하는 사람들이었다. 그리고 이 특수한 개념을 한 독자적인 완전무결한 개념으로 응고(凝固)시키렴에는, 방은 그중에서도 무용한 사람일 수밖에는 없었다. 그는 아니 우리는 아무리 다 회신하였다 하더라도 그래도 어딜런지 덜 회신한 곳이 남아 있는 사람이었다. 회신하지 아니하였으면서도 회신을 체험할 수 있는 대신에는 회신하고 있는 자기 자신을 떠나 더욱더 완전한 회신이 올 줄을 알면서까지 일층 높은 처소에서 회신하고 있는 자기 자신을 내려다보고 방관하고 있을 수 있는 부류의 사람이었다.

'애꿎은 제삼자의 정신!'

차와 차를 연결한 체인을 다시 짚고 넘어서서, 나는 뒤도 돌아보지 아니하고 천천히 정거장을 나왔다.

나는 걷어치우다 남은 마지막 오오도구를 등지고 섰다.

몇 개 꺽쇠를 제쳐놓으면 이것마저 쓰러져 없어지고 말 듯한, 평면적인 한 개의 하잘것없는 벽을 의지하고 서서 나는 전면 넓은 광장의 어두움을 내다보았다.

그것은 방금 무대의 조명(照明)과 함께 완전히 일루미네이션[138]이 꺼진, 관객이 흩어져버린 극장, 한 큰 관람석에 불과하였다. 종전까지 벽을 따라 흐늘거리던 유령의 군상들도 어디론가 흩어져버린 듯하였으나 그러나 그들이 남겨놓고 간 찬 호흡의 냉랭한 기운이 목덜미를 덮쳐오는 데는 변함이 없었다. 어느 구석에 어쩌다 꺼지지 아니하고 남아 있는 풀·라잍[139]의 한 점 광원도 이제는 남지 아니하였다.

'어디로 가나.'

팔짱을 겨드랑이 밑에 닦아끼고 나는 내 두 발이 디디고 섰는 자리에서 움직여 나지 아니하였다.

'어디로 가나.'

다른 날 어느 누가 이를 높고 먼 처소에서 바라본다면 이 또한 영원히 지속되어 나아가는 인생의 막(幕)과 막 사이를 연장하는 작은 한 일장암전(一場暗轉)에 불과한 것인지도 모르련만, 순간 순간을 있는 힘을 다하여 지어 나아오던 이때 나에게 있어서는 이 모든 것은 완전히 비극의 종연(終演)을 완료한 한 큰 극장의 헛헛한 경관(景觀)이 아닐 수 없었다.

이 어두운 경관 속에 지향이 없이 팔을 옆구리에 닥아끼고 앞을 내다보고 섰는 배우의 요요(寥寥)[140]한 그림자는 이제 어디로 그 발길을 옮겨야 하는 것인가.

클클하고[141] 헛헛한 마음을 부여안고 그는 불이 꺼진 관객석 깊은 허방에 빠지지 않도록 더듬어 한 줄기 하나미찌(花道)[142]를 골라 잡을 길밖에는 없음을 깨닫는다.

동록[143]이 난 철책을 가운데 놓고 나무 판자로 만들어 세운 정거장 사무실 반대 방향 이쪽으로는 어느 지면보다도 일층 꺼져 들어간 허방이, 남으로 광장 두드러진 기슭아리에 인접하여 있었다. 다 해서 백 평이 넘어도 많이 안 넘을 거지반 네모가 반듯하다 할 공지(空地)인데 군데군데 영양불량이 된 몇 개씩의 옥수숫대와 꽃을 맺어보지 못했을 오그라붙은 호박넝쿨들 틈으로 뀌어 나간 한 줄기 쇠스랑길, 이 또한 이번 일 이후 피난민들의 필요 없이는 생겨날 리가 없는 길이었다. 길 양 좌우로 호박잎과 풀포기 사이로 수없이 빽빽 벌여놓인 사람들의 된 분(糞)들——낮에 수성서 들어와 여관에 륙색을 풀어놓고 처음으로 형편을 살피러 정거장으로 나왔다가 정신없이 이 분을 밟고 참으로 무서운 분 무더기인 데 나는 놀라지 않을 수 없었던 것이었다.

"발을 빼내일 수 있어야 하지, 미아리 공동 묘지보담 더 빽빽 들어서서."

남의 일같이 저주스러웁게 제법 골쌀[144]을 찌푸리고 겨우 쇠스랑길 밖에 비어져 나가지 않도록 해서 똥 묻은 신발을 부비대고 갔던 나인데도 그 나도 얼마 뒤 요기하기를 끝내이고 똑같은 길을 도로 돌아오는 길에는 역시 그 위에 발을 빗디디고 주저앉은 사람에 지나지 아니하였다.

쇠여빠진[145] 새끼 손가락같이 가는 옥수숫대를 살 떨어진 양산받듯 가리어 받고 떡잎부터 먼저 된 산산 찢긴 호박잎으로 앞을 가리우니 가리어졌을 리도 물론 없었거니와 향(向) 될 만한 데를 찾을 수도 없는 것이어서 남의 일같이 저주스럽게 생각한 것도 우스운 일이 되고 마는 수밖엔 없었다. 그렇다고 이 근방에서 찾자면 이곳밖에는 급한 용을 채울 데도 없을 것 같았다.

짝패와 더불어 앉아 같이 하는 일이라면 무슨 우스개라도 하며 킬킬거리지 아니할 수 없는 내 우스꽝스러운 광경을 나는 등을 우그리어 찢어진 호박잎 밑으로 들여보내듯 하며 상상하였다. 누가 내라고 해서 낸 것도 아니요 누가 따라오라고 해서 시작한 것도 아닌 이 일대(一大) 공동 변소가 실로 어떻게 이렇게 요긴하고 눈쌀 바르고 적당한 장소에 만들어져 있을 수 있겠는가 ──물론 하필 나라고 해서 특별히 지목해 보는 사람이 있을 리도 없었다. 그러나 바지를 추켜올리고 허리끈을 매는 내 얼굴은 아무래도 붉어지지 아니할 수 없음을 느끼었다.

공지와 새표가 되는 광장 두드러진 기슭 아랫길을 따라 내려가면 허방이 끝이 나는 곳에 여관으로 이 층 벽돌집이 서 있고 이 집을 한 채 지나쳐 바른손으로 꺾어 들어간 골목길은 서너 너덧 집 지날까 말까 하여 다시 작은 십자길에 와 부딪친다. 모두가 일본집들이었다. 어디를 가나 그랬던 것처럼 이곳도 정거장의 정면과 그 뒷골목이 될 만한 십자길을 중심으로 하고 팔월 십오 일 전에는 철도 여객들을 상대로 하는 여관이며, 과일전이며, 식료품 잡화상 같은 것이 번성한 장사를 하였을 듯한 흔적이 아직 군데군데 완연히 남아 있었다.

낮에 수성서 들어와서 점심을 사 먹고 둘러 나오던 역로순(逆路順)을 따라 하나미찌를 따라 내려온 나는 여관 골목을 들어서서 십자길을 바른편으로 꺾어 고쳐 정거장 쪽을 향하여 걸어가는 것이니 허방공지의 분이 널려 있는 쇠스랑길을 건너오면 지름길이 되는 곳에 음식의 점포(店鋪)는 늘어놓여 있는 것이었다.

점포라 했대야 물론 그것은 비바람조차 막지 못할 판장쪽이나 하다 못해 삿뙤기[146] 가마니짝 같은 것을 둘러친 잠정적인 단순한 상권표식(商圈標識)에 불과한 것들이어서 이나마 권세에 미치지 못하는 패거리들은 엿장사며, 떡장사며, 지지미, 두부, 오징어, 성냥, 담배, 비누, 비스킷, 옥수수 삶은 것, 구운 것, 사과, 배 같은 것을 맨땅 위에 나무판대기나 종이 쪽지에 벌여놓기도 하고, 광주리에 담은 채 이런 빈약한 점포들을 의지하여 옆에 쪼그리고 앉아서 손님을 부르는 남녀노유들.

이 현황잡다한 풍물 속에 이날 한나절을 보낸 일이 있는 나는 넘무나 고조근한[147] 쓸칠 듯한[148] 쌀쌀한 공기 속에 새삼스러이 등골이 오싹함을 느끼어 옷깃을 세우지 아니할 수 없었다.

"한잔하고 가나."

낮에 오래간만으로 돼지고기에 생선에 매운 무나물까지 바쳐서 처음으로 배껏[149] 먹어본 이래론 여지껏 먹은 것도 없으려니와 전

138

신이 바싹 오그라들고 가다들어 무엇에 닿으면 닿는 대로 부서져 으스러질 것 같은 을씨년함을 나는 어찌하는 수 없었던 것이다.

길 위에 노점을 하러 나온 사람들은 벌써 하나도 없이 자취를 감추어버리고 말았다.

십자길로부터 노점 지대에 들어서면서 나는 음식의 점포가 늘어선 첫 골목 안을 들여다보았다. 이곳에도 불은 모조리 꺼지고 말아서 양 줄로 선 가지각색의 삐럭[150]들만이 서늘한 저녁 공기 속에 마주 보고 서 있을 뿐이었다.

나는 들어가지도 아니하고 발을 옮기어 둘째 골목으로 걸어갔다. 그러나 이곳도 역시 파장인 듯하였다. 바른편으로 서너 집을 앞서 오직 한 집 촛불이 크게 흐늘거리며 춤을 추는 가운데 중년이 넘었을 남녀의 침착한 두덜거리는 소리가 들려 나왔으나 그 소리마저 광주리에 그릇을 옮겨 담는 소리에 지나지 않았음을 알고는 가슴에 습래하는 일층 헛헛하고 낙망적인 생각을 금하지 못하였다.

행여나 하는 마음으로 이때 나는 그 속을 안 들여다보고 지나쳐 갈 수도 없었다. 마나님일 듯한 한 오십이나 되었을까 한 여편네가 한복판에 두 다리를 쪼그리고 앉아서 주머니 끈을 풀어 헤친 채 이날 수입된 지전들을 정성껏 헤이고 있었다. 헤이던 손을 뚝 그치고는 간간 그도 무엇인가 중얼거리거니와 그것을 흘깃흘깃 곁눈질하기에 정신이 팔리인 그 남편 될 듯한 사내도 무엇인가 두간두간[151] 두덜거리기를 마지아니하며 반 허리를 굽힌 채 그들을 광주리 속에 챙기고 있었다.

주저앉으면 안 될 것도 없을 성싶었으나 그제는 딱 먹을 용기가 나지 아니하는 광경만으로도 되돌아서서 지나쳐 나와버리지 아니할 수 없었다.

이리하여 나는 돌고 돌아 더듬거리어 나오던 끝에 이상하게도 낮에 수성서 들어와서 돼지고기에 생선에 매운 무나물을 맛있게 바쳐 먹은 빼럭 행렬 거지반 끝 골목 되는 그 할머니 가게에 당연히 돌아들어야만 했던 것처럼 돌아들게 된 것이었다.

"할먼네 무나물 못 잊어 왔습니다."

선을 보이고 앉았는 처녀 모양으로 할머니는 보이얀 김이 몰큰거리는 솥 옆구리에 단정히 무릎을 세우고 앉아서 무엇인지 한참 정신이 팔리고 있었다.

"고기 있거든 고기에 술도 한잔 주시고요."

한 장으로 된 좁고 긴 나무판자 상 앞에 내가 털썩 주저앉음과 동시에 할머니는 비로소 정신이 드는 듯이 주저앉는 나를 쳐다보고,

"예, 어서 앉으시오."

하고는 언제 왔었던 손님이려니 하는 어렴풋한 기억만을 더듬는 모양으로 입에서 긴 담뱃대를 떼내었다.

역시 바람이 있었던지 솥구막[152] 가까이 납작한 종지에 피어나는 기름불은 유달리 흐늘거려 앉은뱅이 춤을 추면서 제가끔 광명과 그늘을 산지사방 벽에 쥐어 뿌리었다. 불은 빛보담은 더 많은 그늘들을 일으키어 그것에 생명을 주어 무시로 약동하게 하고 또 무시로 발광(發光)하게 하는 듯하였다. 그래서 이 적은, 의지할

데가 없는 뼈력의 기둥이 되고 주추가 되고, 천반[153]이 되는 몇 개의 나무판자와 가마니때기와 그 외의 모든 너슬개미[154]들을 모조리 핥아 없애려는 듯도 하였다. 하지만 그것은 남을 핥아 없애지도 아니하고 저 자신 꺼져 없어지는 법도 없이 다만 사람의 가슴속에 무엇인지 모르는 은근한 한 줄기 불안을 남겨놓으면서 조용한 가운데 타고 있을 따름이었다.

"어떻게 이렇게 오래 앉아 계셔요, 혼자서 할머니."

물론 그 자체로서도 충분히 궁금하지 아니할 수 없는 생각이 들기도 하였으나, 한편으로는 가슴 한 모퉁이에서 일어나는 불안의 그늘들을 눌러 깔아 앉히기 위하여 무엇이든 씨부리지 아니할 수도 없지 아니하였던 것이다.

"밤마다 이렇게 오래 남아 계셔요, 할머니?"

"밤마다이라면 밤마다이지만 잠 안 오는 게 소싯적부터 버릇이 되어서요."

할머니는 국솥에서 한 사발 국을 잘 떠서 상 위에 올려놓고 됫병을 잡아 그 속에 담긴 반 이상이나 남은 투명한 맑은 액체를 컵에 기울여 부었다.

나는 찬 호주[155]의 반 모금이 짜릿하게 목구멍을 지나 식도를 적셔 내려가 뱃속에 퍼지는 것을 맥을 짚어보는 것처럼 분명히 짐작하여 알며, 할머니는 무엇인지 풍성한 의미가 없지 아니할 듯한 이 '잠 안 오는 버릇'이란 금맥(金脈)을 찾아 들어갔다.

"소싯적부터이시라니 할아버니랑 아드님이랑 다 어디 가시구요."

"다 없답니다."

"없으시다니 그럼 혼자세요?"

더운 국 덕으로 뱃속에서 잘 퍼지기 시작하는 호주의 힘을 빌어 물어보지 아니하여도 이미 분명한 물음들을 나는 일부 이렇게 물어보았다. 막(幕) 안 어느 구석을 쳐다보나 어둑신하지[156] 아니한 곳이라고는 없었으나, 벌써 한 잔 들어간 이제 내 눈에 마음을 엎누르는 음침한 데는 한 군데도 뜨이지 아니하게 된 것이었다.

"아이들 두어 서넛 되던 건 이리저리 하나둘 다 없어져버리고, 내 갓서른 나던 해."

노인은 담뱃대를 입에서 빼어 들고 가느다란 연기를 입에서 내뽑으며 뚝 말을 끊었다가,

"갓서른 나던 해 봄에 올해 스물 여덟 났던 애가 뱃속에 든 채 혼자되었답니다."

하였다.

"네에."

"……"

"그분은 어디 가셨습니까."

"그것마저 죽어 없어졌지요."

그는 별로 상심하는 티도 정도 이상으로는 나타내지 아니하면서 태연히 다시 대를 가져다 입에 물려다가,

"물으시니 말씀이지 한 달 더 참으면 해방이 되는 것을 그걸 못참고 오 년 만에 그만 감옥에서 종시 죽고야 말았답니다."

"네에, 그러세요."

나는 마주 얼굴을 쳐다보기도 언짢아서 이러고는 남은 컵의 술을 마저 들이마시었다.

　"해방이 되었는데 제 새끼래서 그런지 원래 아글타글[157] 살 욕심을 남보다 더는 보이지 않던 애니만큼 다른 것들 때보다 가슴 아픈 것이 어째 덜하지 아니한 것만 같애 못 견디는 겁니다."

　그는 잠깐만이라도 자기의 두 눈을 가릴 필요가 있어서 그랬던지 선뜻 일어나, 등지고 앉았던 낮은 시렁 위에 놓인 됫병을 들러 갔다. 그리고 차마 묻지도 못하나마 내심 내 요구임에는 틀림없는 것들에 대하여 노인은 암묵한 가운데 자연스러이 대답을 만들어 내려가며 그 됫병을 내어밀어 내 둘째 번째 잔에 술을 따른 것이다.

　"보통학교는 어찌어찌 이 어미가 졸업을 시켜주었지마는, 벌써 졸업하던 해 봄부터 붙들려 가기까지 꼭 십 년 동안을 죽이 되나 밥이 되나 한날같이 이 에미와 함께 살아오면서 공장살이를 하다가 이 모양 되었으니! 저 포항동 너머 남의 방 한 칸 얻어 가지고요."

　"네에."

　"처음부터 이런 걸."

　노인은 대 끝으로 국솥을 가리키며,

　"이런 걸 하던 것도 아니요 어려서부터 배운 것도 아니지마는 그 애가 들어가던 해 여름, 처음 얼마 동안은 어쩔 줄을 모르고 어리둥절해 있기만 하다가 늘 그러구 있을 수도 없고 또 아이 몇 잃어버리는 동안에 생긴 잠 안 오는 나쁜 버릇이 다시 도져서 몇

해 만에 다시 남의 고궁살이[158]를 들어갔지요."

"네에, 그러세요."

"그 긴 다섯 해 동안을 그저 모진 일과 고단한 잠만으로 지어 나아오다가 하루 아침은 문득 그것이 죽었으니 찾아가라는 기별이 감옥에서 나왔을 때에야 얼마나 앞이 아득하였겠어요."

"그러셨겠습니다."

"사람의 가죽은 질기다고 했습니다. 병과 액으로 앞서도 자식 새끼 몇 되던 것 하나씩 둘씩 이리저리 다 때우기는 하였지마는, 그런 땐들 왜 안 그럴 수야 있었겠나요마는, 이제는 힘을 줄 데라고는 하나 남지 않고 없어지고 그것 하나만 믿고 산다 한 그놈마저 죽어 없어졌는데도 사람의 목숨은 이렇게 모질은 것이니."

마음이 제법 단단해 보이던 그도 한번 내달으니 비로소 젊은이 앞에서 긴 한숨을 걷잡지 못하였다. 여기서 처음으로 나는 그를 위로할 기회를 얻었으므로,

"그럼 어떻게 하십니까. 그러고 가는 사람도 다 제 명이 아닙니까."

하여드리니까 그는,

"하기야 명이지요. 하지만 명이란들 그럴 수야 있습니까. 해방이 되었다 해도 갇히었던 사람들은 이제 살인강도 암질라도 다 옥문을 걷어차고 훨훨 뛰어서 세상에 나오지 않습니까."

하였다.

"부질없은 말로 이가 어째 안 갈리겠습니까— 하지만 내 새끼를 갖다 가두어 죽인 놈들은 자빠져서 다들 무릎을 꿇었지마는,

무릎 꿇은 놈들의 꼴을 보면 눈물밖에 나는 것이 없이 되었습니다그려. 애비랄 것 없이 남편이랄 것 없이 잃어버릴 건 다 잃어버리고 못 먹고 굶주리어 피골이 상접해서 헌 너즐떼기에 깡통을 들고 앞뒤로 허친거리며[159], 업고 안고 끌고 주추 끼고 다니는 꼴들—어디 매가 갑니까. 벌거벗겨놓고 보니 매 갈 데가 어딥니까."

"……"

"만주서 오셨다니깐 혹 못 보셨는지 모르지마는, 낮에 보면 이 조그마한 장터에도 그 헐벗은 굶주린 것들이 뜨문히[160] 바닥에 깔리곤 합니다. 그것들만 실어서 보내는 고무산인가 아오진가 간다는 차가 저기 와 선 채, 저 차도 벌써 나 알기에 닷새도 더 되는가 봅니다만. 참다 참다 못해 자원해 나오는 것들이 한 차 되기를 기다려 떠나는 것인데, 닷새 동안이면 닷새 동안 긴내[161] 굶은 것인들 그 속에 어째 없겠어요."

그러지 아니하여도 나는 할머니의, 아까 그것들이 업고, 안고, 끼고 다닌다는 측은한 표현을 한 것으로부터, 낮에 수성서 들어오는 길로 맞닥뜨린 사람이 복작거리는 좁은 행상로 위에 일어난 한 장면의 짤막한 씬을 연상하기 시작하는 중이었는데, 노인은 이러고는 말을 끊고 흐응 깊은 한숨을 들여쉬었다.

참으로 그 일본 여자는 업고, 달고, 또 하나는 손을 잡고, 아마 아오지 가기를 기다리는 차에서 기어 내려온 듯 폼 가까운 행상로 위에 우두커니 서 있었다. 허옇게 통통 부어오른 낯에 기름때에 전 걸레 같은 헝겊 조각으로 머리를 질끈 동이고, 업고, 달리

고, 잡힌 채, 길 바추[162]에 비켜 서 있었다. 머리를 동인 것만으로
는 휘둘리는 몸을 어찌할 수 없다는 모양으로, 골쌀을 몇 번 찌푸
렸다가는 펴서, 하늘을 쳐다보고, 또 찌푸렸다가는 펴서 쳐다보
고 하기를 한참이나 하며 애를 쓰는 것을 자기는 유심히 건너다
보고 있었던 것이다.

이윽고 그는 정신이 들었는지 지척지척 걸어 들어와 광주리며,
함지며, 채두렝이[163] 같은 데에 여러 가지 먹을 것을 담아 가지고
나와, 혹은 섰기도 하고, 혹은 앉았기도 한, 여인 행상꾼들 앞을
지나쳐 오다가, 문득 한 여인 앞에 서서 발부리에 놓은 광주리의
속을 손가락으로 가리키는 것이었다.

"한 개에 오 원씩."

행상의 여인네는 허리를 꾸부리어 광주리에서 속에 담기었던
배 한 개를 집어 들고 다른 한 손을 활짝 펴서 일본인 아낙네 눈
앞을 가리매, 아낙네는 실심한[164] 사람 모양으로 한참 동안이나 자
기 눈앞을 가리운 활짝 편 그 손가락들을 멀거니 바라만 보고 있
었다.

뒤에 달린 열여덟 살 난 시뉠미[165]가 엉것[166] 바치를 움켜잡고 비
어틀듯이 앞으로 떠밀고 그보다 두어 살이나 덜 먹었을, 손을 잡
혀 나오던 어린 계집아이가 어미의 손을 끌어당기었다. 그리고
업힌 것이 띤 띠게[167]에서 넘나와 두 손을 내어 뻗으며 어미의 어
깨 너머를 솟아오르려고 한다.

"이것들이 이렇게 야단이야요."

세 어린것의 어머니는 참다 못하여 일본말로 이러며 고개를 개

우뜸[168]하고는 행상 여인의 눈동자를 들여다보는 것이었다.

애걸이 없었다기로니 이것들이 어찌 그것만으로 덜 비참할 리가 있을 정경이었을 것이냐.

그 위에 물론 그것만은 아니었다.

고기잡이 아이를 갯가에서 내려오다 떨기우고 나서 제철소(製鐵所) 옆을 지나 혼자 걸어오다가 일본 사람들 때문에 만든 특별구역(特別區域) 가까이 와 다다랐을 때 그 아랫동네 우물에 몰켜들어, 방틀[169]에 붙어 서서 주린 창자에 찬물을 몰아 넣고들 섰는 광경——한 사내는 더운 약 받아 들듯 냉수 한 그릇을 손에 받아 들고 행길가 풀숲에 펼치고 하늘을 쳐다보고 앉아서 한 모금씩 그이들을 목 너머 넘기고 있었다. 허접진 얼굴에 한바탕 꺼멍 칠을 해가지고 긴 머리는 뒤헝클릴 대로 뒤헝클리어 힘없는 부인 눈으로는 먼 하늘가를 바라보며.

"그 종자가 그렇게 될 줄을 어떻게 알았겠어요. 안 그렇든들 그것들이 다 죽일 놈들이었겠어요만."

별안간 계속되려는 할머니 말씀에 나는 술잔 앞에 머리를 박고 수그리고 앉아서 끄덕이고 있던 내 머리를 정신을 들여 올리키어 들었다.

"이번에 난 참 수타[170] 울었습니다. 우리 애 잡혀가던 해 여름, 가도오라는 일본 사람 젊은이 하나도 그 속에 끼어 같은 일에 같이 넘어갔지요. 처음엔 몰랐다가 그해 가을도 깊어서 재판이 끝이 나자 기결감으로 옮겨가게 된 뒤 어느 날 첫 면회를 갔다가 그런 일본 사람하고 같이 간 줄을 집 애 입에서 들어 알았습니다.

겨울에 들어서서 젊은이는 원산으로 이감을 가게 되었는데, 집 애 말을 쫓아가면서 입으라고 옷 한 벌을 지어 들고 갔더니 그때 우리 애 하는 말이 가도오라는 사람은 집은 있으되 집이 없어서 온 사람이 아니요 먹을 것이 있으되 제 먹을 것 때문에 애쓸 수 없던 사람이다. 그렇다고 물론 건달을 하려고 건너온 사람도 아 닌 것이니 자기하고 같은 일에 종사했으나 거지도 아니요, 도둑 놈도 아니요, 아무런 죄도 없는 사람이라고 그러지요. 그럼 무엇 이 죄냐——일본 사람은 일본 바다에서 나는 멸치만 잡아 먹어도 넉넉히 살아갈 수 있다고 한 것이 죄다. 어머니, 멸치만 잡아 먹 어도 산다는 말을 아시겠어요, 하였습니다.”

“네에!!!”

“누가 무엇 때문에 누구 까닭으로 싸왔는지 그건 난 모릅니다. 하지만 내 아들이 붙들려는 갔으나마 죄 아님을 못 믿을 나는 아 니었으므로 응당 당장에 해득[7]했어야 할 이 말들을 오 년 동안을 두고도 해득치 못하다가, 이제야 겨우, 오늘에야 겨우 해득한 것 입니다—— 그 종자들로 해서 어떻게 눈물이 안 나옵니까.”

“……”

“젊은이가 원산으로 간 것은 첫눈이 펄펄 날리는 과히 춥지는 아니하나 흐린 음산한 날이어서, 나는 새벽부터 옥 문전에 가 섰 다가 배웅을 해주었는데, 간 후론 물론 나왔다는 말도 못 듣고 죽 었단 말도 못 들어서 어떻게 되었는지는 모르나 죽지 안했으면 이번에 나왔을 겁니다. 저것들이 저, 업고, 잡고, 끼고, 주룽주룽 단 저 불쌍한 것들이 가도오의 종자인 것을 모른다고 할 수 없겠으니 어떻게 눈물이 아니 나……"

　이때 갑자기 불이 껌풀 하는 느낌과 함께 노인의 말이 중도에
뚝 끊치며 그 부드러운 두 눈동자를 치뜨키어 내 머리 위로 문 밖
을 내다보는 바람에 나도 스스로 일어나는 불의의 감각에 이끌리
어 몸을 돌이키지 아니할 수 없었다.

　그것은 머리 밑을 지나가는 쌀랑한 한 줄기 감촉이었다. 그리고
찰나적으로나마 참으로 겨우 소리를 지르지 않을 정도로 놀라 멈
칫 부동의 자세에 나를 머물러 세우게 한 강강한[172] 느낌이었다.

　꺼풀을 뒤집어쓴 혼령이면 게서 더 할 수 있으랴 할 한 개의 혼
령이 문설주이기도 하고 문기둥이기도 한 한편짝 통나무 기둥에
기대어 서 있었다. 더부룩이 내려 덮인 머리칼 밑엔 어떤 얼굴을
한 사람인지 채 들여다볼 용기도 나지 아니하는 동안에, 헌 너즈
레기 위에 다시 헌 너즈레기를 걸친 깡뚱한 일본 사람들의 여자
옷 밑에 다리뼈가 복숭아뼈가 두드러져 나온, 두 개 왕발이, 흐물
거리는 희미한 기름불 먼 그늘 속에 내어다보였다. 한 팔을 명치
끝까지 꺾어 올린 손바닥 위에는 옹큼한 한 개의 깡통이 들리어
서 역시 그 먼 흐물거리는 희미한 불 그늘 속에서 둔탁한 빛을 반
사하고 있으며—

　"저겁니다."

　할머니는 떨리는 낮은 목소리로 불시에 이러하였다. 낮으나 그
것은 밑으로 흥분이 전파하여 들어가는 날카로운 그러나 남의 처
지에 자기의 몸을 놓고 생각하는 은근한 목소리였다.

　"저것들입니다."

이렇게 되뇌이는 소리에 나는 정신이 들어 노인이 밥 양푼에서 밥을 푸고 국솥에서 국을 떠 붓는 동안 잔 밑바닥에 남은 호주의 몇 모금을 짤끔거리며 입술에 적시고 있었다.

이 불의의 손이 밥을 다 먹을 때를 별러 나도 내 술의 끝을 내이기는 하였으나 끝이 났다고 곧 그의 뒤를 따라 밖으로 나서기에는 이때 나는 너무나 공포에도 가깝다 할 심각한 인상을 가슴속에서 떨쳐버릴 길이 없음을 어찌할 수 없었다. 게다가 가슴 한 귀퉁이에 새로 돋아 나오는 흥분의 싹인들 없을 수 없었던 것이다.

"한 잔 더 주세요."

나는 바닥이 마른 내 술잔을 내어밀어 할머니에게서 셋째 잔의 호주를 받아 들었다.

"아오질 기다리는 차에서 내려온 겁니까."

"그렇답니다."

할머니 대답에 나는 잠잠하였다. 그리고 셋째 잔 첫 모금으로 혀 위에 남은 호주의 쓴 뒷맛을 나는 잡은 채로 몇 번 다시어보았다.

"밤마다입니까."

"밤마다입니다."

"오는 게 늘 오겠습니다."

"그렇지도 않습니다. 정 할 수 없어서 기어 내리는 것들이요, 또 너더댓 새에 한 차씩은 떠나니까요."

나는 잔을 들어 넷째 번 모금의 술을 마시었다. 관자놀이 위의 핏대가 불끈거리고 온 전신의 혈관이 부풀어 일어나 인제는 완전히 술이 돌기 시작함을 나는 활연한 기분 가운데서 느끼었다.

"하지만 아무리 잠이 아니 오시더라도, 밤을 새우시고 앉아 계시는 건 아니겠지요."

"웬걸이오. 못된 버릇으로 해서 아무래도 새지요. 그 대신 낮에 잡니다."

내가 잠자코 그의 얼굴을 처다보며 계속될 그의 말을 기다리매,

"우리나라도 안적 채 자리가 잡힐 겨를이 없어서 그렇지 인제 딱 제자리가 잡히고 나면 나 같은 노폐한 늙은 것이야 무슨 소용이 있는 겁니까. 무용지물이지요. 무엇이 내다보이는 게 있어서, 무슨 근력이 나겠기에, 아글타글 돈을 벌 생각이 있어 그러겠습니까마는, 이렇게 해가다 벌리는 게 있으면 가지고 절에 들어갈 밑천이나 하자는 거지요, 없으면 그만두고. 그리노라면 세상도 차차 자리를 잡아 가라앉을 터이고, 그렇지 않아요— 뭣을 어떻게 하자고 무슨 욕심이 복바쳐서 허둥지둥이야 할 내 처지겠어요. 이렇게 내가 나온다니까 해방이 된 오늘에야 왜 뻐젓이 내어놓고 자치회라든가 보안대라든가 안 가볼 것 있느냐 하는 사람도 없지 않았지마는, 이 어수선하고 일 많은 때에 그건 무슨 일이라고……"

"무슨 일이라니 무슨 말씀입니까. 당연히 할머니께서야 그리셔야 될 거 아닙니까."

"그러지 안해도 우리 집 애하고 가깝던 젊은이들이 요새 모두들 무엇들이 되어서 부득부득 끌고 가려는 것을 내가 안 들었지요. 그런 호산 내게 당치도 아니한 거려니와 그렇지 않단들 생눈을 뻔히 뜨고야 왜 남에게 신세 수고를 끼칩니까. 반평생 돌아본

들 나처럼 가죽 질긴 늙은이도 없는가 했습니다. 이 질긴 고기를 좀더 써먹다 죽으리라 싶어 나왔는데, 나와 보니 안 나왔던 것보 담 얼마나 잘했다 싶었는지요."

"네에 네에, 잘 알겠습니다. 하지만 언제까지나 그러실 수야 있 습니까."

"뭘이요. 인제 앞이 얼마 남았는지 모르지마는, 이제 얼마 안 가서 쓸데도 없는 무용지물 될 것이, 그동안에라도 무엇이나 뼈 다귀를 놀리고 먹어야 할 거 아니겠어요. 또 안 그렇다면 이렇게 피난민이 우글우글하고 눈에 밟히는 것이 많은 때에 무엇이 즐거 워서 혼자 호사를 하자겠습니까."

"네에, 죄송합니다."

피난민도 형지[173] 없이 어지러웠고 일본 사람들도 과연 눈을 거 들떠보기 싫게 처참하지 아니함이 없었으나 생각하면 이것을 혁 명이라 하는 것이었다. 혁명은 가혹한 것이었고 또 가혹하여도 할 수 없을 것임에 불구하고 한 개의 배장사를 에워싸고 지나쳐 간 짤막한 정경을 통하여, 지금 마주 앉아 그 면면한 심정을 토로 하는 이 밥장사 할머니에 이르기까지 그것이 어떻게 된 배 한 알 이며, 그것이 어떻게 된 밥 한 그릇이기에, 덥석덥석 국에 말아줄 마음의 준비가 언제부터 이처럼 되어 있었느냐는 것은 나의 새로 이 발견한 크나큰 경이(驚異) 아닐 수 없었다. 경이보다도 그것은 인간 희망의 넓고 아름다운 시야(視野)를 거쳐서만 거둬들일 수 있는 하염없는 너그러운 슬픔 같은 곳에 나를 연하여주었다.

나는 혓바닥에 쌉쌀한 뒷맛을 남겨놓고 간 미주(美酒)의 방울

방울이 흠뻑 몸에 젖어들듯이 넓고 너그러운 슬픔이 내 전신을 적셔 올라옴을 느끼었다. 그리고 때마침 네다섯 피난민들이 몸을 얼려가지고 흘흘거리고[174] 들어서는 바람에 나는 자리를 내어주고 밖으로 나왔다.

술 먹은 다음 날 버릇대로 나는 아침 채 날이 밝기 전에 눈을 떴으나 여관에서 조반도 못 얻어먹고 나간 것이 정거장에 와보니 어느 틈에 여덟 시가 벌써 가까운 시간이었다.

오늘 아침 일찍이 나가서 만나지 못하는 날이면 방은 이내 만나지 못하는 사람이었다. 하지만 여덟 시라면 나를 찾으러 일찍 나왔던 방이 단념을 하고 돌아갈 그리 늦은 시간도 될 것 같지는 아니하였다.

못 만날 사람이 되어서 방을 만나지 못하더라도 차 형편을 보아서는 혼자서라도 떠날 생각을 하고 나온 나는 정식으로 둘러 메인 륙색의 밑바닥을 두 손으로 받쳐가며 밤 사이에 씻기어나간 싱싱한 아침 공기 속을 플랫폼을 끝에서 끝까지 몇 번인가 오고 가고 하였다. 그러나 방은 나서지 아니하였다.

궤도 위에는 어젯밤 와 닿은 두 군용차가 화통을 뗀 채 제 선로들 위에 그대로 차게 머물러 있고 분필로 아오지행(阿吾地行)이라고 썼던 지난밤 이래의 일본 사람들 그 자원(自願) 차가 달랑 두어 동강 붙어서 떨어진 먼 궤도 위에 팽개쳐놓여 있었다.

머리도 없는 두 군용차 위엔 제가끔 어느 틈엔가 벌써 사람들이 올라가 기다리고 있었으나 차는 좀처럼 떠날 기색도 보이지 안했으므로 나는 폼에서 나와 철책을 뚫고 노점들 있는 쪽으로 내려왔다. 국밥 한 그릇쯤 먹고 가도 늦지 않을 여유는 있을 성싶었다.

회령서 방을 놓친 것이 불과 일이 초의 간격이었으면 청진서 방을 잡은 것도 그 일이 초의 아슬아슬한 순간이었다.

인젠 혼자라도 떠날 결심을 한 나인지라 그 동안에 차 대가리가 어떻게 변덕을 부려도 안 될 일이어서 나는 철책 석탄 잿더미를 타고 내려와 공지를 지나 행상로 골목길을 밟고 올라서서 제일 가깝기만 한 장국밥 집을 찾아든 것이었다.

몇 초만 밥을 늦게 먹었어도 물론 안 될 뻔하였지마는, 몇 순가락 밥을 남겨놓고 일어났더라도 방을 붙잡는 일은 어려울 뻔하였다. 양치를 하고 돈을 치르고 내가 일어선 것은 방이 막 나무판자로 된 정거장 임시 사무소 있는 쪽 폼 마지막 기둥까지 왔다가 돌아서는 찰나이었다. 이 사무소와 기둥 사이라야 불과 한 칸이 될까 말까 한 사이였으므로 나는 방이 걸어온 길을 돌아서서 그 사무소 뒤에 가려 없어지기 전에, 있는 소리를 다하여 부르지 안할 수 없었다. 역 임시 사무소와 폼 마지막 기둥 사이 한 칸통의 좁은 공간 속에 우연히 들어선 그를 붙잡았다느니보담은, 그런 좁은 간간한[175] 틀을 짜서 놓고 그 안으로 들어오기를 기다렸다 함이 옳으리만큼 우리의 상봉은 아슬아슬한 것이었다. 날으는 새를 잠깐 깃을 고르느라고 퍼덕이는 동안에 쏘아 떨어뜨린 경우인들 게서 더할 수는 없었다.

"방 선생."

"방 선 생."

참으로 오래간만에 보는 푸를 대로 푸르른 마가을 바닷빛 모양으로 이곳이 고향인 사람의 맏누님 집을 향하여 걸어나가는 젊은 두 피난민의 마음은 한없이 푸르르고 또 한없이 부풀어 올랐다.

　이틀 밤을 방 누님 댁에서 자고 사흘째 되는 날은 아침 간다고 신포동을 내려왔다.

　간다고 내려는 왔으나 있을 등 말 등하였던 차는 역시 이날 없는 모양이어서 우리는 못 견뎌지는 모양하고 다시 거리로 들어와 여관을 정하고 거기 짐을 부리기로 하였다. 주을은 못되었으나마 신포동 그래도 자그마한 목간통〔錢湯〕에서 목욕을 하고 위선 옷의 만돌린만이라도 털어놓고 내려온 우리였으니 절반은 짐이 덜린 거나 다름없었던 것이다.

　길림서 둘이 갈라 가지고 제가끔 시계 주머니와 허리춤과 양말 속 발바닥 밑 같은 데에 조심성스럽게 갈라서 감추어가지고 떠난 몇천 원 돈도 이날 여관에 들어 이면수 프라이와 뜬 북어와 배해서 한잔 먹고 난 걸로 누구에게 한푼 빼앗긴 것도 없이 이제는 아주 마지막이 되고 말았다. 하면서도 무엇인지 모르게 우리의 어깨는 가뿐해진 것으로만 여겼는데, 다음 날 아침 일어나 같은 여관에 든 손님에게서 사실은 어제도 낮 지나 함흥 가는 차가 있었더라는 말을 듣고는 갑작스러이 다시 마음이 흐려짐을 느끼었다. 듣기 탓으로는 그렇게 날마다 차가 있을 가능성이 있다는 것으로 생각할 수 없음도 아니나, 완전히 마음을 놓아 안 될 곳에서 마음을 놓고 흥청거렸다는 후회감으로부터 본다면 어제 일은 암만 하여도 불시에 마지막으로 속아 넘어간 네미시스[176]의 소작(所

作)만 같아서 섬뜨레한 불안이 가시지 아니하였다.

어제도 차가 떠났다는 그 낮때가 지나서부터는 우리의 이 불안도 차차 심각한 것이 되지 아니할 수 없었다. 방과 나는 서로 번갈아가며 짐을 보기로 하고 다시 시내로 들어가 혹 트럭과 같은 변법이 있지나 않을까 하고 돌아다녀보았으나 별 신통한 수도 없음을 알고는 정말로 몸이 풀림을 걷잡을 길이 없었다.

"이러구 앉았댔자 부지하세월(不知何歲月)이겠소. 며칠 정신차려 기다리노라면 제 안 오겠소."

우리는 다시 이런 배짱 좋은 사람들이 되어 일어서서 나오지 아니할 수 없었다.

우리가 이날 밤 다시 정거장으로 나온 것은 그 뒤 두어 시간이나 되어 해가 벌써 절반은 산 너머로 타고 넘어간 어슬어슬하기 시작하는 경각[177]이었다. 아침 여관에서 나오면서 방의 론진[178] 팔목 시계와 바꾸어가지고 나온 육백 원 돈 중에서 배갈을 사이다 병에다 두 개나 사 들고 들어와 한잔씩 하고 저녁을 먹고 막 수저를 놓자고 하는데, 주인이 헐떡거리며 이층으로 올라와 하는 말이 차가 방금 뒤에서 나온 모양이라고 하는 것이었다.

"그 차 타고 와 내린 손님들이 지금 우리 집에 들기 시작합니다."
하였다.

참으로 주인 말대로 차는 정거장에 와 닿아 있었고, 또 이만하면 우리도 우리를 제일로 요행스러운 피난민으로 생각함이 아님은 아니었으나 그러나 조급한 우리들의 갈증이 만족이 되리만큼 닥치는 대로 순조로움게 일이 진행되는 것만도 아닌 듯은 하였다. 그 대신 우리는 오직 이러한 운불운(運不運)의 부절한 기복(起伏)——그중에서도 측량할 수 없는 불운의 깊은 골짜기에서만 우리는 우리 가슴에 깊이 잠복해 있어, 하마터면 어느 결에 저절로 삭아져버려 없어졌을지도 몰랐을 뜻하지 아니하였던 그리운 소망(所望)들을 불시에 달할 수 있는 것인지도 알 수 없는 일이라 하였다.

달고 온 군용차에서 떨어져 달아난 화통이 어디를 갔으며, 언제 돌아올 것인지 모른다는 불안성을 띠운 물론[179]이 이 구석 저 구석 차에 올라탄 사람들 입에서 우러나와 다시 이겨낼 수 없는 염증과 지리함이 우리들 가슴에도 내려앉으려 할 즈음에,

"여보 천(千), 어쨌든 우리는 내렸다 올랐다 하질 말고, 인젠 여기서 밤을 새우더라도 기다려보기로 합시다."

하는 방의 말을 받아 나도 얼근히 술이 퍼진 기분을 빌려서,

"내리기는 어딜 내려요."

하여, 방의 기운을 북돋고 나서,

"한데 혹 떠나게 될 때 다바이 씨들에게 또 대접을 하지 않으면 안 될 일이 생길지도 모르니까 아까 사 가지고 들어갔던 집에서 사이다 병으로 내 두어 개 사 가지고 오리다."

하고는 도록꼬를 뛰어내려 다녀서 돌아오는 길이었다.

술이 꼭 찬 사이다 병 두 개를 한 손에 하나씩 들고 예전 개찰구로 쓰던 정면 문으로 들어서려 할 때, 나는 칠팔 인 사람의 일행이 나를 받아 나오는 것과 마주쳤다. 이미 날이 어두워 들어가는 깊어진 황혼이 끝이 나려는 때인지라 얼른 눈에 뜨인 것은 아니

었으나, 지나놓고 보니 패 중 제일 앞장을 서서 더펄거리고[180] 나가는 더벅머리 소년의 뒷모양은 아무리 생각하여보아도 낯익은 차림차림이었다.

—그 독특한 더펄거리는 걸음걸이는 제쳐놓고라도 커서 과히 훌렁훌렁한 국민복에 저고리 소매와 바지를 걷어올린 것이 희게 손목과 발등에 나 덮인 것만 보더라도—

'어느 일본놈을 또 잡아가는 것인가.'

폼으로 첫발을 옮겨 디디지도 채 못한 채 나는 홱 돌아서서 광장으로 사라져나가는 그들—포승을 진 키가 들숭날숭한 두 사내를 에워싼 칠팔 인 사람의 한 그룹이 남실거리는 어둠 속에 사라지는 뒷모양을 바라보았다. 그리고 유혹적인 걸음발이 몇 발씩 거들먹거려짐을 어찌하는 수 없었다.

이만한 정경을 배경으로 한 이만한 포박(捕縛)의 장면 같으면 내 성질로서 신기하지 않을 리는 없었다. 하지만 아무리 화가(畵家) 되기를 결심한 이래 후천적으로 생긴 내 집요한 탐색벽으로 하더라도 이런 긴박한 경우에 이르면 이것쯤은 참으로 적은 평범한 호기심으로 떨어지고 말 성질의 것일 수도 있었던 것이다. 한데 그 위에 그렇지 않고 남는 큰 놀라움이 있었다면 그것은 내 가슴속에 부지불식간에 산 확고한 릴리프(浮彫)가 되어 그리웁게 숨어 있던 그 소년의 성성한 맑은 두 눈알의 홍채가, 산 자기의 실상(實像)을 만나 발한 찬란한 섬광(閃光) 때문이 아니면 무엇일 수 없었다.

참으로 고혹에 끌리인 내 거름발이었다. 그러나 그렇다고 그 이상 더 어떻게 할 수도 없는 일이어서 나는 내려왔던 도록꼬에 올라가 방과 가지런히 그 위에 실은 자동차의 찬 몸뚱아리를 기대이고 앉았다. 언제 이렇게 어두워졌던가 하고 하늘을 우러러보니 그러지 않아도 그믐밤이 아니면 그믐 전날 밤, 그믐 전날 밤이 아니면 하루 더 전날 밤밖에는 더 못되리라 한 어쨌든 그믐밤을 앞에 놓고 움직거리지 못하는 밤하늘에 어느 결엔가 구름조차 한 불[181] 깔리인 것이 치떠 보였다. 그것은 이마가 선뜻거리여 더는 잠시도 쳐다보기에 견디지 못할 것들이었다.

"여보 방 선생."

하고 나는 방을 불렀다. 그리고 비로소 처음으로 수성 이래 나 혼자의 비밀로 되어 있던 소년의 이야기를 자초지종부터 하기로 하였다.

그랬더니 방은 정색을 하여 나를 돌이켜 보고,

"건 참 철저한데."

하며,

"하지만 아까 누구한테 물으니까 부령에선가 어디에선가 무슨 쿠데타가 있었대."

하였다.

"무슨 쿠데타?"

"여기서 하는 쿠데타에 무슨 딴 쿠데타가 있을라구…… 썩어빠진 전직자(前職者)들이 그래도 물을 덜 흐려서 나쁜 짓들을 하고는 교묘히 먹물을 뿜어놓고 돌아다닌다는군. 해서 어제오늘은 그것들을 잡느라고 이 정거장에도 한 불 깔렸댔대. 그러구서는 몰래 서울루 도망질을 쳐 간다니깐."

"으응."

"그러니깐 아까 꽁여갔다[182]는 그자들도 혹 그런 것들이었는지도 모르지. 당신은 그런 데까지는 참견할 리가 없을 애라고 하지만 그건 몰라요. 그 녀석이 보안대 김 선생이 어쩌니 저쩌니 했다면서——연락이 있다고만 하면 그런 사람들의 일에도 어른만으로는 감당 못할 일이 없지 안해 있거든."

듣고 보니 그럴 성싶은 일이기도 하였다. 하지만 그것이 일본 사람이건 조선 사람이건 또 무슨 일로 꽁여간 것이건 간에 내게 큰 상관될 것은 없었다. 지금껏 내 가슴속에 엉기어진 그 소년에 대한 형용하기 힘든 모든 인상은 그걸로 말미암아 어떻게 될 성질의 것은 못 되는 것이었다.

다시 쳐다보는 밤하늘은 이미 이제는 이마가 선뜻할[183] 겨를도 없이 어느 틈엔가 일면 진한 칠빛이 되어 있다가 쳐다보는 내 가슴 위를 불현듯이 무거웁게 내려덮고 말았다. 양복바지 무릎을 뚫고 팔소매 끝과 목덜미 너머로 숨을 들이킨 밤바람이 스며들기 시작한다.

소년으로 말미암아 머릿속에 켜진 아주 꺼지지 아니하려는 현황한[184] 불길들에 시달리어가며, 나는 그러안은 두 무릎들 틈에 머리를 박고 허리를 꾸부리어 댄 채, 오직 꾸부리고 웅크린 덕분을 빌려 억지스러운 잠을 청하기로 하였다.

청한 잠이 들기는 하였는데, 얼마를 잤던 것인지는 모르나마, 눈이 뜨였을 때는 방이 소련병과 마주 서서 제가끔 주어가며 받아가며 고개를 끄덕거리는 것으로 보아, 무엇인지 한 담판 끝내인 순간인 듯하였다. 그는 소련병에게서 도로 돌려받은 그래도 제법 잘 써먹기는 했으나 노서아말로 된 것이란 이외로는 별 대단할 것도 없는 증명서를 양복저고리 안 포켓에 집어넣으며 웃으며 무시로 고개를 끄덕거리었다.

두 소련병 중 하나는 내가 앉아 있는 자동차의 전차체(全車體) 둘레의 도록꼬의 구석구석을 회중 전등으로 돌려 비추어 보였다. 어느 결에 내쫓은 것인지 방과 나와 두 소련병을 내어놓고는 도록꼬 위의 사람이라고는 하나도 남지 않았음을 나는 그 쨌쨌한 회중 전등 불빛 속에 돌아보았다.

"아마 떠나기는 하는 모양인가…… 한데 여기 사람들은 다 어디들 갔소."

내가 실어 들어가려던 어깨를 들추어가며 이렇게 물으니,

"쫓겨 내려가서 저쪽 차 지붕 위에들 모두 올라가 달라붙는 모양인데 그걸 못 하게 하느라고 지금 소련병이 야단인 모양이오." 하며, 방은 그 긴 턱주가리로 차 꽁무니 쪽을 가리키었다.

"왜 거기꺼정이야 못 타게 해."

"아마 밤중이니까 낮과도 달라서 졸다가 사람 상하는 일이 있어도 안 될 테니간 그러는 게지."

몸을 떨치고 일어나서 보니 과연 까맣게 내려다보이는, 아마 이 차 마지막으로 달렸을 두어서너 개 유개화차 지붕 위에는, 강한 서치라이트와 같이 불길이 잘 뻗는 군인용 회중전등 집중적인 불빛 속에 사람들이 앞뒤로 이리 몰리고 저리 몰리는 것이 자주자

주 갈리는 먼 환등 속같이 건너다보였다. 이리저리 몰리는 사람들의 무리를 따라 불을 비쳐가며 쫓아 몰아대는 것인데, 두터운 구름이 내려덮인 그믐밤 하늘에다 중공(中空)[185]에서 끊어진, 끝이 퍼진 그 불꼬리들 밑에 전개하는 이 혼란 광경은 무심히 바라볼 사람들에게는 음침한 처절한 것들이었다. SOS를 부르는 경종(警鐘) 속에 살 구멍을 찾아서 허둥거리는 조난 군중의 참담한 광경은 이런 것이 아닐까 하는 환각(幻覺)이 잠이 잘 아니 깨인 어리둥절한 내 머리에 어른거리었다.

그러자 우리가 이제로부터 가야 할 방향에서 축축거리며 화통의 접근하는 소리가 들려오더니 어느 결에 털그덕 하고 그것은 우리 차체에 와 부딪쳤다.

이윽고 화통은 삼십여 칸도 더 달았을 긴 우리의 차를 잡아당기었다. 그러나 몇 바퀴 채 굴러가지도 못해서 그것은 다시 털그덕 하고 제자리에 서고 말았다.

"떨려 내린 피난민들이 자꾸 차 떠나는 틈을 타서 매어 달리는 모양이야."

눈이 멍해서 자기의 얼굴을 마주 쳐다보고 앉았는 나에게 차꼬리를 항하여 앉은 방이 먼 중공을 바라보며 입을 쩝 다시면서 이렇게 중얼거렸다. 다시 자리에서 내가 일어나 돌이켜보매 아까 꺼졌던 회중전등의 강한 불빛이 방이 바라보고 앉아서 중얼거리던 중공 하늘 아래 유개화차 지붕 위에 있음을 나는 보았다. 그리고 인차[186] 주르르 하는 다발총의 연발하는 총소리가 귓봉오리를 울려왔다. 물론 빈 공포이었으나 쫓아가는 스포트라이트의 집중

된 불빛 속에 드러난 것은 차꼬리를 향하여 도망질치는 무수한 군중의 뒷모양뿐이었다. 내 몸에 와 닿는 똑같은 종류의 서치라이트와 다름이 없이 내 가슴도 선뜻선뜻하고 펄럭펄럭하였다.

차는 다시 떠났다.

하지만 그것은 단순히 떠날 수가 없어서 더 몇 번인가 이러한 장면이 반복된 뒤에 그러나 역시 종내 떠나기로 되었던 군용차는 아무렇게 해서라도 떠나기는 하였다.

서치라이트로 몇 번 가슴이 선뜻거린 데다가 이렇게 수없이 털그덩거림을 받은 덕분으로 나는 아주 잠이 깨어서, 떠나는 화물차 모서리에 기대어 섰다.

서른 몇 개나 되는 차 체인을 화통이 잡아다니는, 털그덩 소리가 몇 개로 짤막하게 모디어 나고는 차는 차차 본 속력을 내기 시작하였다. 앞으로 몇 칸 채 아니되는 우리의 찻간은 어느 틈에 시력이 이르를 곳으로 까아맣게 칠하여 놓이지 아니한 곳이 없는 어두운 공간 속에 오직 한 개의 표적이 될 만한 높은 흰 급수대(給水臺)를 지나 몇 개나 되는지 모르는 눈꺼풀 아래에서만 알쏭달쏭하니 지어져 들어가는 전철(輾轍)[187]의 마지막 분기점까지도 지나쳐 오는 것이 차바퀴의 덜컹거리며 한곳으로 굴러 모여드는 소리로 분명히 지각되었다.

오래간만에 막히었던 가슴이 뚫려 내려가는 활연함[188]을 나는 느끼었으나, 그러나 이 소리는 또한 나에게 내 가슴 속에 고유(固有)하니 본성으로 잠복해 있는 내 구슬픈 제삼자(第三者)의 정신을 불러일으키었다. 두터운 구름이 내려 덮인 그믐밤 중, 언제나 복구될는지 모르는 광야(曠野)와 같이 골고루 어두운 어두움 속에 싸여서 그것이 응당 차지하고 있을 만한 위치를 머리 속에 그려보며, 나는 뒤떨어지는 청진의 거리들을 내 흉중에 어루만지는 것이었다. 방은 이 땅이 우리들 여정(旅程)의 절반이라고 하였지마는, 설혹 지내온 것이 절반이 못 된다 하더라도 내게는 이미 내 가슴 가운데 그려진 이번 피난의 변천굴곡(變遷屈曲)은 여기서 다 완결된 거나 조금도 다름이 없었다. 그리고 앞으로 이 이상 고생스러운 험로(險路)를 몇 갑절 더 연장해나간다 하더라도 나로서는 이외의 더 색다른 의미를 찾기는 어려운 일일 듯하였다.

앞으로 무슨 일이 생기든 내 피난행은 여기서 완전히 끝이 난 모양으로 나는 쌀쌀한 충분히 찬〔冷〕 나로 돌아왔다.

다만 나는 이때 신포동서 다시 거리로 내려왔던 이 일양일지간[189]에 그러자고만 하였으면 얼마든지 그럴 수가 있었을 일을 어째 한 번도 그 할머니—그 국밥집 할머니를 찾아가보지 못하고 왔던가 하는, 벼르고 벼르다가 못 한 일보다도 더 걷잡을 길이 없는 내 돌연한 애석함을 부둥켜안고 어찌하지 못해함을 나는 불현듯 깨달았을 뿐이었다.

그것은 제 궤도에 들어서서 본속력을 내기 시작한 우리들의 차가 레일 위를 열십자로 건너 매인 인도(人道)의 구름다리마저 뚫고 지나 나와 바른손에 바다를 끼고 밋밋이 돌아 나가는 그 긴 마지막 모퉁이에 다다랐을 때이었다.

지금껏 차꼬리에 감추어 보이지 아니하였던 정거장 구내의 임시사무소며 먼 시그널의 등들이 안계(眼界)에 들어오는 동시에,

또한 그지들의 거리(距離)마저 차차 멀리 떼어놓으며 우리들의 차가 그 긴 모퉁이를 굽어 돎을 따라 지금껏 염두에 두어보지도 아니하였던 그 할머니 장막의 외로운 등불이 먼 내 눈앞에서 내 옷깃을 휘날리는 음산한 그믐밤 바람에 명멸(明滅)하였다. 그리고 그 명멸하는 희멀금한 불빛 속에서 인생의 깊은 인정을 누누이 이야기하며 밤새도록 종지의 기름불을 졸이고 앉았던, 온 일생을 쇠정하게 늙어온 할머니의 그 정갈한 얼굴이 크게 오버랩이 되어 내 눈앞을 가리어 마지아니하였다. 그 비길 데 없이 따뜻한 큰 그림자에 가리어진 내 눈몽아리들은 뜨거이 젖어들려 하였다. 그러고도 웬일인지를 모르게 어떻게 할 수 없는 간절한 느꺼움[190]들이 자꾸 가슴 깊이 남으려고만 하여서 나는 두 발 뒤꿈치를 돋을 대로 돋우고 모자를 벗어 들고 서서 황량한 폐허 위, 오직 제 힘뿐을 빌어 퍼덕이는 한 점 그 먼 불그늘을 향하여 한없이 한없이 내 손들을 내어저었다.

속습작실續習作室에서

건드리면 푸슬푸슬 흙이 떨어지는 납작한 대로 퇴락하고 누추한 형지[1]만의 대문을 허리를 굽혀 들어서서 가느다란 호리병 모가지를 깊숙이 중문까지 뚫고 들어와서도 또한 진 장판같이 즈븐즈븐한[2] 안마당을 지나 몇 고분쟁이[3]로 꾸불꾸불하게 돌아든 운두란[4] 한끝에 납작하니 달라붙은 그 이상히도 축축하고 어둡고 습기로 뜬 객줏집의 한 칸 뒷방——집을 닮아 역시 과도히 앞뒤만 두드러져나간 앞짱구 뒤짱구의 기형아 머리와도 같이 생긴 이 우스꽝스러운 방 속에서 대학 문과를 중도에 그만두고 장차 어떻게 될지를 모르는 앞날이 어지러운 한 개 대학생이던 나는 그때 그 밑에 깔리고 뭉기는 어둑시근한[5] 습기와 냉기와 곰팡이를 들여마시며 민민(悶悶)한[6] 가운데 형편없는 '제멋대로의 청춘'을 저지르고 있었던 것이다. 그것을 혹은 생존의 이유로 붙잡아서 확실한 내 것으로 손에 쥐고 나설 것이 없었던 안타까움에서이었다 할는지,

그다지도 안팎으로 매사마닥에선 트집이 생기기도 하며 혹은 그것을 반평생 동안을 만들어 내려오는 몸의 어찌하지 못하는 오예(汚穢)[7] 때문이라 할는지 청춘의 끝없는 나태(懶怠)와 무위(無爲)의 흐름 속에서 그래도 몸을 부여잡고 이에 떠내려 보냄이 없이 참고 견디고 악을 쓰며 그것들을 씻어내지 못해 지긋지긋이 식은 땀을 흘려 내려오게 할 뿐만 아니라 그것들 때문에 항상 자기 자신에게 악을 쓰고 반발하며 절망하여 내려온 것──생각하면 앉았다 누웠다 하며 곰불락일락하는 가운데 이것들을 길러주고 흔들어주고 빚어내준 그 이상한 어둠과 냉랭한 습기와 곰팡이의 한때를 생각하는 것은 나에게는 여남은 즐거움도 될 수 없는 것인 동시에 단순히 혀끝에 남는 쓴맛만도 아니었다. 그리고 그것들이 즐거움이었거나 쓰라림이었거나 내 딴은 내가 아니면 손을 댈 수 없는 어쨌든 언제든 한 번은 누구나가 볼 수 있는 쨋쨋한 광명 속에 그 모상(貌相)대로를 드러내자고 전심전력으로 노력해온 이는 또한 나의 지금껏 어찌하지 못하는 염원이기도 하였던 것이다.

하지만 어떻게 하랴. 한때 나의 그 '제멋대로의 청춘'을 형성한 모든 것들을 차례차례 주워 올려가지고 햇빛 속에 드러내는 일에 나는 아직 감당할 힘이 없을 것만 같지 아니하냐? 거추장스러울 것은 없으면서도 주워 올리려면 깨어지고 억지로 그러모으면 헝클어지거나 바스러질 뿐 아니라 헤쳐놓으면 떨어지거나 빛 속에 내놓으면 바래지려고만 드는 것, 그렇다고 또한 이렇지들 않기에만 갖은 노력을 다하여나가보면 어느 곁에 제 것 아닌 것에 속아 넘어가고 제 살색(色) 아닌 것이 마주 서려고 드는 것이다. 참으로 지내놓고 생각해보면 그때그때를 당해서는 아무리 힘이 들었더라도 살아 나오기는 살아 나온 것만 사실이었는데, 그 어떻게 힘들었던 일임을 뒤에 다시 나타내기야말로 용이하지 아니한 것을 안 느낄 수 없는 것이었다. 이리하여 나는 내 두 다리가 내 기질을 닦고 닦아 내 온 재능을 기울여 부어도 모자랄 종생사업(終生事業)에 와 걸쳐 꼬꾸라져 넘어짐을 다시금 새삼스러이도 깨닫는다.

하지만 지난날 내 눈앞을 지나간 한 나그네의 모습을 붓을 들어 더듬어 헤매는 이 묘명(墓銘)[8]에서까지 정말 추상적으로나마 나 자신에 대하여 요만큼이라도 안 쓸 수 없는 것은 내가 나란 사람을 아무 데에서나 드러냄만 아는 지나치게 주제넘은 사람인 까닭만은 아닌 것이다. 다만 이만큼이라도 안 한다면 나와 더불어 하룻밤을 같이하였을 뿐인 그 나그네의 모상이나마 앉혀질 충분한 배경이 되지 못할 것을 저어한 데 불과한 것이다.

문 들어오는 데가 호리병 모가지처럼 무섭게 깊숙하였고 안마당을 지나면 줄행랑[9]같이 꾸불꾸불하게 돌아든 운두란 속에 방이 열도 스물도 더 박혀 있는 어두컴컴하고 즈븐즈분하고 우중충하여 어디나 건드리면 흙이 푸슬푸슬 떨어지는 남주락 객줏집의 주인인 할머니와 할머니의 손자인 나는 며칠 안 있어 이사 가기로 작정이 된 남의 셋집 든 사람들처럼 벽에서 흙이 떨어지건 말건 마당 한가운데 즌[10] 장판이 생기건 말건 못 본 듯이 두 손을 소매 속에 마주 옹크려 넣고서는 제각기 제 모양을 해가지고 저희들 방에 오독하니 앉았거나 납작 엎드려져 누워 있었다. 이불 요 베개 같은 침구며 객식의 비품은 더 말할 것도 없고 아침저녁으로

닥치는 반찬거리에까지 별 계책을 세울 생각 없이 손님이 들면
드는가 보다 가면 가는가 보다 하기를, 아침이 오면 아침을 맞고
저녁이 오면 저녁을 맞는 사람들처럼 하였다. 따라서 어쩌다 무
슨 신분 어느 계급 누가 어느 모양을 해가지고 들거나 들어서 밥
을 청하는 손님이 있다더라도 장종지에 할머니가 담은 장과 뿌리
다듬지 아니한 콩나물국에 역시 뿌리 다듬지 아니한 콩나물무침
에 고추가 들었는지 말았는지 한 새우젓 국물이 부유끄럼한[11] 채
홍건히 담긴 깍두기에 더운 밥 한 상씩을 받을 수는 있으면서 그
이상의 대우나 요공[12]을 받을 염[13]은 하지도 못한 것이다. 그 대신
달리 사 먹을 데도 없어서 배가 정 고파 못 견디겠다면 한밤중에
라도 그제는 콩나물 등속조차 끼이지 못한 밥을 지어 그 부유끄
럼한 깍두기나마 받쳐 들여보내었고, 드는 손님은 막지 않아서
밤새 문을 두드려도 모른 체하지 않고 받아들여 어떤 사람에 누
구를 물론하고 방에 불 지펴주기를 마다하지 아니하였다. 하기야
경향간[14]을 오르내려 묵으며 돈이라면 한두 푼이라도 소홀히할 수
는 없으나 싸고 배고픈 채 추운 밤 잠 안 자는 밖에는 별다른 요
공을 바라지도 않는 뜨내기 촌 장사꾼 패가 기껏인 이 삼등 객줏
집에서 이내들의 상 심부름과 기어히 집 안에서 먹어야 하겠노라
는 패가 들면, 술집에서 술을 청하여 들여보내는 술심부름이며
또 적지 않이 가끔은 별다른 요공과 편의는 없더라도 종용한[15] 것
이 좋은 눈치로 술집이 파하여 짝패가 되어 달려드는 젊은 남녀
들 드는 방에 나는 불면증의 눈을 거슴츠레하니 뜨고 아무런 투
정도 없이 불이 이글이글 타는 아궁이에 두 다리를 펼치고 앉아

서 장작을 지피며 그네들의 은근한 속삭임을 수많이 흘려듣기도
하였다. 그 대신 이런 방 이런 침구 이따위 반찬에다가 대야에 세
숫물 하날 떠 들여놓을 줄을 아나, 담배에 불 붙여댈 줄 갖의 먼
지 신발의 흙을 털어 대령할 줄을 아나, 그렇다고 은근자[16] 집에서
색시 하나를 불러다줄 줄이나 안단 말이냐는 투정 삼아

"원 이렇게 허면서두 여관을 한다구 할까?"
하면서 고개를 절레절레 흔들고 저희들끼리 수군거리고 한탄하고
혹은 감추지 않고 불쾌한 얼굴을 내어 걷치고 나가는 반들반들한
손님 양반들도 없지 않아서 이런 이들을 보면

'그러기에 아예 갈 때에 쓸데없는 치사나 팁 받지 않을 양으로
자기도 전에 엊저녁부터 미리 선금 받은 줄은 알지도 못하는가?'
싶어 우습기도 하였지만, 또 한편 생각할 날이면 그처럼 말함이
무리도 아닌 것을 돌아보아 깨닫지 못할 바는 아니었다.

그러면 돈이 싫어서?

아니 그렇지는 아니하였다. 나는 가끔 쌀이 떨어질 때엔 할머니
담그신 장에다 투정하는 그네들만도 못한 조밥을 아금자금 두 볼
에 넣고 씹으면서도 속으로는 혼자 이런 앙탈질하기를 그치지 아
니했으니까.

'아무리 이밥이지만 씹지 않는 데야 무슨 맛이 나나?'
'아무리 이밥이지만 씹을 줄 모르는 데에야 무슨 맛을 아나?'

상패(商牌)는 이십 년 이상을 붙여서 손때가 먹고 지워지고 글
자가 날아서 군지군지하게[17] 되어서 이따위로 나간다면 앞으로 몇
해 몇열 해까지도 이대로 나가지 않을 수 없을지 모른다 하면서

이왕 여관을 하려면 방도를 고쳐 철저히 할 생각까지 아니한 것 그리고 또 이런 군지군지하고 어수선하고 되는 대로 되게 해라 하는 속에만 고독의 고리(故里)[18]가 있는 걸로는 알지 아니하면서 돈이 있으면 고독은 또 다른 방도로 완전히 독립된 왕국 안에서 화려하게 고독할 수 있었던 것을 미처 몰랐던 것뿐이었다.

다만 그렇게까지 고독 고독 하면서도 그런 또 하나의 화려한 고독을 꿈꿀 줄 모른 탓으로 어느 시간에 손님이 들거나 객부(客簿)[19]는 드는 시간마다 써서 파출소에 갔다 대게 되어 있으므로 할머니는 손님이 드는 때마다 내 잠을 깨워 내 손을 거치지 않고는 손님을 치지 못할 객부의 부탁을 나에게 하시곤 하였지만, 그나는 나대로 또한 야심(夜深)하여 내외가 갖춰진 행랑방을 깨우곤 하는 것도 안 되어서 객실에 이불을 날라 들이고 불을 지피고 헌 객부쯤 돌고 순경막 가는 것 같은 건 어쩌는 수 없는 일로 알았던 것이다.

그러나 그 나에게도 다만 한 가지 고집과 버리지 못할 사치는 있었다. 일이나 심부름쯤은 예서 더한 것을 밤을 밝히고라도 마다 안 하면서 내가 점령하고 있는 만년 이부자리의 내 방에 대해서만은 나는 누가 아무래도 좋다는 식으로 관대할 수 없는 절대적인 것을 버리지 않는 사람일 뿐 아니라, 이것만에는 번번히 속을 모르는 할머니가 혹 한 사람쯤인 손님 같을 때엔 이제 이 밤중에 새삼스러이 딴 방에다 나무를 다룰 것도 없을 것이니 네 방에다 들여서 같이 자면 어떠냐고 하는 걸로 가끔 똑같은 경우를 되풀이하곤 하시어서 나에게 짜증을 안 맞은 때가 없도록 어지러울

대로 어지러워도 좋고 곰팡이 필 대로 피어도 좋은 내 방의 혼자 만이 느끼는 질서를 나는 사랑하는 사람이었다.

누가 문을 열고 들여다보면서 잠깐 그 곰팡이만을 마시고 나가 도 이내는 돌아오지 아니할 비밀히 간직하여두었던 무슨 내 방과 내 자신의 일부 질서조차 시허물어놓고 가는 것같이 싫어서 골살 이 찌푸려지던 나이었던 것이다.

이 방에 그 낯선 사람이 들어온 것이었다.

"방은 여기 말고 바깥에도 있기는 있다고 하시는 거지만 인제 부터 장작을 지피시겠다고 하시고, 또 불쯤 안 때어도 못 잘 것도 아니기는 하나 손자님 쓰는 방 같으면 더더구나 좋고 무관한 것 같아서 이렇게 무턱대고 들어왔습니다."

겨우 인기척과 함께 미닫이를 스르르 열고 허락이 있기도 전에 방 안으로 들어선 이 낯선 손님은 이러고는 손을 방바닥에 짚고 인사를 하였다. 그러고는 아무런 거리낌도 없이 자기 손으로 들 고 들어온 객부를 열어젖히자, 두 팔꼬뱅이[20]를 짚고 그 위에 엎드 리듯이 꺼꿉서서는[21] 그 속에 그어진 소정의 난(欄)을 붓으로 채 워 들어가는 것이었다.

"날이 인젠 꽤 선선해집니다."

하며 손을 쓱쓱 비비었는데, 성묘를 다녀오는 길이라 하던 것을 생각하면 팔월 추석도 꽤 많이 깊어 들어간 어느 가을날 밤이었 을 것이다.

이때 아랫목에 누워 뒹구는 채 밑도 끝도 없는 멍한 생각에 사 로잡혀 있던 나는 무슨 영문인지도 모르고 누구를 보는지도 모르게 이 낯선 사람을 눈으로 맞았다가 정신이 들어 얼결에 벌떡 일어나 나와 앉아서 그와 대례²²를 바꾸기는 하였던 터이었다.

단추를 달아 입은 흰 옥양목 두루마기는 풀을 잘 먹인 티도 유난하게 발가닥거리며²³ 진 양달랑²⁴ 검정 바지에 다듬이 자국 매끈한 것이 그 두루마기 섶 자락 사이로 엿보이며 신은 양말까지도 땀내는커녕 발구듬조차 떨어질 나위 없는 산뜻한 것에다 짧게 기른 수염을 가쯘히²⁵ 깎은 얼굴에는 검붉은 구릿빛 속에 꽉 자리를 잡고 앉은 두 눈이 잡티 없이 이글이글 타는 사람——보매 나이도 나의 갑절 연배를 훨씬 지났을 사람이요, 수수함으로 일층 단정함이 드러나는 그 차림차림과 매무시 가운데에는 거조와 거조를 이어나가는 호흡마다에 사람의 마음을 저절로 느긋하게 하고 따르게 하는 자연성과 친화력이 흐늘거림을 알았다.

처음 같아서는 자기의 예정한 것을 거침없이 나의 눈앞에서 진행해 내보내는 것이나 다름없이 나로 하여금

'이 사람이 나를 주인의 나이 어린 손자라니까 업신여기고 이러는가?'

하는 의심까지를 나에게 안 일으키게 하지 않았다.

그러나 다음 순간에는 부지불식간에 내 의식 속에 잠재해 있던 나도 당당한 한 개 사람이라고 부자연스러이도 누구에겐지 모르게 항거하고 있던 억지며, 남에게 뒤꼭지를 눌리어 억지로 떠밀려가며 하는 노릇에란 뱀과 같이 머리가 들려지고 괴팍하여지는 내 이 성미마저도 어찌하지 못할 일종의 부드러운 견인력에 이끌리어 운무 속에 부드러운 스러져 들어감을 나는 안 느낄 수 없었다.

"미안합니다. 제가 쏟지요."

하고 팔꼬뱅이를 대고 엎드린 그의 곁으로 내가 다가앉았을 때에
는 벌써 아침 이슬에 젖은 수풀 속에 진동하는 송진내와 같이 발
그닥발그닥하니 풀 잘 먹인 옥양목 두루마기에 풍기었던 바람내
가 십년래 친구의 체취처럼 구수하니 내 코에 스며들어올 때이었
던 것이다.

"아니 괜찮습니다. 내 쓰지요. 인젠 제법 선선해집니다."

하는 그의 궁글은[26] 목소리에도 그 송진내는 따라 나왔다.

그는 펜에 힘을 잔뜩 주어 쥐는 붓 쥠의 어색한 손놀림으로 '농
업'이란 두 글자를 직업란에 펫뚝거려[27] 집어넣고, 다시 이어 원
적과 현주소란에는 이원(利原) 어디라고 분명히 써넣은 뒤에 마
산(馬山)을 전 숙박지로 하고 나서

"정말은 마산에 우리 집 선영이 있지요. 원래야 고향인 이원에
서 고기잡이를 하지만 또 달리 다른 데서 짓는 농사도 없지 않고
해서 분주하고 먼 핑계만 하고, 그만 이 몇 해째 성묘를 못 하고
있다가 금년은 벼르고 벼르던 끝에 신출 과일깨나 받쳐 넣고 오
는 길입니다."

객부 써넣은 데에 대한 설명이나처럼 내가 묻는 것도 아니요,
무슨 의례히 들어야 할 말로 기다리고 있는 눈치를 보인 것도 아
니언만, 그는 스며들 듯이 조용한 어조로 이러고 나서 내 방 발추[28]
끝에서 발추 끝까지를 휘 돌라보고 난 뒤에

"숫한 책이로군요. 아마 문학을 하시지?"

하고는 내 얼굴을 은근한 눈알들이 슬쩍 스치어 갔다.

"네, 뭐 문학이래야······."

나를 두고 무슨 당당한 한 개 문학가가 아니냐는 것도 아니므로 대답에 구태여 부정은 아니었지만, 어설피 문학이란 말조차가 쑥스러워 끝을 어물어물해버리며 어른 앞에서 하는 버릇대로 나는 뻑뻑 머리를 긁었다.

하매

"네, 좋으십니다."

하고 손은 이어 벌떡 일어나서 나갔다 올 겸사겸사라 하며 나의 굳이 말리는 말도 듣지 아니하고 쓴 객부를 들고는 밖으로 나가버렸다.

나간 지 한 반 시간이나 되었을까 하여서 그는 돌아왔는데, 그러고는 무엇인가 하나 가득씩 담긴 종이봉투를 두어 개 한아름 되게 해서 안고 들어온 것이었다.

"너무 이렇게 허셔서 미안합니다."

비로소 나는 처음으로부터의 미안한 인사를 드리고 권함을 받는 대로 봉지에 담긴 싱싱하고 흐들흐들한 능금들과 꺼풀째 하늘하늘하여 터질 듯이 무르녹은 단 연시들의 살에 코를 들여박을 대로 들여박아가면서 그것들의 단물을 빨아먹었다. 그러자 과일이 채 다 없어지지도 않았는데 무슨 누(樓) 무슨 누 하는 음식점의 배달꾼이 내는 퉁명부리는 것 같은 목청으로 이 방입니까 하는 소리가 밖에서 나며 문이 열리며, 술 주전자가 들어오고 쇠고기 산적에 북어조림에 돼지고기 편육에 호콩이 올라앉은 안주상이 배달되었다.

"사양하지 맙시다. 우리— 그전 어른으로 시인 문객들은 숙질 간에서도 이렇게 곧잘 마조 앉어 술을 마시었답니다. 나이가 상관 있나요?"

처음 몇 번은 사양도 하지 않지 않았으나 한두 잔 받아 마시는 동안에 어느덧 퍼진 주기(酒氣)에다가 원래 술을 배울 때부터 남의 잔 막을 줄을 모르게 배운 성미인지라 한 잔 더 한 잔 더 하는 바람에 받아먹은 술로 인제는 완전히 눈앞이 몽롱하게 되고 말았다. 그렇게 연거푸 몇 잔씩을 권하고 나서 자기도 앞에 놓인 잔에 부유끄럼한 탁주를 넘실넘실하게 부어 한 절반이나 마시고 난 뒤에 손은 그제는 어느새 건너편 먼 높은 바람벽을 올려다보며 어느 한시의 한 대목을 읊조리는 것이었다.

삼천불가도(三川不可到)
귀로만산조(歸路晚山稠)
낙안부한수(落雁浮寒水)
기조집수루(飢鳥集戍樓)
시조금일이(市朝今日異)
상란기시휴(喪亂幾時休)
원괴량강총(遠愧梁江總)
환가상흑두(還家尙黑頭)[29]

안주를 그르다 하겠는가. 술을 그르다 하겠는가. 이만하면 나에 겐 대단한 것이었으나 그러나 오래간만에 굶주렸던 대단한 술상을 만났다느니보다는 나 혼자 이외엔 먹어본 일이 없는 남과 더불어 먹는 술에 이런 어른을 모시었다는 것은 참으로 나에게는 희한하게도 즐겁고 가슴 시원한 일 아닐 수 없었다. 잡티가 섞이지 아니한 형형(炯炯)한 눈동자에 서늘하게 맑아 들어가는 눈빛과 쓸데없이 처지고 늘어짐이 없는 궁굴은 그의 통목소리!

가난한 당나라 사람의 여수(旅愁)를 읊조리는 손의 얼굴은 도연(陶然)[30]하였다.

　　낙성일별삼천리(落城一別三千里)
　　호기장치사팔년(胡騎長馳四八年)[31]

그것이 그때 무슨 노랜지를 모르고 듣는 나에게도 그것들의 소복한 은근한 여운을 따라 일어나는 실솔(蟋蟀)[32]의 찢어지는 듯한 갸날픈 울음소리가 귀에 젖어들어 못 배기도록 고요한 늦은 가을 밤을 나는 느끼지 아니할 수 없었다. 시가 끝나고 잠깐 잠잠하였을 때에도 우리는 사이에 가로막는 것이 아무것도 없이 오래간만에 하는 해후나 다름없는 두터운 정의로 마주 앉아 이야기하였다.

"왜 학교를 채 마치지도 않고 공부를 그만두고 나왔나요?"

"할머니 여관 하시는 편이 더 재미있을 것 같아 좀 도와드리기도 할려고요."

"허허허허, 아 그러시겠지 그래 재미가 많이 납니까?"

"선생님은 제 말씀이 암만 해도 정말 같지 않으신 게지요. 또 사실 아무리 학교에 다녀야 다니나 마나 한 공부요, 그리고 정말은 공부를 허러 들어간 것도 아니니까요."

"허허허! 공부를 허러 들어가신 게 아니라니 그럼 뭘 허러 들어가시구요?"

"공부라지만 돈만 있다면 이렇게 컴컴한 데 배겨 있기나 하다가 가끔 싫증이 날 때 한 번씩 하기 좋은 일종의 소풍이기나 할 따름이죠. 그까진 것 아무데서는 못할 공붑니까? 재주만 있다면요."

"허허허. 그래 형은 재주가 있으니깐 아무래도 좋단 말씀인가요? 재주가 없어서 걱정이란 말씀인가요? 그러지 말고 아까부터 이렇게 조르게만 하지 말고 어서 쓴 걸 좀 내어놓아요 보게. 나도 이래봬도 시도 소설도 연극도 다 잘 알아요. 허허허."

"그건 그러시겠지요. 허지만 제게 재주가 있구 없는 걸 안다면 왜 이렇게 이러고 있겠습니까?"

나는 한참 만에 겨우 이렇게 대답을 하였으나, 이어서 금세 내어놓은 자기의 이 말에 내 자신의 몸이 스스로 부서져 으스러져 들어가려 함을 가까스로 참고 이겼던 것이다.

술기운이라고는 하지만 기왕에 한 번 얼굴을 맞대어본 일도 없는 이런 외객에게 대하여 이만큼이라도 자기를 표시하고 주장하고 철철거리고 털어놓을 수가 있었던가 하는 것은 전혀 손님이 감추어서 온양(溫讓)한[33] 거조 속에 싸 가지고 있는 무엇인지 그 이름 짓지 못할 고혹적인 큰 자연성 때문이 아니었을까 하였다.

졸림을 받아 못 견디는 대로 나는 간밤 써두었던 시 쪼박이 그적거려져 있는 케케묵은 수첩을 벌써 이렇게 되면 인제는 아무런 꺼림도 없이 손 앞에 내어놓을 수가 있었다.

하니까 손은 잠깐 동안 받아서 펼친 수첩의 어즈러이[34] 써 흘어놓은 행간들 속을 묵묵히 눈을 떨어뜨려 내려다보고 앉았다가

"실솔— 거 좋습니다."

하였다.

그러고는 이어서

"나도 또다시 허울을 벗기 위하여 밤새 옷을 벗는다— 허지만 왜 좀더 길게 안 썼습니까? 없는 걸 일부러 늘여 빼란 말은 물론 아니지만요."

그는 고개를 개우뚱[35]하고서 어딘지 애석한 데가 있어 못 견디겠다는 얼굴로 한참 동안은 나의 그 시 공책에서 자기의 눈을 떼지 아니하였다.

"지금 저 어떻게 했으면 좋을지 모르고 있습니다."

무슨 내 시에 허위성이 있었다든지 하는 자각으로의 아픔도 아니었지만, 사실 나는 이때 손의 날카로운 관찰로 말미암아 가슴이 꿰어져 들어가는 아픔을 석명(釋明)하려 들지 아니할 수 없었던 것이다.

그때—라고 한대야 지금인들 그럴 수밖에 없는 나이지만 나는 그때 말〔言語〕이란 놈에게 항상 협박을 받고 지낸다 하여도 좋으리 만한 사람이었다. 소위 시 습작이라고 시작하기 전 처음 동안에는 내심으로 '말'이란 놈을 안심하고 경멸히 여기고 달려들어서 내 내적 욕구 또는 소위 영감(靈感)(우선 이런 말부터도 쓰기 싫은 말이다) 하던 따위의 것이 요구할 때는 말이란 언제나 작자

의 임의대로 자연스러이 따라올 수 있는 걸로 여기고 있었다. 아
니—따라오는 것이 아니라 따라올 것으로 일부러 정해놓고 달려
들지 않고는, 다시 말하면 그런 말에 대한 안심이나 경멸이 없이
는 '시'란 나에게 만만히 달려들 것이 못 되는 것이었는지도 모르
는 일종의 난쟁이 요마(妖魔)이었다. 하지만 아무리 놈의 조작성
(操作性)에 치심유의(置心留意)[36]하지 않는 체하자 하여도 역시
실제로 부딪쳐보면 그놈의 요마의 법칙과 규구(規矩)란 그처럼
딱딱하고 강강하고[37] 만만하지 않아서 뚫고 들어가 헤쳐 내팽개치
자 하여도 잘 안 되는 또 하나 그렇게 제대로의 불가침 세계인 것
만은 몰랐던 것이다.

가령 아무리 내 내적 욕망이 크다 하여도 말이 자기가 가진 이
법칙과 근거의 범위 안에서 줄[限界]을 빡 그어놓고 그 안에 머물
러 있게 하려고 하는 날일진대, 그때 완벽히 이루어져 있는지도
모르는 내 시와 진실의 모상은 어느 한 귀퉁이에서든지 입을 대
어 쏠리어 피를 뿜으려고 하는 일종의 큰 항거력을 지각하지 아
니할 수 없는 것이었다. 그것이 가진 이 한계성에 항거하며 동시
에 농간을 당하여 마음의 허격[38]을 제공하지 아니하면서 심면(心
面)의 완전한 모상이 제 옷을 찾아 입고 완전한 표현이 되어 나오
게 하는 노력—그 틈바구니에 끼여서 나는 항상 허둥거리고 헤
매는 청춘이었던 것이다.

"거짓말을 하지 않고 시를 짓는 데에는 특별한 힘과 재능이 필
요한 것을 저는 알았습니다. 이러기 위해 저는 배꼽이 나오도록
있는 힘을 다하여 용을 써보았고 또 괴로워도 하였습니다만, 말

이란 놈은 언제나 저의 곁을 엿보고 있다가는 거짓이 허용될 장소와 기회를 노려 마지않는 요물로서 거짓이라도 좋으니 번지르르한 허울 좋은 표현이면 고만이 아니냐는 것으로 항상 꾀이고 협박하고 갈그장거리는 것이었습니다. 한데 완전한 허울 좋은 옷만 입은 표현이란 저에게 뭐겠습니까? 아무런 말에도 제약이 안 되는 정확한 대상의 표현이 저에게는 필요하였습니다. 말의 사기사(詐欺師) 현황찬란하고 기묘하게만 생각되는 옷을 입고 무대 위에 나서는 그것만으로 사람들의 마음을 이끌려는 광대 이상의 아무것도 아닌 거 아니겠습니까?"

"그러니깐 시인의 조건을 잃지 않고 시를 만드는 것——시의 조건을 잃지 않고 시인이 되는 것——이 틈새에 끼여서 괴로워하시는 거란 말이겠지요, 그러신 거지."

"네 그렇습니다, 그 말씀입니다. 그러기에 시작(詩作)의 재간이란 말 쓰기를 저는 죽기보담도 싫어하면서 동시에 또한 그 재간의 힘이란 것을 시인하지 아니하면 안 되는 모순에 저는 어찌할 줄 모르는 겁니다. 말은 이렇듯 저에게 엄연한 것인 동시에 냉혹합니다."

사양 없이 받아먹은 과다한 술이 어느 결엔가 갓 스물 난 청년의 창자를 밑으로부터 들쑤시어놓아 절망적으로 이렇게 부르짖어 마지아니하였다.

"압니다, 남 형의 심사를 알 수 있을 것 같습니다. '실솔'은 그렇지도 않지만 '창'이라든지 뭣이라든지 이 수첩에 있는 것만 보더라도 길게 제대로 발전이 되어나간 시들은 어느 것 하나 탁(濁)

하지 아니한 것이 없는 것만 보더라도, 말하자면 남형이 '말' 과 형식(形式)이란 놈에게 물려 뜯기고 속아 넘어가지 않기 위하여 친 앙바듬거림[39]이 얼마나 컸던 것인가 함을 알 수 있는 동시에 남형의 그 상처가 애꿎이 드러나 있다는 증거도 여기 역연히 나타나 있습니다. 남 형이 남 형답지 아니한 이질적인 것을 물리치고 현란한 옷이기 때문이라 해서 흘리지 않고 제가 제 것을 찾어 입으려고 한 결과 또한 어쩌는 수 없이 드러난 상처들 말씀이야."

"네."

나는 고개를 수그리었다.

"그러니까 절대절명(絶對絶命)인 곳에 와 부딪치신 것 아니라구?"

하며 손은 싱긋 웃으며

"허지만 남 형의 존재가 다시 나고 중생(重生)을 하고 삼생(三生) 사생(四生)을 한다 하더라도 그건 그런 괴로움은 어쩌하지 못할 종류의 것들인 것 아닐까요? 동서고금을 막론하고 지금껏 내려오는 허다한 문학적인 천재라 한들 과연 그런 게 없었을는지! 탁한 대로일는지는 몰라도 깨끗이 정리만 되어 있지 않으려는 노력, 남 형의 지금으론 도리어 어려운 일 아닙니까?"

나그네는 나중 마디를 도리어 단단한 자신 있는 어조로 끊으며 쟁반 위 술잔에다 또 한 잔 가득이 술을 부어 쳐들어 천천히 마시면서

"다만 이건 있습니다. 남 형을 두고 내가 주제넘은 말을 하는가 두렵지마는 형이 너무 형 자신을 괴롭히고 학대하고 산다는 것

이건 너무 과합니다. 이게 지금 세상에 또 남 형 같은 청춘 시절에 있을 수 있는 일입니까? 여기 들어오기 전 할머니께 잠깐 들러서 모시고 이런 말씀 저런 말씀 하다가 남 형 말씀도 얼마큼은 듣고 대개 어떤 분인가 하는 궁금증은 어쩌지 못하고 들어왔지요만, 아까 들어오자마자 나는 참으로 깜짝 놀랐던 것이야요. 이 음습한 뜬 좁은 방에 자기 자신을 몰아넣고 또한 자기의 군색하고 어지러웁고도 자기분열적인 생각에 자기 자신을 가두어놓고 매질하여 괴롭히며……"

하고 듣다가 남긴 술잔을 마셔 넘기었다.

내가 가만히 들으며 앉아 있고 나그네가 겨우 요만 정도의 이야기를 하는 것이지만, 나는 나그네가 이렇게 이야기하는 사이에야 내가 아까 얼마나 혼자 떠들어대고 즐벌거렸던가[40] 함을 비로소 깨달을 수 있었다.

나는 어쩐지 뒤끝이 어석어석하고[41] 쑥스럽기 시작하여 못 견디었다. 그러나 나그네는 별로 이 젊은 사나이의 애숭이 수치심이 유래하는바 모든 심리를 엄호해주려는 고의로운 태는 조금도 나타내지 아니하며

"어쨌든 그러나 중생 삼생은 못 한다 하고 또 그럴 필요는 어디 있겠어요만, 모든 걸 새로 시작하려면 무엇보담도 남 형은 남 형 자신을 너무 가두어두고 가두어둔 데서 괴롭히기만 할 것이 아니라 먼저 개방해놓을 필요가 있지 아니합니까? 이 음습한 뜬 방과 또 그리고 자기 자신으로부터서요? 그것도 그렇거니와 정말은 아까부터 보입고 남 형의 몸이 튼튼하지 못한 것 같아 문학을 하시

는 데 상당히 힘이 들지나 않을까 했던 겁니다. 물론 쓸데없는 나먹은 사람의 기운[杞憂]지도 모르겠지만…… 그러나 무엇이든 가슴속에 몽롱하고 뭉게뭉게 피어나건만, 남이 모르는 안타까운 것을 품고 있는 사람에게는 그걸 또릿또릿하고도 어느 구석에도 흠집이 안 난 완전한 것으로 만들어 남의 마음에 전달하려고 하는 것, 없을 수 없는 일 아니겠어요? 또 물론 없어서도 안 될 거고요. 남 형 경우에 있어서는 이걸 '시'라고 부르는 것 아니겠어요? 그렇지요?"

"……"

"나는 누가 가진 어떤 종류의 괴로움을 말하지 않습니다. 그것을 몸으로써 겪어나오며 다시 재현시켜 남에게 전하는 사업일 것 같으면 어느 것임을 물론하고 작은 일일 수는 있으며 뼈를 깎는 일 아닐 수는 있습니까? 그 일을 한평생 감당해나감에는 남보다도 몇 갑절 튼튼한 몸이 밑받침을 하고 있어야 할 것 아니겠어요?"

"네."

하고 나는 고개를 수그리며

"아까 제가 말씀드린 건 모두 주제넘게 되었습니다. 제가 무엇이라고 한 것이 다 이(李) 선생 지금 말씀하시는 것처럼 그렇게까지 대단한 것도 아니면서……"

하고는 머리라도 벅벅 긁고 싶은 마음을 겸쳐[42] 여러 가지 의미로 또 한 번 이 양반에게 마음속으로부터 항복하지 아니할 수 없었다.

"아, 무슨 말씀이시요!"

그는 술에 무르녹았으나 하늘하늘 하는 잔웃음의 물결이 남실 거리는 눈으로 나를 쳐다보았다.

"남 형, 고기잡이 해본 일 있으신지?"

"무슨 고기잡이 말씀이신지요, 낚시질 말씀입니까?"

"아니, 낚시질도 물론 좋겠지만……"

숨이 막혀버릴 지경에서 살아난 모양으로 내가 이렇게 대답한데 대해 그는 그의 역시 맑고 도리도리하나[43] 어디까지나 온량한 가운데 서늘히 찾아드는 너그러운 미소를 그 두 눈자위 속에 싸넣으며

"바다에서요."

하였다.

"없습니다."

"한 번도 없습니까?"

"네, 한 번도 없습니다."

"한번 하러 가볼 생각도 없습니까?"

"아니, 꼭 가서 한번 해보고 싶습니다."

"그럼 나하고 한번 가보실까요?"

"네. 꼭 따라 가보고 싶습니다."

"그래요!"

나그네는 불시에 열광해 들어가기 시작하려는 내 얼굴을 들여다보며 이러고는 그제는 문득 무슨 다른 생각이 드는 모양으로 잠깐 눈을 먼 천정으로 돌리며

"허지만 벌써 물이 차 들어가기 시작할 때로군!"

하면서 갑자기 얼굴에 서늘한 그늘이 찾아들었던 것이다. 동시에 손을 꺼내어 들고 그것으로 자기의 바른 무릎 위까지 갖다 대어 나에게 가리키어 보이며

"이만큼이나 물에 쟁깁니다."

다지듯이 이러고는 고쳐 내 얼굴을 보고 부드럽게 웃었다.

"네 허지만 꼭 한번 따라가서 잡아보고 싶습니다."

나는 몸이 달아 이렇게 부르짖으며 상반신을 부지중에 앞으로 끌어당겼던 것이다.

"그럼 우리 둘이서 한번 여까지 이 정강이를 걷어붙이고 해볼까요, 한해 겨울 어디?"

"네. 어디든지 그런 데라면 꼭 따라가겠습니다."

"우리 그럼 한번 그래봅시다. 한데 이번엔 우선 내가 먼저 떠나서 다른 데 들러 일을 좀 보고 그리고 다시 올 것이니 그때 우리 부디 같이 떠납시다. 그리고 남 형은 어쨌든 내가 돌아올 때까지의 동안이라도 몸에 대한 조심을 게을리 마시고, 이 좁은 뜬 음습한 방에서 해방이 되어 한시라도 툭 틘 대기 속에 날개를 펼치고 날고 계셔야 한다는 생각 한시라도 잊지 마시라고요. 내가 다녀와서 같이 가기만 하는 날이면 안 그럴래도 그렇게 되고야 말 테지만 말씀이야, 내 말씀 믿으시지?"

믿으라고 하지만 금방이라도 데리고 가줄 것같이 하던 그의 어조가 이처럼 오므라져 들어가매 나는 철없는 세상 아이가 여남은 어른에게 속아서 속을 들여다보인 것처럼 마음이 섬뜨레해짐[44]을 어찌하지 못하였다.

186

그러나 시일은 어찌되었든 그것이 실현될 것만은 나는 믿어 의심하지 않았다. 이날 밤은 그러고도 또 많은 이야기를 밤새껏 우리는 하였다. 고기잡이 이야기뿐 아니라 그의 옷자락에서 품기는 바람 냄새와 같이 그 모든 이야기를 모조리 믿을 만큼 어딘지 모르게 나타나는 그의 품격을 나는 믿었다.

이날 밤 자리를 깔고 누워서 나는 그 바다와 고기잡이에서 연달아 일어나는 모든 상상과 환각에 잠을 이루지 못하였다.

오늘날까지 이어나온 이 모든 염오(厭惡)할 악몽의 생활을 하루바삐 뿌리쳐 팽개쳐버리고 십 년이 되건 이십 년이 되건 죽은 셈하고 가 묻혀 있다 오지! 하는 욕심에 내 가슴은 그칠 줄 모르게 울먹거렸다.

아! 바다 대해 대양! 툭 트인 청신한 개방된 대기 속에!

꼬리가 꼬리를 물고 맴돌이하는 이따위 환상에 도리어 나는 늦게까지 잠을 이루지 못한 끝에 그래도 어쩌다 새벽녘에 한잠 들기는 들었던 모양으로 아침 눈이 띄어 옆을 보니, 간밤의 손님은 어느새 일어나서 이불까지 개어 발추에 밀어놓고 무슨 생각에 사로잡힌 사람같이 이리 왔다 저리 갔다 방 윗목 기슭아리를 서성거리고 있었다.

어느 결에 조반도 끝을 내었든지 두루마기까지 입고 있어서 어떻게 생각하면 눈이 뜨이는 나를 기다리고 있는 모양 같기도 하였다.

"고단했지요?"

잠이 잘 깨이지 아니하여 나른한 몸으로 눈을 서먹거리고 누워

있는 나를 향하여 그는 너그러운 그윽한 눈자위로 미소를 만들어
보내며

"좀더 주무시지."

하는 것도 단순한 겉껍데기 인사만은 아닌 어조였다.

"아닙니다, 다 잤습니다. 그런데 어느새 이렇게 기침을 하고 계
셨어요?"

내가 간밤에 취기에 그랬다고는 하지만 무턱대고 지절대었던
것이며, 깨어나 생각하니 모두가 쑥스러워서 못 견딜 것뿐인지라
눈을 가리며 비비대며 자리에 일어나 앉으니

"예. 나온 지도 너무 오래되었고 오늘쯤은 떠나야겠구만요, 암
만 해도. 그리구 참 좀더 남 형하고 놀다 가고 싶지 않지 않지만,
볼일을 보고는 남 형한테로 다시 또 왔다 가기로 되었으니 떠나
야 하지도 않겠어요?"

나그네는 갑자기 정신이 어떻게 된 사람처럼 아니 분명히 '메
카니즘'의 핀트가 어딘지 좀 어긋난 때의 사람처럼, 이러고는 절
껑한[45] 무엇인지 한 꺼풀 씻기어나간 듯한 서늘한 눈으로 허공을
바라보며 비로소 그 얼굴에서 웃음을 지워버리고 나서

"평양 여학교에 아버지 없는 내 조카딸 아이가 하나 가 공부를
하고 있지요. 분주하다는 핑계로 그것에게 학비 못 보내준 지도
벌써 몇 달째 되는가 봅니다. 온 아침 일찍 눈이 뜨였길래 생각
난 김에 부쳐주리라 하고 지금 잠깐 우편소에 들러서 삼십 원 부
쳐주고 오는 길입니다. 주소가 대개 틀리지는 않았으리라 생각하
지만 부친 적도 하 오래되었고 지금 손에 아무것도 가진 것이 없

어서 누가 또 혹 알겠습니까? 부치는 사람의 주소는 여기로 했으니 어쩌다 나 없을 때 다시 돌아오는 일이 있더라도 남 형께서 받어두었다 주십시오, 그려."

그건 그러겠노라 하고 내가 서슴지 않고 응낙을 하매 그 일은 그만하면 되었다는 안심하는 낯을 하며 그다음은 자기 저고리 조끼 속에 손을 넣어 더듬거려 무엇인지 찾기를 시작하였다.

"아, 여기 있군. 이것 말씀이야. 내 지금 이 책사[46]에도 잠깐 다녀오는 길입니다만, 여기 이렇게 연필로 표해놓은 것 있지 않아요?"

"네."

하고 나는 그가 나더러 보라고 펼쳐 내놓은 책 목록 속 가로 쓰인 책 이름들 가운데 연필로 동그라미를 그어 표를 한 부하린의 『사적 유물론』이니 레닌의 『유물론과 경험 비판론』이니 하는 따위의 책들이 여남은 권도 더 들어 있었고, 목록 가장자리 여백 난 곳에는 경성(鏡城)고등보통학교 제 오 학년 김영록(金永錄)이란 사람의 이름이 적혀 있는 것까지 보았다.

"지금은 다 팔려 떨어져 없지만 한 이삼일 내로는 일본서 또 이 책들이 이 가게로 오기로 되었다는데, 남 형께서 대단 수고로우실 줄은 아나 어디 한번 손수 이 책사에 들러보셔서 여기 씌어져 있는 이 주소 이 김이란 사람에게 좀 사서 부쳐주지 못하시겠습니까?"

나그네는 다시 이러며 손가락으로 그 이름 쓰인 봉투 여백 가리키었던 데로 내려 수그리었던 얼굴을 들어 나를 보며

"동향 친구의 아들인데, 이번 내가 서울을 거쳐 다녀온다니까 일부러 나 있는 데까지 와서 부탁한 겁니다. 이번 여름방학 때 일이니까 벌써 얼마나 오래된 겁니까? 그래 하루라도 빨리 부쳐주려고 그러는 겁니다. 기다리어 사 가지고 간대야 이원 나 있는 데 가서도 역시 우편으로 이 학교까지 부쳐주어야 할 것은 매일반이요, 가기도 별로 더 빨리는 못 갈 거니까 그러는 겁니다."

하고는 책값이라고 하면서 달리 돈 십 원짜리와 오 원짜리 한 장씩을 나에게 쥐여주었다.

이렇게 해서 나그네와 나는 헤어졌다.

나는 여러 가지 의미로 섭섭하지 아니할 수가 없었다. 오직 그의 한 말이 하나도 헛말이 아니어서 머지 않아 다시 또 만나게 되리라 하는 희망이 있었기에 망정이지, 비록 하루저녁을 같이 잔데 불과한 나그네 하지만 그의 모든 풍모에 대한 나의 평생 동안 잊히지 않을 인상이며, 또한 그와 마주 앉아 앞날을 위하여 만들었던 가슴을 뛰게 하는 모든 약속들이며가 하나도 나의 애석의 정을 덜게 하는 것이라고는 없었던 것이다.

나는 잊어버리지 않고 있다가 그런지 정말 한 이틀이나 되어 안국동 그 가르침을 받은 책 가게로 가서 부탁받은 책 십팔 원 얼마 어친가를 사가지고 와서는 경성으로 부쳐주었다.

준 돈으로 모자라면 모자라는 대로 하되 더 처넣을 것은 없으니 그중에서 몇 권 빠지더라도 상관없다. 돈 자라는 대로 요량하여 사 보내주어 달라기는 하는 것이었고 또 이삼 원 돈이 많은 것은 아니나, 그때 내 형편이 돈이 없어 대학을 중도에 그만두고 나온

룸펜인지라 어디서 한 푼 돈 수 있는 사람인 것도 아니요, 일이
원 돈이나마 꼬부리고 앉았을 나를 객주를 치는 할머니에게 타
쓰는 용돈인지라 어느 모로 보거나 나에게 부담이 안 되는 것은
아니지만

"경성이란 데가 여기서 어디냐? 좀체로 거기서는 구하기 힘든
책이니깐 그처럼 와서 부탁한 것이 아니겠느냐?"

싶어 할머니의 등골을 깎아서 제 선심을 쓰는 것만은 아니란 생
각으로 혼자 변명을 삼으면서 다 사 보내어주기로 한 것이었다.
아니 그러나 무엇보다도 웬일인지 하룻밤 같이 지난 데 불과한
나그네였지만, 그와의 연분을 보통 여느 사람 것과 같이 생각하
고는 싶지 아니한 이상한 직정이 움직이어 내 가슴을 떠나지 아
니하려 한 까닭이나 아니었든지!

그런지 삼사일이나 지났을까 하였는데 이건 이상하게도 조카딸
이란 이에게 보내주고 간다던 돈이 부전(附箋)[47]을 더덕더덕 달아
가지고 평양서[48] 도로 돌아오고 말았다.

한데 열흘이 가 스무날이 가 한 달이 가도록 돌아온다던 나그네
는 도로 돌아오지 아니하였다.

처음엔 돌아온 돈을 받아들고 어떻게 할까 하고 망설이기도 하
였다. 받아놓고만 있으면 이원에서는 제대로 돈이 가 닿았는지
안 닿았는지도 알 수 없을 일일 터이오, 그 지경 되어 그러고는
부쳐줄 데서 또 달리 부쳐준 돈이 없다면 돈 받아 써야 할 사람이
첫째로 곤란할 것이오, 객부에 있는 주소대로 이원에다 전송을
해주자니 돌아오거든 기어이 받아두어 달라고 일부러 신신부탁을

하면서 서울 내 주소로 해놓고 간 이의 일을 어긋나게 해드리는 것 같기도 했다.

이렇게 되고 보면 얼마 전에 부친 책이나 제대로 갔나 하는 의심까지도 나지 않지 않는 동시에 이원으로 전송한대야 이원 주소조차 제대로 되어 있었던 것일까 하는 의혹부터가 무럭무럭 머리를 쳐드는 판이라, 부친다기로 이제는 제대로 가 닿을 것 같지도 아니하였다. 제대로 가 닿기는커녕 잘못하다간 도리어 기어이 돌아오거든 받아두었다 달라 한 그 나그네의 모처럼인 부탁만 그르치는 결과를 만들 것만 같았다.

그것이 으레히 되돌아올 줄 짐작 못 하지 아니하면서 내 주소로 하고 간 점에 남으로서는 헤아리지 못할 당자의 무슨 특별한 고려가 들어 있는 것도 같았고, 또 이 모든 것의 비밀과 요령도 그 속에 숨어 있는 것이라 하여 나는 이러한 막연한 내 예감이 지시하는 대로 그러는 동안에 무슨 지시(指示)나 연락이 없지 않으리라고만 생각하고 너무 생각할 것 없이 지내기로 하였다. 이리하여 그대로 내 양복저고리 안주머니에 그것이 들어 있는 채 또 다시 두 달도 석 달도 지나 가을이 겨울이 되고 겨울이 봄이 되도록 세월이 흘러가게까지 되었던 것이다.

그러자 하루는 의주(義州) 어머니께서 나에게 편지가 왔다.

편지에 이르기를 네가 동경서 나온 지가 벌써 얼마나 되느냐? 일 년이 넘도록 집에는 내려올 생각도 편지 한 장 할 생각도 없이 그래 늙으신 할머니에게만 매어달려 서울에선 무엇을 하고 있으며 할머니에겐 무엇을 조르며 얼마나 애만 먹이고 있느냐? 눈앞에 보이는 것 같다는 것이었다.

사실 그것은 거짓말도 아무것도 아니었다. 지금껏 내가 돈에 있어서는 그리 쓸데없이 낭비하는 편이 아닌 줄은 어머니도 모르시는 바 아니니까, 할머니에게 매어달려 무엇을 하며 얼마나 애만 먹이고 있느냔 말도 앞날이 어떻게 될지 막연한 한심스러운 대학의 한 개 중도 퇴학생인 아들의 정말 생활 형편을 잘 꿰뚫어 아신 말씀에 틀림없는 것도 모르지 아니하였다.

할머니란 분은 사실 지금껏 일평생의 희망을 우리들에게 걸고 살아온 분이었다. 공부를 시켜 어떻게 하면 출세를 시켜보나 하는 데에만 자기의 전력을 다해온 양반이시거든 이 나를 볼 적마다 답답하고 머리 골치 아프실 것만은 사실이었다.

그렇다고 나로 앉아서는 어머니한테 내려가나 안 내려가고 할머니한테 있으나가 매양 마찬가지 일이었다. 시골의 집은 여기와 달라 아무리 넓고 해양한[49] 방이요 밥도 여기보다는 잘 해 먹는 밥이라 하더라도 그런 곳으로 간다는 것은, 그때 나에게는 한쪽 음습한 방에서 다른 한쪽 음습한 방으로 이쪽 곰팡에서 저쪽 곰팡으로 옮겨가는 의미밖엔 더 아무것도 아니었다. 내가 원하는 것은 만일 지금껏의 곰팡과 음습을 떠난다면 아무도 인척관계의 사람도 아는 사람도 없는 외따른 곳에 똘롱 떨어져 들어가거나 도회라면 누구도 내 생활을 간섭하고 엿보지 않는 큰 아파트 같은 데의 자그마한 한 칸 방을 빌려 죽이 되든 밥이 되든 들어박혀 헛헛이 살아가는 데에만 있었다. 그렇지 아니한 한 어느 어머니나 어느 할머니 집으로 옮겨 앉으나 나에게는 곰팡이뿐이요 같은 곰팡이에 묻혀 있는 것에 다름없었다. 그러므로 나는 어머니에게도 편지 한 장 할 생각 아니하는 박정한 사람이었다.

그러나 내가 동경 나온 이래 할머니에게 매어달려서 이러느냐 저러느냐 하고 할머니를 두고 빙자는 하시었지만 결국은 보고 싶으니 내려오란 말을 하지 못해 하신 어머니의 편지임을 난들 모를 리는 없었다.

나는 떠날 결심을 하고 편지를 받은 날로 곧 북행(北行)하는 밤차의 나그네가 되었다. 결심한 것을 이처럼 빨리 수행하게 된 또한 가지 동기에는 그러나 가면 도중 평양에서 내릴 수 있다는 또하나의 예산이 없지 않았다. 왜 그런고 하니 사실 뭐니 뭐니 해도 나는 고독하였고 고독의 본능은 이것을 알아줄 만한 사람을 더듬어 마지 안했습니까. 하지만 다행히 어머니 편지에 좋은 핑계를 얻어 미처 의식하지 못하였으니 망정이지, 이것이 여자를 접근하는 유일한 기회라는 스무남은 살 안팎 사춘기에 든 젊은 아이의 잠재욕망의 발동이 아니면 무엇이냐는 데 제 눈이 뜨이게만 되었던들 지금 생각하면 이것도 또 한 가지 자신에게 반발하여 곧은 수행하지 못하고 움츠러 들어가고 말았을 종류의 행동이었을 것이다.

그건 어쨌거나 새벽 동이 트이기도 전에 평양에 내린 나는 정거장 앞 국숫집에서 국수를 사 먹으며 해가 쭉 퍼지기를 기다려 그 도로 돌아온 편지봉투를 손에 쥔 채 거기 씌어진 주소를 찾아 떠났다.

신창리던가 창전리던가 어쨌든 무슨 창 자(字)가 들었던가 싶은 그 주소는 찾아가보니 게딱지같이 좌우에 초가집들이 닥지닥지 붙은 사이를 기어 올라간 어느 꽤 높은 언덕 말랭이[50] 위에 있었다.

썩은 숫장[51] 개바주[52]에 둘러싸인 나지막한 초가집은 안방과 건넌방인가 싶은 방들이 개바주 문 밖에서도 환히 다 들여다보일 정도로 허전히 되어 있으리만큼 초라하여서 아무리 아버지 여읜 불쌍한 여학생이라 한들 돈을 주고 방을 부치고 있는 바에야 이런 데다 집을 정하고 있을 것이야 있나? 혹 돈을 대어주던 삼촌 되는 이가 몇 달씩 돈을 걸렀노라고 하였으니 불가불 이런 곳으로 밀려오지 아니할 수 없는 부득불한 형편으로라도 되었던 건가? 나로 하여금 이렇게까지 직각적인 생각을 품게 한 집이어서 수채[53] 돌 위에서 나와 어린아이의 기저귀인지 무엇인지를 빨고 있는 그 집 젊은 여인네를 불러 물으니 그는 무슨 일인가 누구를 찾는 모양인가 하는 얼굴로 한참 동안이나 의아한 눈으로 내 아래위의 거동을 살피고 나서 우리 집엔 그런 사람 없어요 하고 돌아서 들어가버리고 말았다.

"그러면 그렇겠지!"

나는 혼자 속으로 웅얼거리며 다시 캐어물어볼 필요도 없음을 깨닫고는 등턱[54]을 내려 내려왔다. 그렇다고 이번 평양 온 일을 아주 단념하고 돌아가기에는 너무나 서운한 노릇이었다. 뿐만 아니라 그 집 모양 같아서는 봉투에 씌어진 주소가 잘못된 것임은 또한 틀림없는 일이 아닌가?

나는 다시 그가 다닌다고 한 S여학교에를 찾아가기로 결심하고 처음부터 그랬어야 할 일을 공연히 집 찾기에만 애를 쓰고, 어차피 당대에 처음인 쑥스러운 여학교 방문을 한 번은 면하지 못하는 것을 하고 누이들이 없어서 여학교 드나들어보지 못한 후회를 노상에서까지 몇 번인가 뇌까려가며 S여학교 문을 들어선 것이었다.

허지만 학교에도 아무런 학년을 막론하고 그런 사람은 없다 하였다.

참으로 이상한 일이었다. 동시에 어찌하는 수 없는 일이기는 하였으나, 그러나 이렇게 되면 이젠 더 그 돈을 내 호주머니 속에 넣어두어서 맡아두고 있는 모양하고 있기란 께름직한[55] 일이 되고 말아서 시골 와 닿는 길로 나는 이 일의 규정을 내고 말 생각으로 생각 생각하던 끝에 곧 이원에 편지를 내어 이러이러한 형편이니 이 돈을 어찌하였으면 좋겠느냐고 조회(照會) 편지를 내는 한편, 서울 할머니에게도 그런 사람에게서 사람이거나 편지로 기별이 있으면 나 있는 시골로 대어달라고 편지를 띄웠다.

한 결과에 이원에서부터는 그 돈을 받을 평양 주소의 정정(訂正)이나 어떻게 어디로 보내달라는 지시나가 오기는커녕 그 조회의 내 편지조차 도로 돌아오고야 말았다.

이때 나는 경성으로 사 보낸 그 책들이 모두 그러그러한 책들이던 것뿐 아니라 다른 모든 그의 거조를 생각해볼 때 그 나그네가 정녕코 그러그러한 종류의 사람이 틀림없다는 내 어느 종류 예감에 거의 적확성을 인정은 하였다. 하지만 혹은 또 그의 말대로 여기저기 여러 군데 농장이나 어장 같은 것을 가진 사람쯤 되면 한 군데 붙어 있지 못할 수도 있음 직한 일이 아닌가 하는 마음의 여백쯤은 남겨놓은 채, 언제든지 어떻게 된 일인지 알 때도 없지 않

196

으리라 싶어 그 일은 알쏭달쏭한 채로나마 그대로 덮어두기로 하고 여름이나 겨우 시골서 난 뒤에 나는 평양도 이번에는 막 지나쳐 서울로 올라와버리고 말았다.

그러자 그러는 동안에 그해 첫 가을도 지나 어느덧 자꾸 바래지는 하늘의 햇빛이 나날이 애석하여져 들어가기만 하는 거의 첫 겨울날이기도 하였을 어느 날——나는 그때 이상하게도 예사로이 된 내 버릇대로 아무도 없는 쪽마루 끝에 나와 걸어서 앉아 아무 하는 것도 없이 해바라기를 하고 앉았는데 어멈이 들어와 밖에서 나를 찾는 손님이 있다 하였다.

중대문까지 나가서 보매 얼른 알기는 힘든 사람이라 어리둥절한 얼굴로 내가 바로 남(南)아무개로라 하고 어디서 오셨느냐고 물으니 나이 마흔 안팎이나 되었을까 말까 한 키가 당달구레[56]하고 얼굴은 파르족족하게까지 하얗게 질린 데다가 올롱한[57] 눈이 푹 패어 들어간 두 안와(眼窩)[58] 속에서 수없이 깜짝깜짝 눈을 감았다 떴다 하다가는 한 번씩 거들떠보곤 거들떠보곤 하는 이 중년의 중머리 내객은 다짜고짜로 당신은 이병택이란 사람을 알지 않느냐고 하였다.

맞대어놓고 말끔히 마주 볼 수만은 없어서 내객의 얼굴과 땅 위를 절반씩 번갈아 보기는 하면서도 상당히 잘 보기는 하였는데 아무래도 생각이 나지 않아 어리둥절해 있노라니까

"나는 그 이 군하고는 같은 감방에서 감옥살이를 하다가 나온 사람이외다. 그래도 모르겠소?"

딱하고 뺨을 갈겨가며 꾸중이라도 하듯이 이러면서 그는 김

(金) 무엇이라고 자기 이름까지 가르쳐주었다. 이름을 새겨 들었
기로니 두 이름 중 어느 편 이름을 물론하고 처음 듣는 모르는 사
람들뿐이라 아무리 꾸중을 듣더라도 하는 수 없다는 듯이 그대로
멍하니 내가 서 있을 수밖에 없노라니까 손은 그제야 아무리 자
기 혼자만 성급히 군대야 얼른 알아챌 수 없는 일은 알아챌 수 없
는 일임을 깨달았음인지 이원 손님 이야기라고 알아들을 만큼 그
삼십 원 이야기로부터 경성의 책 이야기로부터 차츰차츰 나를 깨
우쳐주기 시작하였다.

"네네. 그분은 잘 압니다. 아니 한데 그분이……?"

"지금 그 사람이 글쎄 서대문 감옥에 들어가 있다니까요."

나는 어쨌거나 반가워서 손을 권하여 내 방으로 인도하였다.

"한데 그분은 분명 이갑조 씨라고 하였고 또 객부에도 그렇게
분명 적혔더랬는데, 그럼 그분이 지금 그렇게 되시었습니까?"

어떻게라든지 무슨 일로라든지 그런 것은 물어볼 필요도 벌써
없음을 나는 깨달은 것이었다. 하면서도 평양 이래라면 평양 다
녀온 이래라고도 하겠지만, 다소간이나마 처음 만나던 서울의 그
날 이래 내 마음속에 그에 대한 예비적인 관찰과 판단이 전연 서
있지 아니한 바도 아니언만 역시 이 소식은 나에게 놀라운 소식
이 아닐 수 없었다. 그 외의 모든 일을 생각한다면 응당 그런 사
람이 아니고는 그런 사람일 수 없었으리라고 당연한 귀결로 내
생각은 돌아가면서도 그러면서도 또한 허전하고 서운한 이외의
느낌에 나는 부딪히지 아니할 수 없었다.

짧은 하루저녁 일이었지만 그의 늠름하고 겸손하고 자연스러운

모든 모습은 내 가슴 전면에 소생하였다.

이제 와서는 하나도 가능성이 없이 된 언약이었지만 그가 맺어 준 모든 약조도 그저 단순히 지나쳐가는 보통 나그네의 무슨 이용과 효과를 노린 여남은 거짓말로야 믿어지지 아니하는 동시에 그의 직업이 자기의 말하는 대로이었는지 아니었는지 이제조차도 새삼스러이 물을 필요 없이 그것은 나의 앞날에 대한 일대 계시[59]로 길이 나의 가슴속에 남아 있을 것 같았다.

이튿날 아침 내가 눈이 뜨였을 때 방 기슭어리를 쌀쌀하게까지 보이도록 고요히 가라앉은 얼굴로 거닐며 그가 사로잡히었던 그의 모든 생각들은 다 무엇이었던고? 아무래도 떠나기는 하여야겠지만 다시는 같은 길을 돌아오게 될는지 돌아오지 못하게 될는지조차 모르는 그 순간순간을 전력을 다하여 살아나가는 사람들의 미련과 미련의 정이 그에게도 교착하여 얼굴에까지 드러나 있었음이 아니었던가 함을 깨닫고 이제금 나로서도 못 미쳐나마 미흡의 정을 안 느낄 수 없었다.

"아니, 그렇게 들어가신 지 오래도록 예심이 안 끝나다니요? 끝나더라도 오래 고생하시게 될 일인가 보군요?"

나는 놀래어 안 물을 수 없었다.

"이 군은 관계자도 적지 아니하고 사건이 사건이니까 다소 시일이 걸리겠지요. 허지만……"

손은 무릎을 되사리고 앉아서 내어놓은 비둘기표 담배를 한 대 꺼내어 손가락 사이에 끼워가지고는 그 한쪽 끝을 엄지손가락 바닥으로 자주 자주 눌렀다 떴다 하며

"나도 이 군과는 같은 사건은 아니지만 그보다 훨씬 먼저 들어가 당(黨) 사건으로 십 년 징역을 치르고 이제야 나오는 길이오."

하고 불현듯 반말지거리로 제 말을 꺼내고는 입에다 담배를 갖다 물고 성냥을 쓰윽 그어 대어서 한 번 깊이 빨아들인 연기를 훅 내뿜으며 힐끗 내 얼굴을 치훑어 보았다.

"네에, 그러세요!"

"처음엔 사형 구형을 받았다가 무기로 선고를 받고 은전(恩典)이니 대사(大赦)[60]니 하는 것들 덕택으로 무기가 이십 년이 돼, 이십 년이 십 오년이 돼, 다시 십 년이 되구 해서……"

"네에!"

"다시 더 어떻게 할 수 없이 죽었던 몸이지…… 어 한데 그까짓 이야기는 허면 장황하게 될 터이니 그만두고."

하고 그는 되사리고 앉은 무릎 밑에서 양쪽 다리의 발가락들 놀리기를 연방 멈추지 아니하며

"한데 그 이 군한테서 맡은 돈 말이야 거 있지 않소?"

하면서 다시 한 번 내 얼굴을 치훑어 떠보았다.

"네네, 있습니다."

"그걸 나한테 내줘야 되겠소. 모두 얼마지?"

"에에, 또 모두가 사십 오원이디랬지요."

"으응? 그래 그게 다란 말이요? …… 허지만 그럴 수가 있나?"

"그럴 수가 없으시다니요?"

나는 처음은 잠잠하고 있었으나 비로소 의아한 생각이 치밀어 올라옴을 깨닫고 반문 안 할 수가 없었다. 자기는 무슨 의미로 어

떻게 한 말인지는 모르나마 얼마큼 내 성결[61]이 돋구어 올라옴도
어찌하지 못하였다.

"아니 글쎄, 그 안에서도 수지[62]니 비누니 편지딱지니 뭐니 뭐니
하는 것이 의외로 수두룩이 드는 것쯤이야 짐작은 될 것 아니겠
소?"

"그런 것들이야 들겠지요."

"내 나오는 것을 보고 그 이 군이 돈이 한 푼도 없어서 하 딱해
서 그러기에 거저 나올 수가 없어서 내가 여비로 쓸 것 중에서 일
금 백원야(百圓也)를 떼어주고 나왔는데, 그 이 군 말이 노형에게
맡긴 돈이 백여 원은 더 된다면서 나가면 찾어 쓰라고 했기에 말
이오."

"네 네. 글쎄 아까 말씀드린 대로 있기는 있습니다. 허지만 그
액수가 좀 틀리기에 말씀입니다."

"틀리면 그럼 모두 얼마란 말이오?"

그는 되사리고 앉았던 무릎 위에다 팔꼬뱅이를 세워서 손가락
사이에 끼우고 피우던 담배 쪽으로 상반신을 기울여대며 눈치를
보듯 정면으로 또 내 얼굴을 들여다보았다.

"글쎄, 지금껏 말씀드리는 대로 사십오 원 맡았더랬다 안 그럽
니까? 그 어른께서 그 이상 더 저를 주신 것이 있다고 해서 지금
선생이 이러시는 거지요?"

나도 좀 성결이 치밀어 오르기 시작하는 데다가 적지 아니 불유
쾌하여졌다.

그러나 손은 인제는 속에다 감추어두고 더 두고두고 해볼 것도

없다는 듯이

"그래, 그까짓 것밖에 안 되는 돈을 그 사람이 날더러 나와 찾아 쓰라 했겠단 말이요 그럼? 그까짓 사십오 원쯤 되는 것을!"
하며 눈을 일층 부릅뜨는데 푹 패어져 들어간 눈이 속 눈알까지 뒤집혀 나와 달릴 것 같이 휘둥그레지었다.

"한데 그 사십오 원두 사실은 이렇게 된 돈입니다."
나는 이에 이르러서 따지지 아니할 수 없음을 느끼었다.

애초부터 나는 이 놀라운 이 씨의 소식을 접하는 마당에서 채 자리를 일어나 서로들 헤어지기도 전인데 돈이 어떻게 되었다는 이야기를 내가 먼저 아니하는 남의 입에서 도리어 먼저 듣기를 생각지 못하였었고, 남이 먼저 꺼내었더라도 이런 성질의 이야기로 벌어져나갈 줄은 더욱이나 생각하지 아니하였었다. 그만큼 이 씨에 대하여 내가 알아놓은 것이 그렇지 아니하였었고, 또 옥에 갇힌 줄을 아는 사람에게 대하여 느끼는 막연은 하나마 크기로는 어느 의무보다도 더 큰 듯싶은 일종의 의무를 나는 내심 안 느낄 수 없었던 까닭이었다. 그렇지만 그 거동이라든지 말을 내어 거치는 데에도 분수가 없지 아니할 어투의 속하고 곧지[直] 못한 데가 나타나는 소식을 가져온 이 김이란 사람의 있을 수 있는 조작성(造作性)을 요량하여 듣는다면, 그 이 씨가 이처럼 했을까 하는 의심을 품어보도록 나의 판단력이 냉정을 잃지는 아니하였던 것이다.

"선생께서 그렇게 말씀을 하시니 말씀이지만 그 돈 중의 삼십 원은 그때 이 선생께서 평양 조카님에게 부친 학비라 한 것이 도로 돌아와 제가 맡아 가지고 있는 것이고요. 나머지 십오 원은 다른 데 책 사 보내달라 하시며 제게 맡긴 것을 책 사 보낸 돈입니다."

그러므로 이렇게 따지는 것은 이 씨와의 정의(情誼)를 그르치는 문제와는 하등의 상관도 없는 것인 줄 인정하였기 때문에 나는 확호(確乎)한[63] 어조로 이렇게 내어 쏠 수가 있었다. 그리고 또한 이렇게 덮어씌우는 백 원이라면 백 원이란 돈 액수도 나에게는 너무나 가당하지 못한 가혹한 짐이 아닐 수 없었던 것이다.

"그런데?"

그는 불의의 반격을 받은 사람처럼 이러고는 자기 입으로 부르짖는 말이 무슨 의미로 하는 말인지도 모르는 모양으로 어리멍덩해서 나를 보았다.

"그런데 선생께서 그렇게까지 말씀을 하시니까 말씀이지 그 돈이 억지로 제가 맡아 있으려고 해서 맡아 있던 돈도 아니요, 또 그중에서 십오 원은 책 사 보낸 돈이라는 것까지도 아실 것쯤은 사실대로 알아두시란 말씀입니다."

"고까짓 사십오 원밖에 안 되는 돈 중에서 또 책까지 사 보내요? 그럼 그 돈마저 빼고 못 주겠단 말이게?"

"한데 맡은 것은 제가 분명히 이 선생께서 사십오 원을 맡았고, 또 그중에서 책을 사 보낸 것도 사실이기는 하지만 지금 같아서는 책은 가 닿았는지 안 닿았는지도 알지 못할 께름칙한 일이 되어버렸기 때문에 옥에 들어가 계신 분의 것을 떼어먹는 것 같은 생각이 들어서 그것까지는 못 드리겠다는 말이 안 나옵니다.

허지만 돈이 가령 모두가 얼마가 되었든 또 그 돈을 맡았던 사정이 어찌되었든 선생께서 일의 어찌되었든 분별 분간쯤은 알아두셔야 하겠기에 하는 말씀입니다."

"그러니까 이런 말 저런 말 할 것 없이 결국은 모두 해서 사십오 원밖엔 줄 것 없단 말 아니겠소?"

"……"

나는 이렇게 되면 더 대꾸할 필요조차 없음을 느끼었다.

"허지만 설령 그밖엔 없다더라도 그처럼인 연분이 없지도 아니했던 터이라면 차제(此際) 다른 것은 다 없었던 걸로 제쳐놓고라도 이 군이 제 한 몸만 위해 아글타글하다 그런 것도 아닌 사람이니 그런 데서 고생하는 사람의 신세를 생각해서라도 그만 것은 해주어야 할 도리가 있지 아니하오? 내가 그럼 안 주고 나온 돈을 백 원씩이나 주고 나왔다 했겠소? 당신네들과 같이 편안한 데 앉아서 편안한 밥 먹고 허구 싶은 일은 하나도 못 하지 않는 사람들로 앉아서 말이야……"

이 말에도 역시 나는 일부러 응대하지 아니하였다. 자기 말한 대로를 내가 미리 생각하고 그렇게 실행해보려고 노력하고 있었던 사람이었다. 하더라도 이렇게 되면 벌써 마음만이라도 어떻게 그러고 싶지 않을 수야 있겠느냐는 누구나 하는 표정까지도 나는 얼굴에 나타내고 싶지 않게 되었다.

가령 이 김이라는 사람 같은 이의 하는 일이 백성만민의 해방과 광명을 위한 성스러운 싸움이라 하더라도 내가 적극적으로 거기 가담하여 전위대의 한 분자는 못 되었을망정 어느 누구 한 사람을 못 쓸어넣을 구멍에 쓸어넣은 죄는 없는 것 아니냐? 또 설령 백성만민이 누구나가 다 각각 그런 성전(聖戰)에 전위대 안 되는 것 그 자체로서 벌써 죄가 되는 것이라 하더라도 또 그렇다면 그 죄를 질책할 자가 대체 누구여야 한다는 말인가? 하고 생각하면 콧방귀 나갈 일이기도 하였다.

　패씸하기도 하였지만 한편으로는 울컥 의심스러운 마음이 치밀어오르지 않지도 아니하였다.

　그러나 당신이 정말 그 당 일이란 일로 고생을 하고 나오는 사람이냐고 새삼스러이 캐어묻잘 수도 없어서 생각 생각하던 끝에 겨우 나는

　"한데 노비로 하신다니 댁이 어디신데요?"

　이만 정도로 어중간히 떠들쳐보았다. 하였더니

　"저 논산이게 그러지요. 그렇지 않다면야 그까짓 걸 가지고 뭘 그러겠어요?" 하는데 그 어조가 급작스러이 대단히 누그러져서 어느 틈엔가 그 말의 허릿심이 풀썩하니 빠진 것을 나는 들어 깨달았던 것이다. 잠시 동안의 내 불응부대의 태도가 그의 허구로 가득 찬 가슴을 압박한 듯하였다. 뿐만 아니라 지금껏 어르려고만 들던 헛된 기세는 그 어디론지 사라져버리고 일종 애걸과 아유(阿諛)⁶⁴의 빛까지 일층 창백해진 얼굴에 아른아른 드러나 있는 것이었다.

　"거까지 가야 할 터이니껀 그러지요. 그렇지만 않다면야 이러지도 않구 또 이럴라구 이 군에게 주고 나온 돈도 아닌 것 아니겠어요?"

"……"

"사정이 그러해서 그러니 내가 더 가져가는 셈만큼은 뭐하면 나중에 내가 다녀 올라올 적에 다시 셈을 해드려도 좋으니 어떻게 해서라도 한 백 원 돈으로 채워 해주지 못하실지?"

이번에도 말이 격(格)은 올린 채이었다.

"글쎄 형편이 제가 그런 대금 꾸려낼 사람도 못 되는 사람입니다."

나는 한편으로 마음이 쓸쓸하고 하염없었으나 가라앉은 목소리로 이렇게 대답하였다.

"그럼 헌 팔십 원가량만?"

"그것도 물론 어렵습니다. 그렇게 내 형편으론 할 도리가 없습니다."

"정 그러시면 그럼 한 십 원 더 줄여서 해주셔도 허는 수 없으니 그렇게 해서 주실까?"

이번엔 고개를 개우뚱하게 돌리며 입을 연 채 이러고 애련히도 나를 쳐다보았다.

"그런 돈도 내게 갑자기 꾸려낼 밑천이 없습니다."

나는 그만한 돈 안 가지고도 논산까지 가는 노비인 데에야 일 없지 아니하냐? 찻삯 같으면 십 원 안팎 가지고도 될 것이고! 하는 속으로 우러나오려는 소리 같은 것도 아예 입에 대고 싶은 생각이 들지 아니하였다.

"어 이거 어떡허나. 아무래도 노비가 모자라 맞겠는데! 그럼 헐 수 없지요. 오십 원에다 십 원 꼬리나 하나 더 붙여서……"

"그것도 장담은 못 하겠습니다. 허지만 아무리 적더라도 제가 이 선생한테 드려야 할 돈 아래로는 못 드리겠으니 어쨌든 저와 함께 나가보십시다."

나는 내 유일의 재원인 사전류의 굵직굵직한 몇 권의 책들과 이제로부터 입을 때가 되었는가 하여 내놓은 너즐때기 오버를 벗겨 들고 거리로 나갔다. 그리하여 이 재원에서 나온 이십 원 돈에다 지금껏 양복 안주머니 속에 간직하여두었던 십 원과 이십 원짜리의 두 장 우편 수표를 포개어 그의 손에 건네어주었다.

하니 그는 그제는 반색을 하여 나를 치하하며

"이군은 지금 예심에 있으니까 면회가 잘 안 될거요만 되거든 면회도 한번 가봐주고…… 그리고 형장[65]은 그래도 집에 아무런 걱정 근심도 없고 입을 거 먹을 거이 뭐 어떻길 하겠나한 행복한 분 아니오. 이 군에게 뭣하면 한 번 차입이라도 해 넣어주시오. 그게 우리 의무요. 또 당연하지 않소?"

아무런 대꾸도 없는데 썩은 나무에 못[釘] 치기로 술렁술렁 이렇게 내려 외고 타이르듯 하고는 악수를 청하여 친절히 악수를 하고 몇 걸음 걸어나가다 다시 힐끗 돌아다보고 웃고, 그러고는 골목을 나와 종로 네거리를 향하여 서슴지 않고 걸어나갔다.

나는 슬근슬근 뒤따라서 골목을 나왔다.

나는 어쨌든 속이 시원하였다.

오래간만에 이 씨의 안부와 그 이 씨가 어떠한 사람이던 것임을 안 것만으로도 그러하였지만, 오랫동안 양복 안주머니 속에 썩어 군지리 군지리 밀려 돌아가던 그 돈들의 처분과 또 그리고 대단한 것은 아니나마 오늘 이만했으면 이 씨를 위하여 얼마간의 힘이 된 것 같기도 한 느낌에 그만하면 우선 만족해하고 자위하지 아니하면 안 될 나이었다.

하지만 한편 생각할 날이면 이 김 무엇이라 하는 이의 인물 더구나 그 사람의 마지막 말들——해주시오. 의무요. 또 그것이 당연한지 않소? 운운——하던 몇 마디의 어음(語音)들은 내 가슴 한복판에 걸리어 여간해선 잘이 잘 내려가지 아니하였다.

그는 노골적으로 나를 무슨 어버이의 등골에 붙어 피라도 빨아먹는 벌레에 대지 못하여 애를 쓰는 것 같지 않지 않은 눈치인 동시에 자기는 무슨 큰일을 하다가 사형 구형으로부터 뭿 뭿의 고초를 겪어 어떻게 되어 겨우 살아 나왔다는 것을 자랑 삼아 제 입으로 지껄이었다.

하지만 대체 그것이 어떻게 되었단 말이냐? 자기가 마땅히 해야 될 일 같은 일이라고 생각하고 덤벼든 일이라면 그 일 때문에 가령 제 한 몸 죽는 것이 어떻게 되었다는 말이며, 또 대체 고생을 하고 안 하고 죽고 안 죽는 것이 내게 어떻게 되었다는 말이냐? 근본적인 것은 다 젖혀놓고 그저 고생만 하라는 문제라면 그저 죽기만 하면 된다는 문제라면 그건 문제도 아무것도 아닌 것 아니냐? 그리고 또 자기가 그 이 씨와는 얼마만한 동지인지는 모를지라도 나와는 비록 하룻밤 사이 연분에 지나지는 않았지만, 누가 억지로 맺어준 연분도 아님을 스스로 아는 사람인 이상 그가 그런 곤경에 빠졌다고 하여서 모르는 체하고 지나쳐가지 못할 자발적인 무엇도 내게는 있었음 직한 일이었을 것이 아니냐? 하거늘 동지가 아니면 동지의 일은 아무도 모른다는 그 좁고 독선적인 배타주의—나는 그때 이래 이 김이란 사람 일이 생각나는 때마다 이렇게 생각하고는 꾸역꾸역 올라오는 쓰거운 침을 힘들여 목 넘어 넘기곤 하였다.

이 김 씨가 다녀간 지 하룬가 지나서 면회가 될지 말지 하다 하였지만, 되면 다행이요 혹 안 되어도 감옥이란 데가 어떻게 된 덴지 알 수만 있대도 보람은 되리라는 생각으로 나는 집을 나섰다.

동경서 몇 번 경찰서 구류간[66] 구경은 하였지만 사실 지금껏 감옥을 안에서 본 일은 한 번도 없었던 것이었다.

그러나 이 역시 그 군의 말대로 예심에 있을 동안에는 면회는 못 하는 법이라 하여 이날은 그대로 돌아올 수밖에 없었다.

돌아와 생각하매 예심이 길리라 하니 얼마나 길어 언제 면회가 될 일인지도 알 수 없는 일임으로 안에서 그동안 갈아입을 옷이라도 한 가지쯤 없어선 안 되리라 싶었으나 나 혼자로선 어떻게 할 수도 없는 일이어서 할머니에게 이야기를 여쭙기로 하고 그 어느 날 저녁 뒷방에서 나하고 술을 먹고 시를 읊고 노래를 부르고 같이 잔 일이 있는 손님이 지금 그렇게 되어 있다고 여쭈어드렸더니, 할머니는 할머니의 외아들인 동시에 나의 외삼촌인 분 때의 경험이 다시 눈앞에 소생하시는지라 한참 동안이나 혀를 끌끌 차시며 심히 동정해주시었다. 그리고 이튿날 아침부터는 오래간만인 노경(老鏡)[67]을 내어 쓰시고 손수 뜰게[68]를 뜨고 두루두루 붙이고 꿰매고 하시더니 며칠 만에 새것은 못 되나마 감방에서 입기엔 그대로 수수하겠다 하시며 만드신 흰 저고리 검정 바지

한 벌을 보자기에 싸놓으시며 이러시었다.

"그래, 너같이 아무것도 모르는 뱃힘[69] 없는 것이 면회를 갔다니 그게 될 법이나 한 일이냐? 내가 걸 모르겠니? 그놈들이 국사범(國事犯)이라면 졸연하겠다고![70] 너 같은 질[71] 없는 건 백 개 달러붙어 성화를 시켜도 이 옷 한 가지 차입 못 한다. 내가 가야지."
하고 근심하시며 할머니가 나서시려는 것을 겨우 말려 내가 가서 차입을 하고는 왔으나, 그러고는 예심이 끝날 때까지 면회는 더 말할 것도 없거니와 몇 번 갈아입을 차입을 갈아 채어 넣어 들인 외엔 편지 한 장 못 하고 있었다.

이리하여 겨울이 깊이 들며 해가 바뀌어 봄이 닥쳐오고 또 꽃이 지면서도 예심이 끝이 안 나더니 여름과 가을을 걸러 넘어 첫 차입의 거의 돌 때가 되면서야 비로소 기다리던 면회를 할머니가 얻어 하고 돌아오셨다.

그것도 스무 해 동안을 밥을 먹고 살아나오며 세상 경력에도 아둔하고 어떠한 장벽에 부닥쳐도 허천거릴[72] 줄밖에 모르는 속으로만 공연히 그리워해할 줄 알고 속으로만 공연히 섭섭해할 줄 아는 한 개 의지 약한 소시민 청년에 불과한 나는 척분(戚分)[73] 관계의 사람이 아니면 안 된다는 옥리(獄吏)의 단마디 핀잔에 넘어가 간단히 뚫고 들어갈 아무런 용수[74]조차 해보지 못하고 쫓겨나오고 난 다음 날이었던 것이다.

면회를 하신 결과 어떻더냐 뭐라더냐고 내가 여쭈어보았더니 할머니는 그까짓 거 가이없기[75]만 하지 어떻기는 뭣이 어떻겠느냐는 듯이 혀를 자꾸만 쯜쯜 차시며

"누굴 보러 가나, 언제 가나, 밤낮 그렇지 무슨 다른 꼴 다른 소리 허는 것 들으러 갔겠니? 인젠 세상이 다 거꾸러져 이렇게 되구야 말었는데 새파랗게 젊은 나이에 그까짓 건 뭐라고 왜들 그러겠니!"

하기만 하시고 다시는 더 다른 말씀은 하시려 들지도 아니하였다.

이제 이렇게 되어서는 새삼스러이 가서 면회를 해보자는 것이 도리어 어떻게 그리 마음 즐거운 일은 못 될 것 같았다. 그러나 나의 전날 저지른 아둔한 모든 실책(失策)과 비록 할머니가 대신 갔다 오시기는 하였다 하지만 그분에 대한 나의 의리 의무만은 역시 의연히 남아 있음을 나는 안 느낄 수 없었다.

옥리가 내 얼굴을 잊어버릴 때쯤 되기를 기다려 또다시 가보더라도 하는 발명[76]궂은 생각을 혼자 되뇌이며 방에 돌아온 나는 그러나 주저앉은 길로 편지를 써서 이 선생이 입감해 계신 것을 알게 된 자초지종으로부터 면회 갔던 일까지를 자세히 적어 궁금할 때라도 읽으라고 감옥으로 부쳐드렸다.

했더니

"할머니께서 와주셔서 남 형이 왔다 도로 돌아가셨다는 말씀도 들어 알았던 차이었고, 일 년 내 두고 해주신 차입이며 그것 아니면 덜 하리까만은 모두 다 고맙습니다 하는 말씀밖에 저로서는 드릴 말씀이 없습니다. 형마저 뵈었더라면 반갑게 뵙기는 하였었겠지만 그러나 공부하시는데 다시 또 오려고 하실 것은 없으십니다. 못 뵈어도 남 형의 모든 면모는 제 가슴 가운데 살아 있습니다. 하지만 다만 한 가지 편지에라도 쓰지 아니하면 안 될 말씀은 형한테 다녀갔다는 그 김이란 사람 일이온데 그런 막대한 돈을 주셨다는 것, 저에게는 가슴 쓰린 일 아닐 수 없습니다. 그 김이란 사람을 형에게 보낸 것은 사실 저임에 틀림없습니다. 하지만 그것은 두어 가지 의미밖에 없었던 것이오니, 그 하나는 제 소식을 전하면 물론 형이 반가워해주실 것이 반가웠고, 둘째로는 제가 남 형에게 부탁하였던 돈 이야기를 전하도록 하지 않으면 형이 저와 함께 지낸 그 하루저녁을 회상하기 어려우실 듯하였던 까닭입니다. 뿐만 아니라 그 돈의 귀취[77]가 어찌되었나 함을 알 필요가 그때 저에게는 절대로 필요하였던 것입니다. 돈이 도로 돌아온 것을 알겠으니 제가 저의 조카딸이라고 형에게 송금을 부탁하고 간 일이 있는 그 아이의 안부만은 염려 없는 것, 이리하여 가난하고 천덕꾸러기인 우리 집안의 계보도 절대(絶代)하지 아니한 것을 안 것입니다. 하기야 그 애가 아니란들 우리의 집안이 절대하고 만다고 조급히 생각할 거야 있었겠습니까만. 형이 책을 사 부쳐주신 경성의 또 한 아이——나의 조카는 역시 일이 그릇되어 뒤미처 우리를 따라와서 이 안에서 같이 지내고 있습니다. 다 젊고 씩씩하고 건전합니다.

그러니까 그 김이란 사람을 보낸 것이 돈을 어떡하러 보낸 것 아니라는 것만은 알아주시기 바랍니다. 아무리 한 감방에 같이 징역을 사는 사람이라 하더라도 지금까지는 저에게 아무 군에게서도 신세진 일이 생기지 아니하였습니다. 지금 저에게는 돈이 아무런 필요도 없을 뿐 아니라 그런 것이 필요하곤 해서야 어떻게 여기서 하룬들 종용한 마음으로 살아나갈까를 생각해주시고 그 점만은 절대로 믿으시고 안심하여주십시오.

그리고 또 한 가지는 그 김이란 사람이 단순한 잡범인 것 가지고 그러지 않았나 하는 남 형 의심(아마 그렇게라도 지금 생각하고 계시며 께름해하고 계실 것 아니겠어요?)에 대답 못 해드리는 것이나 우리 패엔 그런 잡범적인 사람은 없다고 하는 호언장담이 안 나오는 것이나가 다 저 자신에게는 그런 위험성이나 가능성이 없다고 자과(自誇)[78]할 자격이 있는 것이랴 하는 스스로의 반문(反問)을 안 깨달을 수 없는 까닭이라 아옵시고 용서해주십시오. 나조차는 또 무엇인데 함을 생각할 때 저 역[79] 등골에 식은땀 흘러내림을 깨닫습니다.

그 김이란 사람은 잡범일 수도 있는 동시에 우리들의 패거리일 수도 있는 사람인 것이 사실입니다. 우리 패거리라 가정한다더라도 이런 어느 의미로 보거나 곤란한 시대에서는 드물게만 볼 수 있는 것도 아닌!

하지만 찌는 듯한 여름날 시원한 일진(一陣)의 맑은 양풍(凉風)[80]이 불어오자면은 더러운 진개(塵芥)[81] 섞인 몽당[82]도 따라 일어나는 수가 있는 법 아닙니까? 이제 창자 밑까지도 씻어 내려갈 그 시원한 바람을 우리는 기다리는 사람들이요, 이에 따라 일어나는 몽당도 하루 바빠 맑아지고 없어지었으면 하는 것을 바라는 사람들인 동시에 이를 위하여 일심전력으로 싸우는 사람들인 것 믿어주시기 바랍니다. 저를 두고 하는 말은 물론 아닙니다. 주제넘은 생각 같지만 이것은 우연히 제가 하루저녁 형의 곁을 지나감으로써 도리어 한 겹 더 구하지 못할 절망의 막을 형에게 씌워

드려 장차 방문을 개방하고 나오려는 형의 앞길을 또 한 번 가로
막아 섰을까 두려워서 하는 말인 것 믿어주십시오. 동시에 시를
읊을지라도 탁하면 도리어 탁한 편을 택하였을 따름이지 깨끗이
정리되어 남에게 휘탄(揮彈)[83]을 안 받도록만을 위주로 하지 아니
하던 형의 그 내강(內强)의 힘을 나는 못지않게 믿는 사람입니다.

나선 자리에 서서 보면 장차 무슨 바람이 일어날지 우리는 아는
것이 무엇입니까? 하지만 얼마만큼의 흙 몽당이 따라 일어나리라
고 해서 다만 이를 꺼려 양풍을 쐬려고 찌는 듯한 질식할 방에서
우리는 안 나설 수는 없었던 사람들임에 지나지 않았을 뿐 아닙
니까.

저의 이 모든 말씀들! 저 역 형의 말씀마따나 누구를 위함도 아
니요 저 스스로의 사는 길을 세우기 위하여 '말의 사기사' 안 되려
고 애쓰며 이를 위하여 반평생 싸워온 사람 외에 아무것도 아닌 것
을 알아주시고 믿어주십시오."

한 편지가 그에게서 나왔다.

동시에 예심 중 게재 금지령 밑에 있던 어마어마한 이 만주사건
전모의 내용이 발표되면서 이 씨의 파란중첩(波瀾重疊)한 내외지
(內外地)를 걸친 투쟁과 전과의 경력도 신문으로 나에게 알려지
었다.

나는 이것을 아는 길로 곧 요전 날 편지의 회답 삼아 책상을 향
하여

"이 선생님이야말로 주제넘은 말씀 같습니다만 단순한 말의 사
기사가 아니라 나날이 새롭고 새로운 상처를 받기 위하여 무수한

허울을 벗어나오는 분임을 알고 저를 위하여 썼다고 헛되이 생각한 그때 그 시(詩) 속의 저를 이제금 저는 부끄러이 생각합니다."

라는 허두로 편지를 써나갔으나 공판도 채 전인 때인지라 그를 위하여 이것은 불길한 짓이라 생각하고 뻑 지워 찢어버리고 새 종이에다 여러 가지로 세상 이야기를 쓴 끝에 사실 그 김 씨 일 때문에 한때는 내 마음속에 적지 아니한 집념이 끓어나고 있었던 것만도 사실이었다는 진정을 피로(披露)[84]하여 하소한 끝에 지금 생각하면 어느 방향으로 가는 바람인지 몰라서 망정이지 근본적인 방향만 선다면야 그까짓 것이 말지말엽(末枝末葉)의 문제라는 것쯤이야 왜 모르겠느냐는 의미의 사연을 써서 나의 실정이야 어찌되었든 또 사실 그것이 전연 그렇게 안 생각되는 바도 아니므로 이렇게 써서 그가 요전 편지에 김 씨 같은 인물 일건(一件)에 견주어서 그처럼이나 면면(綿綿)[85]히 써 내보낸 데 대한 위안으로나 해드릴까 하였더니

"형이 편지를 보내시자 할머니께서도 찾아와 보고 가주신 것 아마 형은 아시겠지. 가시는 길에 무슨 용에라도 쓰라고 하신 것인지 십 원 돈까지 들여보내주시고 가신 것입니다. 요전에도 말씀드린 바와 같이 그러나 지금 나는 돈을 써야 할 데가 아무 데도 생기지 않았습니다. 단돈 한 푼 없더라도 나는 십 년이건 이십 년이건 완전하도록 흡족히 살아나갈 수 있는 사람이 되어 이 어둠 속에 주저앉아 있는 것입니다. 돈에 대해서는 근심 말아주시라고 할머님에게도 여쭈어주십시오. 그리고 이번만은 모처럼 들여보내주신 것이니 그렇게 된다면 이것을 형과의 통신비에만 쓰고자 하

는 겁니다.

인간 세상을 저버리고 혼자 어디로 가면 살 희망이 생기는 거겠습니까? 이런 데 앉았어도 그래도 인간 세상과 떨어져 있지 않고 꽉 생활과 정(情)의 사슬 붙어 있는 거니 하는 생각만이 저에게는 가슴을 뜨겁게 적셔 올라오는 유일한 감정인 겁니다. 주제넘은 말인지 모르나 나는 아직껏 형을 빼어놓고는 아무개와도 달리 편지를 주고받고 하는 데가 없습니다. 그만큼 우리들이 지금 난국에 처해 있는 것만도 사실이라 하겠지만, 그러나 그것만도 아니요 이런 조용한 데 앉아 생각하노라면 누구보다도 더욱이나 형 같은 이에게 친근감을 느낀다는 저의 솔직한 감정 믿어주시기 바랍니다. 형은 형 편지 속에 방향이 서고 안 서고를 말씀하였지만 무엇을 어떻게 어떤 방향으로 굳이 나가라고 형에게 권하는 데이 나의 소원이 있었다는 것보다는 향내가 나던 형의 그 곰팡이 묻은 방 문창이 열리어 지린내가 나든 향내가 나든 형의 발길이 인간 세상의 대로를 향하여 한 발자국 디뎌지는 데에만 있었다 할 것입니다. 그렇게만 되신다면 그다음은 기다리지 않아도 물은 높은 데에서 낮은 데로 건〔肥〕[86] 데서 메마른 데로 흘러가고 번져 나가주는 것 아니겠어요? 그러므로 형과 함께하자던 그 고기잡이의 계획도 정말 제 마음으로부터의 계획이었고 또 마음으로부터의 유혹이었더라는 저의 충심 믿어주시옵고, 지나가는 나그네의 심상한 일련의 거짓으로만은 알지 마옵소서."
하는 의미의 편지가 한 번 더 나오면서 이내 공판이 시작되었다.

이러는 동안이 한 달도 더 걸렸건만 할머니가 한 번 다녀나오시고는 나는 누워서 오늘이나 내일이나 하노라고 한 번도 면회를 가보지 못한 채이었다. 오늘내일 하고 미뤄 내려온 것은 다른 원인도 많이는 없지 않았겠으나, 정작 재판이 될 때의 방청에 대한 기대도 기대려니와 그 후 기결이 된 뒤에라도 있으리라고 생각한 시간적인 여유를 너무나 지나치게 의의(依倚)[87]한 데서였다.

그랬는데도 불구하고 공판은 비공개로 방청 없이 비밀리에 며칠씩 계속되다가 결국은 이병택의 이름도 불과 몇 사람을 내놓은 다량의 최대 극형의 피구형자들 속에 끼어 검사의 구형과 조금도 다르지 아니한 똑같은 형으로 담당 판사의 선고까지 내리었다.

이 재판에 대하여 그렇게 많은 피고들이 상고를 하느냐 안 하느냐 또는 한다면 다 할 것이냐 그중 몇만 할 것이냐 하는 것도 신문쟁이들의 한가한 의론거리가 되어, 일주일 동안 각 신문 지면을 붐비게 하였다. 그러나 그 일주일 기한 마감에 이르러 한 사람도 빠지지 않고 일제히 제출하기로 결정되었다던 피고들의 상고심 요구도 당국자의 기각함을 받았다는 보도로 몇 조선문 신문을 빼어놓고는 거의 모든 신문들이 '빨갱이(아까)[88]의 운명은 이렇다'는 표제로 대서 특서하여 그들의 말로를 인간 질서의 파괴자라고 저주하였다. 나는 마음이 선뜻하고 이마에 진땀이 돋는 듯하였다. 걸핏하면 그렇게도 잘 떠오르곤 하던 지난날 그와의 모든 추억은 이것은 또 웬일인지 이상히도 꽉 가슴 한가운데 가로막히어 잘 떠오르려고 하지 아니하는 반면에, 종용히 형(刑)의 집행을 기다리고 있을 감방 안의 그 어른 얼굴만은 며칠 밤씩을 두고 내 눈앞을 방불하여 사라져 없어지지 아니하였다.

하지만, 나는 일상 내가 살아나온 버릇대로 이번에도 집요히 달려드는 이 환각에 흥클리어 누워 이리 뒹굴고 저리 뒹구는 가운데에 자기의 몸을 맡기기는 하였을망정 일어나 면회하러 갈 계획은 아예 세울 생각도 하지 아니하였다. 가서 만난다기로 무슨 말을 하며 말을 한다면 무슨 낯으로 나만 다시 사바(娑婆)[89]세상에 돌아오는가? 하는 어려운 문제가 나를 괴롭히어 말지 아니하였다.

사실 어느 날일지 이것만은 알 도리도 없는 노릇이었지만, 벌써 형의 집행 같은 것도 다 끝난 것으로 굳이 인정하려고 애를 쓰며 이를 나는 억지로라도 잊기에 노력하였다.

그러나 이런 일이란 그리 쉽게 심상(尋常)한[90] 방도로는 잊어버리도록 되지 못하는 법이라는가 싶었다.

그런지 한 이틀인가 지난 어느 날 아침은 조반을 먹을 때부터 내리기 시작하는 눈이 어둑시근한 하늘 아래 꽤 많이 푸실푸실 내리기 시작하였다.

나는 어쩐지 조반을 먹으면서부터 기분이 찌푸듯하게 잠기어 들어가며 이날이 그 무슨 불길한 날이기에 적당한 날인 것만 같은 인상을 문득 일으키며, 심지어는 나의 이 예감을 억지로라도 시인하지 않으면 안 되는 일종 강박적인 관념에까지 이르는 자기 자신을 나는 분명히 깨닫지 아니할 수 없었다.

눈을 보면 항용 그렇기는 하지만 슬픈 무슨 연민의 정 같은 것까지 따라 일어나며 나는 이 강박적인 관념에서 벗어날 길이 없었다.

아침밥을 끝내자 옷을 찾아 입고 나는 오버를 걸치고 집을 나섰다. 종로의 가로들을 사가(四街)에서부터 거꾸로 거슬러 올라가 종로 네거리에서 다시 곧장 광화문 거리로 나가서는 서대문까지에 이르러 꺾어 돌아 네거리에 서서 게서 모화관[91] 쪽을 바라보고 한참 동안이나 어쩔까 하고 나는 망설이었다. 무엇인지 유혹적인 힘으로 자꾸 그쪽에서 나를 끄는 것이 있음을 나는 아니 깨달을 수가 없었다. 그러나 나는 억지로 발길을 돌려 그쪽 가기는 그만두고 왼편으로 돌아나간 전차 레일을 따라 봉래교까지 걸어 내려왔다. 봉래교 위에 서서 그 다리 아래로 정거장 기차들 오고 가는 것을 멍하니 한참 동안이나 구경하다가 남대문 쪽으로 해서 남산에 올라가 공원에서 낮이 다 기울도록 시간 가는 줄을 모르고 서울 거리를 내려다보고 있었다.

그리하여 진고개를 지나 집으로 돌아 내려온 때이었다.

그때까지도 많은 양은 아직껏 못 왔으나마 포슬포슬한 눈이 언제까지나 장안에 내리고는 있었다.

방에 불을 지피고 매우 고단하실 때에나 하시는 모양으로 문지방 바투[92]에 누워 담배를 빨고 계시던 할머니는 나 돌아오는 것을 보시고 일어나시며, 미처 내가 방에 들어가지도 안 했는데 너 나간 뒤에 이런 여자가 왔더니라 하시면서 조그마한 종이쪽지 접어 꺾어 맨 것을 나에게 내어주었다. 받아 드니 종이쪽지 위에

남몽(南濛) 씨(XX동 장안여관)

이라 한 것은 이것으로 집을 찾아가란 말인 듯하여서 내 이름 밑에다 친 괄호 안은 내 주소이었고 그다음은 같은 종이 위에 잇대어서 쓰기를 나에게 하는 편지로

남 형 그 전 평양 있던 제 조카딸입니다. 만나주시옵고 잘 인도하
여주시옵소서. 저의 형은 쉬 집행이 될 것입니다. 이제(李弟)

란 내용이 잘게 적혀 있었다. 하지만 물론 이 편지가 나를 정말로
지도할 수 있는 사람으로 치고 철없는 소녀를 나에게 맡기다싶이
한 것이냐 하게 나는 곧이 믿을 수 없었다.

어떻게 이렇게들 연락이 되었는지 그것까지는 나는 알 수 없었
으나, 그러나 나의 놀라움은 그들의 연락이 어떻게 된 것이고 안
된 것이고거나 이 편지마저 출감하는 그네들 동지 몸에 딸려나온
것이고 아니고거나 그런 것에 달려 있었던 것은 물론 아니었다.
만나면 통할 것 같은 지금의 내 심정을 이 선생은 미리부터 이처
럼이나 잘도 꿰어 들고 있었던 것인가 싶었다.

할머니도 그 여자가 누구인 것을 들어오라 해서 앉아 이야기해
보시는 동안에 아시었노라 하시며 알 수 없는 것은 사람의 일이
라 하시며 탄식하시었다. 그 여자는 얼마 전부터 서울에 와 있게
되었으면서도 사정이 그러한 탓으로 한 번 면회할 몸조차 못 되
었던 거란 것까지 말하면서 울지도 않더라는 것을 할머니는 칭찬
하시기까지 하였다. 그러나 끝으로 할머니는

"그렇지만 세상이 인젠 이렇게 되구 말었는데 새파랗게 젊은
나이에 소용도 없는 걸 그까짓 건 뭐라고들 그러겠니?"
하는 기왕의 후렴을 이번도 외이시고는 기운이 풀리시는 모양으
로 풀썩 다시 당신 자리에 누워버리고 마시었다. 나도 할머니 그

한숨에 뜨거운 것이 저절로 가슴에 한풀 내려 깔리려 함을 걷잡을 길이 없었다.

그뿐만도 아니었다. 나는 이때 이 방 안에 또 한 가지 나의 신경을 자극하는 것이 있음을 발견하였다.

그것은 내가 할머니 방에 구두를 벗고 들어가 돌아앉아 중문 쪽을 향하고 밖을 내다보았을 때였다.

중문 쪽으로 훨씬 나가 붙은 콘크리트로 한 우물 방틀 가장자리에 푸실푸실 내리고 있는 눈에 쌓여 들어가며 낯익은 흰 저고리에 검정 바지 한 벌이 포개어 수채 가까이 빨래로 나와 있었던 것인데, 이것을 나는 들어올 때 미처 보지 못하였던 것이었다.

"할머니, 오늘 거기 갔다 오셨수 어느새?"

나는 의외의 일에 놀래어 이렇게 할머니를 깨우쳐 묻지 아니할 수 없었다.

"갔다 왔다."

"그래 만나셨수?"

"아니 안 만나고 왔다. 만나려고 가기는 했으나 그만두고 헌 옷만 찾아가지고 왔다."

하시는데 보니 참으로 그 우물 방틀 옆에 놓인 옷이 그 옷임에 틀림없었다.

생각이 그러해서 그랬던지 여지껏 대단치도 않게 푸실푸실 내리던 눈은 이제 피날레를 향하여 두들기는 안단테비바체의 템포로 내려 퍼붓기 시작하였다.

나는 눈이 내 눈에 시거웁게도[93] 자극이 되어 펄떡 뛰어 일어나

서 방을 나왔다. 그리고 인제는 자꾸만 자꾸만 눈 속으로 형지를 감추어 들어가는 그 한 벌 옷을 향하여

　'당신이야말로 당신이야말로 정말 새롭고 새로운 몸의 상처를 받아 나오기 위해 무수한 허울을 나날이 벗어 나온 분입니다.' 하는 언젯날 부르짖음을 인제야 속으로 부르짖으며 이렇게 미칠 듯이 속으로 외치었다.

　'이게 다 무어냐 이게 다 무어냐 아아 저는 아무것도 아닙니다. 저는 아무것도 아닙니다. 저야말로 의외로 아무것도 아닌 단순한 말의 사기사를 지향하고 나가던 사람이었는지도 모릅니다.'

평대저울

낼모레가 섣달이요, 추위만 하더라도 이미 십 도 내의 영하라 하건만 그의 실제 생활을 잘 아는 사람 중에는 만나서 아직까지도 그에게 김장 이야기를 물어봐주곤 할 사람들이 없지 아니하다.

혹 그러는 군들 가운데에도 세상을 정직하게 살아가는 사람이면 으레껀[1]으로 누구나 느끼는 작년이란 재작년 해방되던 해만 못했던 해요, 금년이 또한 그 작년만 못하니 이래서야 어떻게 세상에 살아갈 수는 있으며 해방이란 것은 무엇 있느냐는 자기의 하소연을 꺼내려는 허두[2]로 그러는 사람도 없지는 아니하지만 그렇다고 또 다

"안녕히 주무셨어요? 암만해도 눈인뎁쇼."

하거나

"이렇게 가물어나가다가 이번 여름엔 십 년래 가뭄을 면치 못하겠는걸요."

하는 식의 항용들 하는 계절에 대한 인사말로 하는 사람만이냐 하면, 그런 것만은 아니어서 조금 대답하기에는 구찮은 생각이 들면서도 제법 고마운 마음을 안 일으킬 수 없는 사람들도 그중 에는 적지 않이 끼여 있는 것이다.

그런 때를 당할 때마다 그는 그 어느 경우를 물론하고

"네. 뭐 인제 하지오."

하거나

"응. 인제 어떻게든지 되겠지."

하는 대답으로 천편일률같이 받아 넘어왔다.

하던 차에 어저께도 그는 그

"네. 뭐 인제 하지오."

해야 할 때를 한 사람 회사 안에서 맞이하게 된 것이다.

한데 이상한 것은 그 사람은 그런 인사나 하고 지나가자거나 그 따위 것 염탐이나 하러 댕길 사람도 아니어서, 그와 대단한 친분 이 있는 사이는 아니나마 어석버석이는[3] 아는 터이므로 무슨 다른 말이 있어왔으련만 별 특별한 일이 있어 온 것은 아니요, 지나가 던 길에 잠깐 들렀던 거라는 심상한 거조(擧措)로 그런 인사를 마 치고는 잠깐 앉아 있다가 그만 훌쩍 자리를 일어나 가버리고 말 았다.

간 뒤에 그는 너무나 그 거동의 밑도 끝도 없음을 생각하고 아 마 혹 원고 의뢰라도 왔던 거나 아닌지, 그렇지 않으면 다른 일이 있었을라구 하고 정도의 의심을 안 품어본 바도 아니기는 하였으 나, 그러나 적어도 한 개 잡지기자라면 남에게 원고 청탁을 와서

요즘 웬만한 계집아이들만도 못하게 그처럼 수줍어할 법인들 있
으랴 싶어 금세 일어나려던 의심까지도 자기의 공연스러운 생각
으로 미루어버리고 그는 집에서 싸가지고 온 양밀가루의 떡보재
기를 끌르기 시작하였다.

그러자니까 낮 지나 그는 또 한 번 그의 회사에 나타났다. 그리
하여 그제는 아무것도 글자가 보이지 아니한 한 쉰아믄[4] 장으로나
매어져 있을 한 권 원고지 축 위에 거죽에 그의 이름만을 쓴 얄팍
한 봉투 한 장을 얹어 책상 위에 내놓고 나서

"선생님! 모레까지 꼭 인쇄소에 넘겨야 할 잡진데 소설이 하나
도 없습니다. 사백 자로 열다섯 장이라면 선생님에겐 콩트 같은
것밖에 생각이 나실지 모릅지오만, 소설이래도 좋고 콩트래도 상
관없습니다. 이번에 꼭 선생님 것을 실어야 하겠습니다. 오래 두
어두시고 생각하신다고 쓰시는 걸 거도 아니겠으니 모레까지에
꼭 하나 써다 주셔야 합니다."

하고는 봉투를 그의 앞으로 밀어 내놓으며 어떨까 하는 웃음인
듯 히죽이 웃고는 이번도 일어서자 나가버리었다.

역시 과연 원고 의뢰에 틀림없었구나 하고 생각을 하며 나간 뒤
에 열어보니, 보통 원고를 청할 때 내는 제목과 장수와 기한을 쓴
편지쯤으로나 여겼던 봉투 안의 이것은 또한 천만뜻밖에도 천오
백 원짜리의 은행수표이었던 것이다.

나쁘게 생각하려 든다면 누가 그까진 짐작쯤으로 목매어하는
줄 알고 몇 푼 안 되는 돈으로 사람을 낚자는 수작이 아닌가 하게
못 알 바도 아니기는 하나 그는 그렇게 나쁘게 생각하기까지에

못 쓰게 된 사람도 아니었다.

그는 도리어 그 솔직하고 신선한 맛이 풍기는 정의(情意)에 가득한 일종의 애교를 느끼면서 시간이 되자 사(社)를 나섰다.

도대체 있는 것 일부러 감추자는 것은 아니다. 하지만 같은 매문(賣文)을 하면서도 원고료 원고료 하며 없는 궁끼[5]까지 내몰리고 돌아다니는 사람도 좋은 것은 아니었지만, 원고료 같은 건 글 쓰는 데 하등의 관계도 없다는 듯이 쓸데없는 기고만장(氣高萬丈)만을 피우고 다니는 사람도 가증스러서 못 볼 일의 하나이었던 것이다. 또 영감(靈感)이니 무엇이니 하는 따위의 것 오기를 기다려본 일이 없는 그로서는 그렇게라도 밑구멍을 들쑤시어주는 사람이 없어서는 지금까지의 몇 개 안 되는 자기의 작품이랄 것이나마 이룩하게 되었을지 말았을지조차 모를 일인 것만도 사실이고 보매, 그의 얼마나 솔직하고 창의적인지 모르는 기자적 재분(才分)[6]에 그는 도리어 감탄하지 아니할 수 없었다.

허지만 원고지 열다섯 장 속에 육천 자로 엮어 넣으라는 이야기의 성질이란 소설공부 한답시고 속뱃살을 버틸 대로 버티고 주저앉아서 끙끙거리는 그에게 또한 머리 골치 아플 문제 아닐 수는 없었다.

이야깃거리나 되고 결구(結構)에나 흠이 없으면 되는 것 아니냐는 안일에 홀려 떠내려갈 것이 아니라 그려야 한다. 결구는 흐트러지더라도 굳이 묘사를 하자 하는 종래로 품어내려오던 자기의 경계심이 흐늑거릴까[7] 저어해진다.

요새 그 얇다란 잡지로서는 할 수 없는 일인 줄을 모르지 아니하면서 부탁을 받는 족족 쓴다 쓴다 해오며 써지지 아니한 것도 그런데 원인이 없지 안 했던 것처럼 역시 이번도 그 육천 자 이내란 캔버스의 제약이 여간해선 엄두가 나지 아니할 것만 같았다.

그러나 남의 돈을 받아 넣었대서가 아니라 이렇게 되면 벌써 그 '이번에 네 것이 아니면 안 되겠다'는 항용 기자 되는 사람들의 거짓말일 수도 있는 이 한마디 말에조차 알면서 안 넘어갈 수도 없고 목을 안 맬 수 없음도 그는 잘 안다. 그는 일종 절대적이라 할 의무감에 천균(千鈞)[8]의 근량을 느끼었다.

그는 육천 자란 캔버스 속에 들어갈 그림을 일심으로 찾아 헤매이며 머리가 무거운 채 회사인 조선은행 쪽으로부터 오후 다섯 시가 되면 하루저녁도 빼놓지 않고 걸어나오는 그 거리를 덕수궁 담을 마주 보고 서는 안전지대와 위에까지 와 올라섰다.

전차가 좀체 올려고 하지 않는다. 적어도 돌아가는 길 위에서 무슨 힌트나마 얻어야 집에 가서 밥을 먹고 나는 길로라도 곧 착수해보지 않나 하는 생각에 멀리 조급할 대로 조급하여진 머리속에서, 그러나 그는 문득 한 가닥 그럴 만한 생각이 스치어감을 느끼었다.

"옳다! 정 할 수 없으면 오늘 내 신변에 일어난 일이라도 쓰는 거다. 그렇지 않아도 온 아침도 아내가 김장 타령을 하길래── '여보 너무 그래 김장 김장 하지 마오. 서울 장안에 버젓이 김장하고 과동[9]하는 집이 몇 집이나 되겠소? 이렇게 가다가다 정 어쩌는 수 없으면 다꾸앙[10]이래도 졸곰졸곰[11] 사 먹고 지낼 요량합시다그려'

하고 나온 터이다. 사실이 또한 그런 배짱이요, 그런 신념이고 보매 겨우내 다꾸앙을 깨물더라도 자기 속에 들어 있는 태산(泰山)이 허물어지리라고는 생각지 않는 바이지만, 잡지기자로서 우연이나마 이렇게 아량 있는 친구가 있어 가망 없던 김장도 혹 될 수 있는 법이니리 하는 것을 쓰는 것도 신변잡사(身邊雜事)[12]로 제법인 부류가 아닐 거냐.

어차피 콩트란 묘사가 있는 것도 아니요, 그런 것들이어서 좋은 모양이다.

열다섯 장이라면 그런 잡사마저 내놓고 무엇을 쓰랴?

싫을 때에 마침 전차가 와서 효자동 종점까지 그를 날라다주었다.

그러나 이즈음 단 백 통의 배추를 절이자 친대도 헤깔[13]로 양념을 하자면 아무리 줄접어도[14] 만 원 하나 없어가지고는 안 된다고들 한다.

무슨 원고료를 만 원이나 받았다 하랴. 콩트만의 생각이 잠깐 헷갈리려 할 즈음에 여기도 또한 그 액수를 늘리자고 애쓰지 않아도 될 묘계(妙計)[15]까지가 생각이 나서 그는 만족한 마음으로 전차 북새틈을 끼여 내려서는 청운동 구비구비들을 돌아 자하문 막바지를 고개를 넘어 내려오는 것이었다.

받아가지고 온 돈 천오백 원 봉투를 아내 앞에 내놓으며

"여보 우리 처지에 남의 집 이야기야 해 뭘 허오? 이번 겨울엔 무나 한 가마니쯤 사가지고 동치미라도 한 독 담가 먹읍시다그려."

하는 콩트의 한 대목을 생각하는 것이다.

그러는 그 콩트 안에서 아내는 그제까지도 마음이 채 풀리지 아니하여 입이 쫑긋하여가지고 외면을 한 채 거들떠보지도 않고 앉아 있었을 것이다.

이때에 주인공은 다시,

"왜 당신의 동치미 담그는 솜씨 유난하지 아니하오? 우리가 갓 혼인했을 때 담거 먹든 그 동치미 말이야."

하면 실제로도 다소의 가능성은 있을 듯싶은 일이어서 자기 개인적 사실로 보면 좀 사실적(寫實的)인 편이라 할 수 있어 좋으나, 어차피 나만 보자는 콩트는 아니니까 실제로는 자기에게 있어본 일도 없는 일이요, 또 있어볼 희망도 안 생기는 일이나 뭐라고 뭐라고 하고 난 뒤에

"……우리가 갓 혼인했을 때 담가 먹던 그 동치미 맛도 하 오래되어 잊어버릴 뻔하였드랬구려."

란다는 등 하여 무슨 이런 달끄무레한[16] 척까지 한데도 과히 허구성을 조작하는 연유는 아니어 양심에 걸릴 것도 아닐 것이다. 이에 이렇게 잊었던 연인을 하루아침에 찾은 때와도 못지않은 달끄무레한 대화에까지 이르러서 아내는 비로소 이건 또 왜 이러세요 하고 다물었던 입을 벙싯거려 웃으며

"세상에 무슨 김장을 그렇게 깍꾸루[17] 허는 집이 있어요, 그래? 동치미란 다른 김장을 다 하고 난 연[18]에 하는 거요, 정 뭣해서 못하게 되면 그것만은 안 해도 과히 숭[19]이 안 되는, 해도 좋고 안 해도 좋은 건데요!"

하고 남편을 흘겨 치며 보았으나 그 흘겨봄은 정말 미움에서가

아니라 지금의 세상이 어떠한 세상임을 가히 아는 사람과 더불어 한자리에서 자며 살아가는 한 가난한 집 아내의 체념과 따라서 또 어쩌는 수도 없는 만족의 얼굴이었더라는, 세상에도 흔하고 평범한 일종 속임수에서 끝이 나는 이야기였다.

여기에다 다소간의 욕심을 더 낸다면 아내의 그렇게 벙싯거리며 웃어 대답하는 말이

"당신이 동치미 동치미 하고 내 솜씨를 추켜올리지만 결국 그 동치미 맛이래야 당신의 술 덕으로 아신 것뿐 아니야요. 그렇게 정신없이 취하곤 한 다음 날 아침에도 동치미를 담그면 또 그렇게 취하실라고요."

이런 쯤이라면 더욱 어여쁜 아내로 그려질 수도 있기는 하다.

허지만 그뿐이지 이 이상 더 심각한 페이소스를 노릴 수도 없는, 흔하고 평범하고 상식적인 이야기이기는 하나 뭐 어떻게 이 모양으로 끝을 맺어 꾸며놓으면 소위 열다섯 장짜리 콩트로서는 과히 테에 벗어나지도 안 하리라는 일종 흐뭇한 마음으로 그는 집에 돌아온 것이었다.

한데 넌센스인 것은 일천오백 원의 그 김장값이었다.

저녁상을 들고 들어와 마주 앉는 아내를 향하야 가득한 마음으로 그가 돈 들어 있는 가방 속을 끌르려고 들었을 때 느낀 것은 실로 그 가방 위에 생긴 이상(異狀)에 지나지 안했던 것이다. 그 끈을 끌르려고 들고 말고 할 여부조차 없이 그 가방 옆구리로부터 너풀 하며 꿰여진[20] 배때기에서 창자 거느레기[21]나 무슨 그런 것이 비어져 나오듯 비어져 나온 것은 안에 넣어두었든 종이 쪼박들이

며 잡지 나부랭이의 귀[22] 같은 것뿐이 아니냐.

놀래어 가방을 모로 세워놓고 보니 그 옆구리에 칸막이로 주름이 잽혀 접혀져 있는 가죽의 가장 엷은 것으로 된 부분이 예리한 칼날로 곱다라니 도려져 있는 것이다.

아뿔싸 하고 고개를 들고 생각을 해보니 전차가 광화문 네거리 정류장까지 와 닿았을 때에 그러지 않아도 순순히 내릴 수 있는 경우였는데도 불구하고 사람들 틈을 공연히 쿡쿡 질르고[23] 와카락 떼밀고 내린 사람들의 한패가 있었던 것을 그는 이제야 역력히 기억하였다.

허지만 이렇게 되어놓고 본 일이라면 할 수 없는 노릇이었다.

이에 자기 자신이 당한 일이면서 하도 어이가 없어 혼자 잔 실소(失笑)를 거듭하는 사람은 잔 실소를 거듭하고 앉았고, 그 사실을 듣고는 낙망하고 원망하는 사람은 듣고 낙망하고 원망하고 앉았고 또한 그 어주리[24] 같은 어버이 실태(失態)에 깔깔대고 웃는 아이들은 깔깔대고 집 안에서 한참들 웃고 난 뒤에 얼마 안 있어 항용 누구나 무슨 일을 저질러 경황이 없을 때에 하는 것처럼 주인은 자리를 깔어 아이들을 눕히고 나서 자기도 드러누워버렸다.

누웠으나 잠이 올 까닭이 없다.

돈 잃은 일로부터서 오늘 이러한 모든 일이 어처구니없어서만은 아니다.

자기의 가까운 주위 사람들도 모두들 이런 일은 한두 번 안 당한 사람이 없어서 자기도 이번으로 두번째요, 친구 가운데에도 양복저고리 위 포켓에 꽂았던 만년필을 아홉 번씩이나 당한 사람조차 없지 아니함을 보아옴으로 돈이나 권세를 가지고 큰 모리 (謀利)를 할 수 없는 처지걸랑 강도나 사기나 소매치기로라도 숨어 지나지 않으면 안 될 드키[25]나 되어가는 세상임을 모르는 바도 아니기는 하다.

허지만 그런 것보다도 글 쓰는 일을 시작할 때마다 생기는 불면증이다. 게다 실인즉 돈을 잃고 났으니깐 그런지 몰라라 그까짓 원고 같은 원고쯤 안 맡았다면 어떻드냐는 짜증이었다. 돈을 잃고 났으니까 그만큼 냉정하게 생각할 여유가 생긴 건지도 모르기는 하나, 그러나 또 이것만은 반듯이 헐수할수없어서[26] 실행력이 없는 사람만이 내뿜는 짜증만은 아니어서 하나라도 소설다운 소설 작이란 있었는 둥 말았는 둥하여도 좋으니 모든 일을 객관적으로 붙잡아서 묘사해내는 힘을 기르는 길로만 정진하자 하였는데, 그까진 자기의 하찮은 가난뱅 살림쯤을 돈 가슴[27]으로 해 팔아 먹을 궁량[28]을 하다니 하면 마음속으로부터의 후회도 없지 아니하였다.

게다 또 한 가지 고통은 이 '동치미'의 이야기가 이런 봉변을 당하고 난 이제에 와서는 제대로의 사소설(私小說)로 쓴다면 끝이 결국 그 동치미나마도 못 담갔다는 이야기로 되어버려 일칭 그 주제성도 넓어져들어갈 뿐 아니라, 그 가난과 천덕을 무슨 자기의 크나큰 덕성(德性)이나처럼 내세우려는 혐의조차 뿜길 것 같아 마음 내키지 아니할 일이었던 것이다. 천박한 가난뱅이의 철학일 뿐이요, 이야기 가운데 '나'를 안 사용하고 '그'로써 가리운다 하여도 나로 알 것만임엔 틀림없는 일이었다.

그러나 어쨌든 일이 이렇게 된 바에는 안 쓸 수도 없는 노릇이었다.

　돈을 전금[29]으로 받았다는 것도 문제 아닐 수는 있었지만 이제와서 콩트니 어쩌고 사소설이니 어쩌고 할 겨를이 들어백힐 틈없는 것은 그 잡지 편집자의 말이

　"내일 아침까지 가져오너라. 네 콩트가 아니면 안 되겠다."

한 데에만 달리 있는 것이기 때문이다.

　다 쓰러져가는 납쭈락[30] 초가집 콩구녕만 방바닥에 일곱 식구가 콩나물 서듯 가지런히 또 그리고 그즈런이 드르누워 잠이 든 듯한 때에 그는 붓을 들고 일어나 앉았다. 그리하여 실제로 아침에 있었든 일대로를

　십일월 삼십일──양지가 음지 되고 음지가 양지 된다는 속담 말대로 해가 들지 안 해서 더운 줄을 모르고 누워 낮잠 자기로 덕을 삼든 방구석의 한결같은 어둠의 그늘도 인제는 밝다는 핑계로 바깥마루에 나가 앉을 수만은 없는 가난한 사람들에게는 어느 때보다도 가장 현실관이 확실하여질 시절로 바뀌어듦을 따라 그 방 안도 방심 상태의 무심한 꿈만을 깃들을 수 있는 방은 될 수가 없었다. 그것을 어찌 감히 꿈에다 대랴! 정신을 가다듬어 앞을 정시(正視)하고 내다보면 실로 숨이 탁 막혀 들어오는 터널[31]의 그중 중간인 중간의 토막밖에 더 아닌 것이 무엇이냐?

이런 식의 방 안 서술로부터

허지만 그 대신 낮아서 밤하늘의 별을 우러러 바라볼 수 없다고 여름 내 혼자 마음속으로 끙끙거리던 납작한 앞바라지[32] 문창에 지독한 외풍이 쏠리지 않는 새로운 덕이 생겼다면 새로운 덕이 안 생긴 바도 아니기는 하다. 허지만 그것도 떼어놓고 생각하면 제 몸에 생기는 때[垢]처럼 안 생길래야 안 생기고는 살 수 없는 '체념'의 덕밖에 더 되는 것이 무엇이냐?

　이따위 진리쯤 이제야 안 것처럼 나는 그 바라지 창 앞에 책상 대신으로 쓰는 조그마한 칠 떨어진 소반을 닦아놓고 종이와 붓을 들고 다가서 나앉았다.

라는 대로 해서 아침 아내와의 김장 타령이 나오는 장면을 쓰기 시작하였다.

　그는 어차피 속일 수 없는 일일 것이고 보매 이렇게 '나'라고 하는 대명사의 주인공을 설정하는 데에까지 주저하지 아니하였다.

　그러나 밤새 걸려서 열두어 서너 장이나 쓰고 나머지 끝맺을 데에 와서는 손을 앞이마에다 갖다 대고 붓방아를 찧지 아니할 수 없었다.

　사실대로 쓴다면 그 동치미나마도 못 담가 먹은 것이 사실이요, 애초 생각으로는 정 할 수 없으면 다꾸앙이나 그것도 없는 간장에 찍어서라도,라는 식의 군색한 생각으로부터 어떻게 이럭저럭 그런 엉뚱한 일이 생겨서 동치미쯤은 담가 식구가 모두들 즐거워하는 걸로 콩트는 되어 있는 것이다.

그러나 나는 사실 그렇게 못하게 된 사실대로를 써나가 무관할 것을 생각하였다.

이왕 가난살이를 세상에 드러내어 남에게 이런 것인가 함을 알리려 하는 마당에 들어서서 가난하다는 게 무슨 오늘날따라 누구의 먹아지[33]를 칼로 따는 것이 아니니만큼 그 심도(甚度)가 깊이 들어가 상관없는 노릇[34]이요, 더 들어가면 들어가는 만큼 그제는 단순한 나 개인의 한 사사로운 사건으로가 아니라 그때는 나도 앉아보드라도 이미 제삼자적일 수도 있고 객관적인 연관 밑에 놓인 현실의 한 부면으로도 나타날 수 있는 것이어서 구태여 쓸데없는 윤색(潤色)을 베풀어서 현실적인 것의 일면에 눈가림을 할 필요는 없을 듯하였던 것이다.

초저녁에만 잠깐 들어오다 말고는 이내 끊어지고 만 전등이 아내가 일어나 아이들 학교 시간밥을 짓기 시작할 때까지 들어오지 아니한 채이다.

그야말로 마루컨 쪽 바라지 창 앞에 책상 대신으로 쓰는 조그마한 칠 떨어진 소반을 닦아놓고 그 위에 석유등잔을 올려놓고 다가 나앉아서 예까지 써 내려오다가 몇 줄 안 남은 콩트의 끝을 생각하며 붓방아를 찧고 있는 그는, 풍로에 불도 피우기 전에 우물의 물부터 먼저 길어다 가지고 와서[35] 들고 들어온 물동[36]은 마당귀에다 놓은 대로인 듯 서서 어쩔 줄을 모르고 언제까지나 언 손을 홀홀 불고 있는 듯한 바깥 동정에는 무엇인지 잠깐 양심이라고 할 것 같은 것으로 마음을 떨어보았다.

절기가 닥치는 때마다 여인네들의 가장 즐거움 중의 즐거움인 김장에서도 제거(除去)되어 도드라져 나와 떠는 그 손꾸락들.

그리고 수고수고해야 이른 아침에 이런 수고를 그가 듣고 목견하고 하는 것은 이것이 처음인 것이다.

외풍이 없다고 생각한 그 짜부러진 낮은 바라지 창 문틈으로도 얼마 안 가서 동이 트일 새벽녘인지라 제법 바늘 끝들이 쏙쏙 디밀고 날름날름하여 불까지가 배암의 셋바닥[37]처럼 마주 앉은 사람의 눈썹을 핥으려고 한다. 애써 붓방아를 찧지 않을 양으로 힘을 들이는 만년필 주인 손도 막지 못할 힘으로 포들포들 떨리려고 하였다.

밥은 아직 채 덜 된 모양이나 그 납작 바라지에 희멀금한 아침 빛이 치려고 하기 시작할 즈음에 그는 비로소 붓을 놓고 쓴 것에다 종이 노[38]를 꿰어놓고 자리에 누었다.

일상의 버릇을 앎으로 아내는 이러고 나서 드러누운 그를 저절로 깨어 일어날 때까지 그의 잠을 깨우려고 하지 않고 자는 대로 낮까지 자게 내버려두어주었다.

한데 그가 놀란 것은 회사에 들어가 어저께의 그 잡지사 기자가 원고를 찾으려 그의 앞에 나타난 때이었다.

쓴 원고를 내어줄 양으로 가방 속을 열어제끼니 그 책으로 꿰매어놓은 원고 위에 이렇게 쓴 글발이 걸핏 눈에 뜨이는 것이 아니냐. 가로되

모두들 김장을 하고 뜻뜻이[39] 사는 세상인데 그런 거라면 또 모르지만 우리 집만이 김장 못 한 것만도 아니거든 문제 될 것이 무엇입

니까. 그렇다고 누가 하라고 돈을 대어줄 바도 아니요 공연히 창피만 하지요.

그리고 모처럼 하게 된 김장을 한 놈 도적으로 말미암아 못 하였다는 것도 우리 집안에서나 안타까워할 일이지 내어놓고 광포[40]할 것은 못 되지 안허요. 자래로[41] 도적맞은 일은 남에게 구외(口外)하지 않는 법이랍니다. 바로에 세상이 왜 그렇게 도적만 늘어가는 세상이냐는 것을 알도록 쓴 것이라면 몰라라요.

이왕 지금껏 그런 것만을 두드러지게 내세워 쓸려고 하지 아니한 분이거든 공연히 김장하라고 원고료 선불하여주신 분이나 무안하게 해드릴 뿐이지요. 궁끼나 낄 뿐이지요. 그런 것 이제 와서 새삼스러이 쓰면 뭘 합니까?

도대체 '나' '나' 하고 쓰신 것은 이런 때엔 창피한 일 아닙니까? 처음 장부터 아야[42] 모조리 찢어버리고 싶었지만 그럴 수야 없어서 나머지는 그대로 둔 것입니다. 되지도 않을 남의 동정을 쓸데없이 바라보기나 하는 것처럼 그리면서 당신이나 우리 집 식구들 얼굴에 똥칠은 똥칠대로 하시면서.

라는 아내의 글씨요 비평이기도 하였다.

그리고 말로만의 비평뿐 아니라 실제로 그 콩트의 끝이 되어 있는 소매치기의 한 대목은[43] 원고 축 가운데서 곱다라니 가위로 잘라내져 있었던 것이다.

어쨌거나 이것이 아내가 가진 바 또한 나의 생활태도에서임은 말할 것도 없었다. 그러나 그는 또한 새삼스런 일처럼 어처구니

없어 웃지 아니할 수 없었다. 그리고 덕(德) 덕 해야 단념의 덕밖에 더 큰 덕은 없으리라 새삼스러운 것처럼 생각하며 이 큰 덕에 부축을 받지 아니할 수 없음을 그는 깨달았다. 이리하여 이 덕으로 인연해 그의 행불행(幸不幸)의 두 접시를 올려놓은 평대저울도 어느 쪽으로 더 기울어짐도 없이 근근하게나마 까딱없을 힘으로 그 평형을 보전할 수 있었던 것이다.

  그는 끝이 도려내어진 몸뚱아리 콩트의 열넉 장도 미만이 되는 원고를 그의 친구 잡지 편집자에게 그대로 내어밀었다.

탁류(濁流)

1 까물까물 작고 약한 불빛이나 조금 멀리 있는 물체가 보일 듯 말 듯 자꾸 희미하게 움직이는 모양. '가물가물' 보다 센 느낌을 전달한다.

2 장(구어체) '언제나, 늘' 을 의미하는 북한 지역의 방언.

3 으레이 '으레' 의 방언. 두말할 것도 없이, 틀림없이.

4 말치 말치레의 방언으로 판단됨.

5 뭉쿳하는 '뭉클하는' 의 방언.

6 직각(直覺)하였다 보거나 듣는 즉시 곧바로 깨닫다.

7 갖바치 가죽신을 만드는 일을 직업으로 하던 사람.

8 노래(老來) '늘그막' 을 점잖게 이르는 말.

9 노 노상. 언제나 변함없이 한 모양으로 줄곧.

10 집짝 '집적거리다' (아무 일에나 함부로 자꾸 손대거나 참견하다)의 어근 '집적' 의 방언.

11 소제(掃除) 청소.

12 나무래 '나무라다' 의 방언.

13 제지(制止)하다 (일을) 밀어놓거나 제쳐놓다.

14 수그듬한 '수굿하다' 의 방언. 흥분이 꽤 가라앉은 듯하다.

15 실심(失心)하다 근심 걱정으로 맥이 빠지고 마음이 산란해지다.

16 순(筍) 나무의 가지나 풀의 줄기에서 새로 돋아 나온 연한 싹.

17 조업(祖業) 조상 때부터 대대로 내려오는 가업.

18 겉빠른 겉바른. 속의 잘못된 점은 그대로 두고 겉으로만 흠이 없게 꾸민.

19 해태(懈怠) 게으름.

20 시진(澌盡)한 기운이 빠져 없어진.

21 비어지다 가려져 속에 있던 것이 밖으로 내밀어 나오다.

22 추기다 축이다.

23 깨뜰벌기 '개똥벌레'의 평안북도 방언.

24 팔하니 파르라니.

25 비웃적거림 남을 비웃는 태도로 빈정거림.

26 뭬 '무엇이'가 줄어든 말.

27 어긋매끼는 한쪽으로 치우치지 아니하도록 서로 어긋나게 걸치거나 맞추는.

28 앙화(殃禍) 어떤 일로 인하여 생기는 재난.

29 덧쳐 '더치다'의 방언. 낫거나 나아가던 병세가 다시 더하여지다.

30 늦구다 '늦추다'의 방언.

31 둘한 둔하고 미련한.

32 배씸 마음속에 다지는 속셈. '뱃심'의 방언.

33 쓸다 '슬다'(벌레나 물고기 따위가 알을 깔기어놓다)의 방언.

34 애연(哀然)한 슬픈 듯한.

35 섬찍 '섬뜩'의 방언. 갑자기 소름이 끼치도록 무섭고 끔찍한 느낌이 드는 모양.

36 눈찌 흘겨보거나 쏘아보는 눈길.

37 화닥딱 갑자기 뛰거나 몸을 일으키는 모양.

38 풍경(風磬) 처마 끝에 다는 작은 종. 속에는 붕어 모양의 쇳조각을 달아 바람이 부는 대로 흔들리면서 소리가 난다.

39 누기(漏氣) 눅눅하고 축축한 기운.

40 집 '남편'을 의미함.

41 면소(面所) 면사무소.

42 허두잡이 허수아비의 방언.

43 헐 허물의 방언.

44 주몃주몃 쭈뼛쭈뼛의 방언.

45 앙가슴 두 젖 사이의 가운데.

46 여누다리 에누다리. '넋두리'의 방언.

47 들편들편 '들편들편'을 의미함. 자꾸 여기저기를 살펴보는 모양.

48 전(全) '모든' 또는 '전체'를 의미한다.

49 책고(責苦) 꾸짖어 괴롭힘.

50 설합(舌盒) '서랍(책상, 장롱, 화장대, 문갑 따위에 끼웠다 빼었다 하게 만든 뚜껑이 없는 상자)'의 잘못. '서랍'을 한자를 빌려서 쓴 말이다.

51 젠창 '이내'의 방언. 제창.

52 마가을 '늦가을'의 방언.

습작실(習作室)에서

1 부접할 '부접하다'는 '가까이 접근하다'의 뜻이다.

2 애로건트 거만한. arrogant.

3 뉴우안쓰 뉘앙스. nuance.

4 다비 일본식 버선. たび(足袋).

5 도리우찌 도리우치(とりうち). とりうちぼう(鳥打帽)의 준말로 헌팅캡, 사냥모자를 뜻한다.

6 한겻 반나절.

7 야다이(屋臺) やたい(屋台). 작은 집 모양으로 지붕을 달고 이동할 수 있게 만든 대(臺).

8 성선(省線) しょうせん. 민영화 이전에 옛 철도성(鐵道省)이 관리하고 있던 시절에 부르던 철도선 이름.

9 모영(貌影) 모습.

10 노렝 のれん(暖簾). 상점 입구나 상점 처마 끝에 상호를 써서 드리운 막이나 천.

11 갈밭〔蘆田〕 갈대밭.

12 억양(抑揚) 혹은 억누르고 혹은 찬양함.

13 황차 하물며. 더군다나.

14 무장야(武藏野) むさしの. 도쿄도 서부에 있는 평야.

15 오독하니 오도카니. 작은 사람이 넋이 나간 듯이 가만히 한자리에 서 있거나 앉아 있는 모양.

16 마가리(間借) まがり. 셋방살이. 요금을 지불하고 다른 사람의 방을 빌림.

17 규우메시(牛飯) ぎゅうめし. 쇠고기를 야채 등과 함께 끓여 국물과 함께 사발에 담은 밥에 부어 만든 요리. 쇠고기 덮밥.

18 맞갑다 '알맞다'의 옛말.

19 궐(闕)하다 마땅히 해야 할 일을 빠뜨리다. 거르다.

20 끄다 엉기어 덩어리가 된 물건을 깨어 헤뜨리다.

21 간간(侃侃)하다 성품이나 행실 따위가 꿋꿋하고 굳세다.

22 배저지는 '배이는'(배는)의 방언.

23 태타(怠惰) 몹시 게으름.

24 이께부꾸로(池袋) いけぶくろ. 도쿄 북서쪽의 번화가.

25 신숙(新宿) 신주쿠. しんじゅく. 도쿄 서부의 최대 번화가.

26 히까에시쓰(控室) ひかえしつ. 대기실.

27 궐(厥) 'コ'를 낮잡아 이르는 말.

28 특대생(特待生) 학업과 품행이 우수하여 수업료 면제 따위의 특전을 받는 학생.

29 도고(道高)한 스스로 높은 체하여 교만한.

30 고마기레 こまぎれ(細切れ). 저민 조각. 잘게 썬 소고기.

31 나마까시 なまがし(生菓子), 생과자.

32 긴자(銀座) 도쿄 도심에 있는 일본 최고의 번화가.

33 니이가다껜 にいがたけん. 니가타 현(新潟縣). 일본 혼슈 중부 지방 동북부의 동해에 면한 현.

34 과남하게 과람(過濫)하게. 분수에 지나치게.

35 삼조방 다다미 세 장이 깔린 일본식 방.

36 앙그르 장 오귀스트 도미니크 앵그르(Jean Dominique Ingres: 1780~1867). 19세기 프랑스 고전주의를 대표하는 화가이다. 초상화가로서도 천재적인 소묘력과 고전풍의 세련미를 발휘했다. 「루이 13세의 성모에의 서약」으로 이름을 떨치면서부터 들라크루아가 이끄는 신흥낭만주의운동에 대항하는 고전파의 중심적 존재가 되었다. 1856년 제작 발표된 「샘」은 그의 대표작이다.

37 더치다 낫거나 나아가던 병세가 다시 더하여지다.

38 오오모리 おおもり(大森). 도쿄 오타구(大田區)에 있는 지명.

39 제(劑) 한약의 분량을 나타나는 단위.

40 다까다노바바 たかだのばば(高田馬場). 도쿄 신주쿠 부근의 지명. 지하철 야마노 테선(山手線) 신주쿠역에서 두 정거장 거리에 있으며 와세다 대학이 근처에 있 다.

41 파쓰 패스pass.

42 니시오오꾸보 にしおおくぼ(西大久保). 도쿄 신주쿠 부근의 지명.

43 제이다꾸 ぜいたく(贅沢). 사치.

44 허줄하다 차림새가 보잘것없고 초라하다.

45 펄로니어즈 플로니어스Polonius. 셰익스피어의 「햄릿」의 등장인물. 햄릿에게 죽 임을 당한다.

46 리어지즈 레어티스Laertes. 셰익스피어의 「햄릿」의 등장인물. 햄릿과 결투 끝에 죽는다.

47 날구장천 늘. 언제나.

48 도꼬노마 とこのま(床の間). 마루를 한 단 높게 하고, 정면의 벽에 서화 책자 등 을 걸고, 마룻장 위에 장식품 화병 등을 장식하는 곳.

49 大忍辱 어떤 모욕이나 박해에도 견디어 마음을 움직이지 아니함.

50 소오바시 そうばし(相場師). 투기꾼.

51 못쫄한 작은 물건이 보기보다 제법 무거운.

52 비렁뱅이 거지를 낮잡아 이르는 말.

53 쟈단쓰 ちゃだんす(茶簞笥). 찻장(茶欌). 다기 등을 넣어두는 곳.

54 찻종(茶鍾) 차를 따라 마시는 종지.

55 無無明 亦無無明盡 반야심경에 등장하는 구절로, '무명은 없고 무명의 다함도 없 다'는 의미. 무명은 불교의 십이연기(十二緣起)의 하나로 잘못된 의견이나 집착 때문에 진리를 깨닫지 못하는 마음의 상태를 이른다.

56 소오바 そうば(相場). 투기적 거래. 현물거래를 하지 않고, 시장의 등락에 따라 상호 간에 차액으로 이익을 취하는 매매 거래.

57 절구(絶句) 네 구(句)로 이루어지는 한시(漢詩)의 형식.

58 돔부리 돈부리(どんぶり). どんぶりめし(丼飯)의 준말. 일본식 덮밥.

59 거조(擧措) 말이나 행동 따위를 하는 태도.

60 게렌디 겔렌데. ゲレンデ. 독일어 'Gelände'의 일본식 발음. 스키를 탈 수 있도록 정비해놓은 곳. 스키연습장.

61 까꾸벼랑 까꾸배랑. '가풀막'의 방언. 몹시 비탈진 땅바닥.

62 리셉티브 receptive. 감수성이 풍부한.

63 고다쯔 こたつ(火燵). 숯불이나 전기 등의 열원(熱源) 위에 틀을 놓고 그 위로 이불을 덮게 만든 난방장치.

64 가루다 カルタ. 화투. 트럼프.

65 사치기 아이들 여럿이 둘러앉아 '사치기 사치기 사뽀뽀' 하면서 우스운 몸짓을 흉내 내는 놀이.

66 오께사 おけさ. 일본 민요의 일종. 니가타현 사도시마에서 시작되어 1909년 이후 전국으로 널리 퍼져서, 사도오께사(さどおけさ)라고도 한다.

67 시루꼬 しるこ(汁粉). 단팥죽.

68 낮결 한낮부터 해 지기까지의 시간을 둘로 나누었을 때 그 전반부.

69 클클증 (마음이) 시원스럽게 트이지 못하고 답답하거나 궁금한 생각이 있는 증세.

70 유끼온나 ゆきおんな(雪女). (눈이 많은 지방의 전설에서) 눈의 정령(精靈)이 둔갑해서 나타난다는 흰 옷을 입은 여자.

71 도소(屠蘇) 설날에 술에 넣어서 마시는 약의 이름. 산초, 방풍, 백출, 밀감 피, 육계 피 따위를 섞어 만드는데, 이것을 마시면 한 해의 나쁜 기운을 없애며 오래 살 수 있다고 한다.

72 불측(不測)한 생각이나 행동 따위가 괘씸하고 엉큼한.

73 상제(喪制) 부모나 조부모가 세상을 떠나서 거상 중에 있는 사람.

74 경문(經文) 불경의 문구.

75 비창(悲愴)한 마음이 몹시 상하고 슬픈.

76 관곽(棺槨) 시체를 넣는 속 널과 겉 널을 아울러 이르는 말.

잔등(殘燈)

1 장춘(長春) 중국 송화강(松花江)의 지류에 접하여 있는 도시. 만주국 시기의 수도로 '신경(新京)'이라 불렸다. 현재 중국 길림성(吉林省)의 성도(省都)이다.

2 회령(會寧) 함경북도 북부 두만강 연안에 있는 시. 두만강을 사이에 두고 중국과

접하고 있다. 만주와의 교통 요충지이며, 석탄 · 목재 · 곡물 따위의 집산지이다.

3 우로(雨露) 비이슬.

4 거언 액체 따위가 내용물이 많고 진한.

5 한로(寒露) 늦가을에서 초겨울 무렵까지의 이슬.

6 팔고뱅이 팔꿈치.

7 호았는데 '호다'는 '헝겊을 겹쳐 바늘땀을 성기게 꿰매다' 라는 뜻이다.

8 쓰꾸화 '즈크화'를 뜻한다. 즈크로 만든 고무창의 신. 흔히 운동할 때에 신는다. '즈크'는 삼실이나 무명실 따위로 두껍게 짠 직물. 인도에서 많이 나며 평직으로 튼튼하게 짜여 두께에 따라 천막이나 신, 캔버스, 수예, 자수 따위의 재료로 쓰인다.

9 써어지 서지serge. 무늬가 씨실에 대하여 45도로 된 모직물. 본래는 견모 교직(絹毛交織)을 이르는 말이었으나, 근래에는 주로 소모사(梳毛絲)로써 능직으로 짠 옷감을 이른다. 바탕이 올차고 내구성이 있어 학생복 따위에 사용된다.

10 길림(吉林) 중국 길림성(吉林省)에 있는 항구 도시. 송화강(松花江) 북부에 있는 교통 요충지이며 목재, 약재, 담배 따위의 집산지이다.

11 이순(二旬) '순'은 한 달을 셋으로 나눈 열흘 동안을 의미한다. 이순은 20일을 뜻한다.

12 소프트 중절모. soft hat.

13 만돌린 문맥상 '벼룩'으로 판단됨. 악기 만돌린과 벼룩의 몸통은 비슷한 모양새이다. 그러므로 만돌린을 연주하는 모습은 벼룩과 매우 흡사하다. 참고로 만돌린과 유사한 악기 '우쿨렐레'의 어원은 이 악기를 연주할 때 손가락이 현을 퉁기는 모습이 마치 벼룩이 통통 튀는 것과 비슷하다 해서 하와이 원주민들이 우쿨렐레(벼룩)라 부른데서 비롯되었다.

14 북만 북만주(北滿洲).

15 주을(朱乙) 함경북도 경성군 남쪽에 있는 읍. 탄전(炭田), 방직(紡織) 공장, 온천 따위가 유명하다.

16 안봉선(安奉線) 압록강 건너 안둥(安東)〔현재의 단둥(丹東)〕에서 봉천(奉川)〔현재의 선양(瀋陽)〕까지의 철도노선으로, 한국에서 남만주철도로 연결되는 지선이다.

17 조금 조수(潮水)가 가장 낮은 때를 이르는 말. 대개 매월 음력 7, 8일과 22, 23일에 있다.

18 유창(流暢) 본문에는 '悠暢'으로 표기되어 있으나 오식으로 보인다.

19 안심입명(安心立命) 자신의 불성(佛性)을 깨닫고 삶과 죽음을 초월함으로써 마음의 편안함을 얻는 것을 이르는 말. 불교용어.

20 지축거리면서 '지척거리면서'의 방언.

21 블랭크 'blank'를 의미함. 공백.

22 물쌍 물상(物像). 눈에 보이는 물체의 생김새나 상태.

23 연애(煙靄) 연기와 아지랑이를 아울러 이르는 말.

24 어시호(於是乎) 이즈음, 이제야.

25 시량(柴糧) 땔나무와 먹을 양식을 아울러 이르는 말.

26 그러안은 두 팔로 싸잡아 껴안은.

27 열원(熱願) 열렬히 원함. 또는 그런 소원.

28 소연(騷然)한 떠들썩하게 야단법석인

29 까아드 '가드guard'를 의미함. 난간guard-rail의 준말로 판단됨.

30 물레걸음 천천히 바퀴를 돌려서 뒷걸음질 치는 걸음.

31 위구(危懼) 염려하고 두려워함.

32 맴도리 소용돌이.

33 역증(逆症) 몹시 언짢거나 못마땅하여서 내는 성. 역정(逆情).

34 들멧줄 동여매는 끈(줄). '들메'는 신이 벗어지지 않도록 신을 발에 동여매는 끈을 뜻한다.

35 호신(胡—) 중국 신발이라는 뜻으로 판단됨.

36 층일층 한층.

37 폼 플랫폼. 역에서 기차를 타고 내리는 곳.

38 현황(眩慌)하게 정신이 어지럽고 황홀하게.

39 돌팡구 '바위'의 방언.

40 수성(輸城) 회령과 청진 사이에 있는 지명.

41 쨋수 '순서'의 방언이라고 판단됨.

42 피댓줄(皮帶-) 벨트.

43 편달(鞭達) 채찍으로 때림. 경계하고 격려함.

44 전군(殿軍) 대열의 맨 뒤에 따르는 군대.

45 유정(幽靜)하여 그윽하고 조용하여.

46 째애쨌이 '짯짯이'의 방언. 빛깔이 맑고 깨끗하게.

47 꺽굽 서서 서서 허리를 깊이 굽혀서. '꺼꿉서다'의 활용.

48 사루마다 さるまた. 남자의 팬티를 뜻하는 일본어.

49 남양(南陽) 함경북도 온성군에 있는 철도역. 간도(間島) 지방으로 들어가는 요지(要地)이며 목재의 산지이다.

50 목릉(穆陵) 중국 헤이룽장 성(黑龍江省)에 있는 도시. 간도 지역에 해당하며 조선족들이 많이 거주하던 지역이다.

51 광랑(曠朗)한 넓고 밝은.

52 북안(北安) 중국 헤이룽장 성(黑龍江省) 중부에 있는 도시.

53 굴강(屈强)하고 몹시 의지가 굳어 남에게 굽히지 아니하고.

54 토박(土薄)한 땅이 기름지지 못하고 메마른.

55 만척(滿拓) '만주척식공사'의 준말. 조선인 이민사업과 토지 수용을 전담한 만주국의 국책회사.

56 면면(綿綿)하다 끊어지지 않고 죽 잇따라 있다. 부단하다.

57 호말(毫末) 아주 작은 일이나 적은 양을 비유적으로 이르는 말.

58 뭉기어 엉겨서 무더기를 이루어.

59 조마귀 '조막'의 방언. 주먹보다 작은 물건의 덩이를 비유적으로 이르는 말. 여기서는 '주먹'을 의미함.

60 채림채림 채림은 '차림'의 방언이다. 채림채림은 '차림새'를 뜻한다.

61 팡귀 바위의 방언.

62 발은 손댓 켠 '바른손 쪽'이라는 의미로 판단됨.

63 간통 '칸통'을 의미한다. 넓이의 단위. 한 칸통은 집의 몇 칸쯤 되는 넓이이다.

64 이질거리다 가만히 있지 못하고 몸이나 궁둥이를 내어 흔들거나 휘젓다.

65 곰불락일락 고불락닐락. 배가 몹시 아파서 허리를 고부렸다 폈다 하면서 요동을 치는 모양.

66 전수히 '전수(全數)이'를 의미한다. 모두 다.

67 복아지 복어의 일종. 까치복, 참복과의 바닷물고기.

68 빨다 끝이 차차 가늘어져 뾰족하다.

69 날구지 '수염'의 방언.

70 아금지 '아가미' 의 방언.

71 녹진녹진한 성질이 보드라우면서 끈기가 있는.

72 직절(直截)하다 거추장스럽지 않고 간략하다.

73 습래(襲來)하다 습격하여 오다. 내습하다.

74 축동(築) 물을 막기 위하여 크게 둑을 쌓음. 또는 그 둑.

75 등골 등 한가운데로 길게 고랑이 진 곳.

76 재릿재릿한 딱하고 애가 타서 가슴이 갑갑할 정도로 마음이 아픈.

77 산중복 산허리의 방언.

78 오복하니 '오보록하니' 의 준말. '오보록하다' 는 '자그마한 것들이 한데 많이 모여 다보록하다' 를 뜻한다.

79 유유(悠悠)하다 움직임이 한가하고 여유가 있고 느리다.

80 산말랭이 '산등성이' 의 방언.

81 대견(對見)한 서로 마주보는.

82 일면(一眄) 한번 곁눈질하며 소상히 바라봄.

83 조략(粗略)하다 아주 간략하여 보잘것없다.

84 촉지(觸指) 깨달음. 인식.

85 모슬린 프랑스어, mousseline. 레이온 따위로 짠 얇고 깔깔한 편직. 원래는 명주로 짰었다.

86 반삭(半朔) 한 달의 반.

87 사채기 '샅' 의 방언. 두 다리의 사이를 뜻함.

88 백림 베를린.

89 골통이 '골짜기' 의 방언.

90 슬컨 '실컷' 의 방언.

91 고무산(古茂山) 함경북도 부령군에 있는, 함경선의 중요한 철도역. 무산선의 분기점이어서 농산물 · 목재의 집산지를 이루며, 무산성(茂山城)의 고적이 있다.

92 우정 '일부러' 의 방언.

93 모쫄한 작은 물건이 보기보다 제법 무거운.

94 망깨 망개나무 열매.

95 비라리 구구한 말을 해가며 남에게 무엇을 청하는 일.

96 외목 '외길목'을 뜻함. 여러 갈래의 길이 모여 외길로 접어들게 된 어귀.

97 판장(板牆) 널빤지로 친 울타리.

98 하 정도가 매우 심하거나 큼을 강조하여 이르는 말. '아주' '몹시'의 뜻을 나타낸다.

99 오오도구 일본어 'おおどうぐ'(大道具)의 음독. 연극의 무대장치를 의미함.

100 무시로 특별히 정한 때가 없이 아무 때나. 수시로.

101 도록꼬 트럭truck의 일본식 발음(トラック).

102 노서아(露西亞) '러시아Russia'의 음역어.

103 마닥 '마다'의 방언.

104 닥아끼다 '다가끼다'의 방언. 바싹 가까이 끌어당겨서 끼다.

105 어기다 서로 길을 어긋나게 지나치다.

106 깡뚱하다 겉에 입는 옷이 매우 짧다.

107 베레 챙이 없고 둥글납작하게 생긴 모자. 털실로 짜거나 천으로 만든다. 프랑스어 béret.

108 하소하다 하소연하다.

109 가무리다 남이 보지 못하게 숨기다.

110 성화(成火) 몹시 귀찮게 구는 일.

111 다바이 러시아어 'Давай'를 뜻함. '~을 합시다' '빨리' '서둘러' 등을 의미한다.

112 구류지야 그루지야. '조지아'의 전 이름.

113 가즈백그 우즈베키스탄.

114 띠 우 스포꼬이녜 러시아어로 '그대여 나를 달래주오'를 의미함. 러시아어 원문은 Ты успокой меня.

115 러시아 시인이자 가수, 작곡가, 배우였던 알렉산드르 베르틴스키(Alexander Nikolayevich Vertinsky: 1889~1957)의 시「그대여 나를 달래주오, 이건 농담이라고 말해다오」(1930)를 스스로 노래로 만들어 직접 부른 곡의 한 대목이다. 번역하면 다음과 같다. '그대여 나를 달래주오/이건 농담이라고 말해다오/나를 버리지 말아주오/이건 농담이라고 말해다오.' 해당 부분의 러시아어 원문은 'Ты успокой меня/скажи что это шутка/не покидай меня/скажи что это шутка'이다. 유튜브에서 베르틴스키가 부른 노래를 들을 수 있다. http://youtu.be/hN7HFOW2IBE 해방 직후 만주와 북한 등지에 진주했던 러시아 군대에 의해 폭넓게 불린 노래로 짐작된다. 그의 음악은 아직도 러시아에 영향력

을 지니고 있다. 이 자료의 출전 및 원문 소개, 번역은 서울대 노문과 변현태 교수가 직접 수고해주셨다. 아울러 숙명여대 한국어문학부의 이진아 교수도 이 대목의 의미 파악에 뜻깊은 도움을 주셨다. 두 분께 감사드린다.

116 매디매디 '마디마디'의 방언.

117 요괴염염(妖怪炎炎)한 요사스럽고 괴이하며 몹시 뜨거운.

118 니마이 일본 전통 연극 가부키에서 중요한 역할을 맡은 남자 배우를 지칭하는 말. 일본어 'にまいめ'(二枚目)의 줄임말.

119 께끔한 께적지근하고 꺼림하여 마음이 내키지 않는.

120 판장(板墻)집 널빤지로 만든 집.

121 지러감다 지르감다의 사투리. 눈을 찌그리어 감다.

122 도락구 '트럭truck'의 일본식 발음(トラック).

123 철색 철삭(鐵索). 쇠밧줄.

124 너들떡거리다 너들대다. 너들거리다. 여러 갈래로 찢어지거나 해지어 어지럽게 흔들거리다. 분수없이 자꾸 함부로 까불다.

125 꺼불어져 '꺼부러지다'의 활용. 큰 물체의 높이나 부피 따위가 점점 줄어드는 모양을 나타냄.

126 기허(幾許) 얼마.

127 아즈망이 아주마이. 아주머니의 방언.

128 신래(新來) 새로 옴.

129 규구(規矩) 일상생활에서 지켜야 할 법도.

130 어음(語音) 말의 소리.

131 가다뜨리다 굳게 하여 오그라뜨리다.

132 어슷어슷 여럿이 다 한쪽으로 조금 비뚤어진 모양.

133 회신(灰燼) 불에 타고 남은 끄트러기나 재.

134 의지가지없이 의지할 만한 대상이 없이. 다른 방도가 없이.

135 각재(角材) 긴 원목의 통을 네모지게 쪼개놓은 재목.

136 화목(火木) 땔감으로 쓸 나무.

137 쪼박 '조각'의 방언.

138 일루미네이션 ilumination. 조명.

139 풀·라일 풀 라이트. full light.

140 요요(寥寥)한 고요하고 쓸쓸한.

141 클클하다 마음이 서글프다. 마음이 시원스럽게 트이지 못하고 좀 답답하거나 궁금한 생각이 있다.

142 하나미찌(花道) はなみち. 원뜻은 가부키 극장에서 관람석을 건너질러 만든 배우들의 통로. 무대에서 배우가 나오는 통로.

143 동록(銅綠) 구리의 표면에 녹이 슬어 생기는 푸른빛의 물질.

144 골쌀 골살. '머릿살' 을 속되게 이르는 말.

145 쇠여빠진 '쇠다' 의 활용. 채소가 너무 자라서 줄기나 잎이 뻣뻣하고 억센.

146 삿띠기 돗자리. 갈대를 엮어서 만든 자리.

147 고조근한 고요한.

148 쓸칠 듯한 살이 몹시 문질려서 살갗이 벗어질 듯한. '쓸치다' 의 활용.

149 배껏 배의 양이 찰 만큼.

150 빼럭 바라크baraque. 막사(幕舍).

151 두간두간 일정한 간격을 두고 사이사이.

152 구막 부뚜막의 방언. 아궁이 위에 솥을 걸어놓는 언저리.

153 천반(天盤) 천장.

154 너슬개미 너스래미. 물건에 쓸데없이 붙어 있는 거스러미나 털 따위를 이르는 말.

155 호주(胡酒) 중국 술이라는 뜻으로, '고량주' 를 달리 이르는 말.

156 어둑신하다 '어둑선하다' 의 방언. 무엇을 똑똑히 가려볼 수 없을 만큼 마음에 들지 아니하게 어둑하다.

157 아글타글 무엇을 이루려고 몹시 애쓰거나 기를 쓰고 달라붙는 모양.

158 고궁살이 고공살이. 머슴살이.

159 허친거리다 허전거리다. 발을 헛디디거나 균형을 잡지 못하여 몸이 이리저리 쏠리다.

160 뜨문히 많은 수효가 듬성듬성 흩어져.

161 긴내 '그냥' 의 방언.

162 길 바추 길가. 바로 길 주변.

163 채두렝이 채둥우리. 껍질을 벗긴 싸릿개비나 버들가지의 오리를 둥글고 깊게 결어 만든 채그릇.

164 실심한 근심 걱정으로 맥이 빠지고 마음이 산란한.

165 시넬미 '사내아이'의 평안도 방언.

166 엉겁 엉거주춤.

167 띠게 포대기를 매는 '띠'의 사투리.

168 개우뜸 갸우뚱.

169 방틀 나무를 같은 길이로 잘라서 '井'자 모양으로 둘러 짠 틀.

170 수타 숱하게.

171 해득(解得)하다 깨우치다. 알다.

172 강강(剛剛)한 마음이나 기력이 아주 단단한.

173 형지(形止) 어떤 일이 벌어진 처음부터 끝까지의 경위.

174 흘흘거리고 숨이 차서 숨을 거칠게 쉬는 모양.

175 간간한 아슬아슬하게 위태로운.

176 네메시스 네메시스Nemesis. 그리스 신화에 나오는 율법의 여신. 절도(節度)와 복수를 관장하고 인간에게 행복과 불행을 분배한다고 한다.

177 경각(頃刻) 눈 깜빡할 사이. 또는 아주 짧은 시간.

178 론진 Longines. 스위스의 시계 상표.

179 물론(物論) 어떤 사람 또는 단체의 처사에 대하여 많은 사람이 이러쿵저러쿵 논평하는 상태.

180 더펄거리다 들떠서 침착하지 못하고 자꾸 경솔하게 행동하다.

181 불 '벌'의 사투리. 옷이나 그릇 따위가 두 개 또는 여러 개 모여 갖추는 덩어리를 세는 단위.

182 꿰여갔다 '꽁이'는 수갑을 의미한다. 그러므로 '수갑에 채워져 갔다'는 뜻.

183 선뜻하다 기분이나 느낌이 깨끗하고 시원하다.

184 현황(眩慌)한 빛이 밝은. 정신이 어지럽고 황홀한.

185 중공(中空) 고공(高空)에 미치지 못하고 저공(低空)보다는 높은 하늘 가운데.

186 인차 '이내'의 사투리.

187 전철(輾轍) 轉轍의 오식으로 판단됨. 선로의 갈림길에서 기차나 전차 따위의 차량이 갈려 가도록 궤도를 돌림.

188 활연(豁然) 환하게 터져 시원한 모양.

189 일양일지간(一兩日之間) 하루나 이틀 사이에.

190 느꺼움 어떤 느낌이 마음에 북받쳐서 벅찬 상태.

속습작실(續習作室)에서

1 형지(形址) 어떤 형체가 있던 자리의 윤곽.

2 즈븐즈븐한 지저분하고 더러운.

3 고분쟁이 피륙 따위의 필을 지을 때에, 꺾이어 겹쳐 넘어간 곳. '고부탕이'의 평
  북 방언.

4 운두란 '뒤란'의 방언. 뒷마당.

5 어둑시근한 빛이 조금 어둑한. '어스레한'의 방언.

6 민민(悶悶)한 매우 딱한.

7 오예(汚穢) 지저분하고 더러움. 혹은 그런 것.

8 묘명(墓銘) 묘비명.

9 줄행랑 대문의 좌우로 벌려 있는 종의 방.

10 즌 '질다'(진)의 방언.

11 부유끄럼한 '부유스름한'의 방언. (사물이나 그 빛이) 조금 부연 듯한.

12 요공(要功) 자기가 베푼 공을 스스로 드러내거나 남이 칭찬해주기를 바람.

13 염(念) '~을' 뒤에서 의존적 용법으로 쓰여, 무엇을 하려는 생각을 나타내는 말.

14 경향간(京鄕間) 서울과 시골 사이.

15 종용한 차분하고 들뜨지 않아 찬찬한.

16 은근자 은군자(隱君子), 은근짜(慇懃-짜). 몰래 몸을 파는 여자를 속되게 이르는
  말. 『조선춘추』(1947.12) 연재본에는 '은근짜'로 표기되어 있다.

17 군지군지하게 '군지럽다'의 활용. 거스를 정도로 지저분하게.

18 고리(故里) 고향. 태어나 자란 곳.

19 객부(客簿) 숙박부.

20 팔꼬뱅이 팔꼬방. '팔꿈치'의 방언.

21 꺼꿉서다 까꿉세다. 허리를 깊이 굽히다.

22 대례(對禮) 서로 대등한 입장에서 예를 행하는 일.

23 발가닥거리다 얇고 빳빳한 물건이 서로 닿아 가볍게 스치는 소리가 잇따라 나다.

24 양달랑 양달령. 서양 피륙의 하나. 양목과 비슷하나 더 두껍고 질기다.

25 가쯘히 층이 나지 않고 가지런하게.

26 궁글은 (소리가) 울리는 것이 웅숭깊거나 텅 빈 느낌이 있는.

27 뗏뚝거려 떠뚝거리다. '더듬거려'의 방언.

28 발추 발치. 어떤 물건이나 장소의 아랫부분이나 끝 부분.

29 두보(杜甫)의 시「만행구호(晩行口號)」.

30 도연(陶然)하다 술에 알맞게 취하여 거나하다.

31 두보의 시「한별(恨別)」의 한 구절을 변용한 시구. 두보의 시 원문은 '洛城一別四千里/胡騎長驅五六年'이다.

32 실솔(蟋蟀) 귀뚜라미.

33 온양(溫讓)한 따뜻하고 겸손한.

34 어즈러이 어지럽게.

35 개우뚱 작은 물체가 한쪽으로 약간 기울어지는 모양.

36 치심유의(置心留意) 마음에 두고 관심을 가짐.

37 강강(剛剛)하고 (사람이나 그 기력, 언행 따위가) 굽힘이 없이 단단하고.

38 허격(虛隔) 빈 틈.

39 앙바듬거림 어려운 처지에서 벗어나려고 악착스럽게 애를 씀. 기를 쓰고 바동거림.

40 즐벌거리다 '지절거리다'의 방언. 낮은 목소리로 자꾸 지껄이다.

41 어석어석하다 어석버석하다. 어색하고 서먹하다.

42 겹치다 두 가지 일을 겸하여 하거나 겸하게 하다.

43 도리도리하다 두리두리하다. 둥글고 커서 시원하고 보기 좋다.

44 섬뜨레하다 '섬뜩하다'의 방언. 섬뜨러하다.

45 절껑한 '절꺼덩한'의 준말. 크고 단단한 쇠붙이 따위가 맞부딪쳐 울리는 소리가 나는.

46 책사(冊肆) 서점.

47 부전(附箋) 어떤 서류에 간단한 의견을 적어서 덧붙이는 쪽지.

48 평양서 원문에는 '평가서'로 기술되어 있다. '평양서'의 오식으로 보인다.

49 해양한 '양지바른'의 방언.

50 말랭이 '마루'의 방언. 등성이를 이루는 지붕이나 산 따위의 꼭대기.

51 숫장 수수깡. 수수깡의 방언. 수수의 줄기.

52 개바주 대, 갈대, 수수깡, 싸리 따위를 엮어 만든 울타리.

53 수채 집 안에서 버린 물이 집 밖으로 흘러 나가도록 만든 시설.

54 등턱 '언덕' 의 방언.

55 께름직한 꺼림칙한.

56 당달구레하다 땅딸하다. 땅딸막하다.

57 올롱하다 유별나게 휘둥그렇다.

58 안와(眼窩) 눈구멍. 원문에는 '안과' 로 되어 있다. 오식으로 판단된다.

59 원문에는 '게시(揭示)' 로 되어 있다.

60 대사(大赦) 범죄의 종류를 지정하여 이에 해당하는 모든 범죄인에 대하여 하는 사면. 흔히 커다란 국가적 경사가 있거나 명절을 기하여 이루어진다.

61 성결 성품의 바탕이나 상태.

62 수지 휴지.

63 확호(確乎)한 (생각이나 결심이) 아주 든든하고 굳센.

64 아유(阿諛) 남의 마음에 들려고 비위를 맞추면서 알랑거림.

65 형장(兄丈) 나이가 엇비슷한 친구 사이에서, 상대편을 높여 이르는 이인칭 대명사.

66 구류간(拘留間) 구류에 처한 범인을 가두어두는 곳.

67 노경(老鏡) 돋보기.

68 뜯게 해지고 낡아서 입지 못하게 된 옷 따위를 통틀어 이르는 말.

69 뱃힘 뱃심.

70 졸연(猝然)하다 쉽게 할 수 있는 상태에 있다.

71 질(質) 사람의 됨됨이를 이루는 근본 바탕.

72 허천거리다 (하는 말이나 짓이) 허름하고 품위가 없다.

73 척분(戚分) 성이 다르면서 일가가 되는 관계.

74 용수(容手) 수단을 부림. 또는 그 수단.

75 가이없다 '가없다' 의 옛날 표기. 끝이 없다.

76 발멍 '발몽(發蒙)' 의 오기로 판단됨. 덮개를 벗긴다는 뜻으로, 일을 하기가 매우 쉬움을 이르는 말.

77 귀취(歸趣) 일이 되어나가는 형편이나 상황.

78 자과(自誇)하다 스스로 과시하고 자랑하다.

79 역(亦) 또한.

80 양풍(凉風) 서늘한 바람.

81 진개(塵芥) 먼지와 쓰레기.

82 몽당 '먼지'의 방언.

83 휘탄(揮彈) 힐책, 비난.

84 피로(披露)하다 (사람이 어떤 사실을) 일반에게 널리 알리다. 펴 보이다.

85 면면(綿綿)하다 끊어지지 않고 죽 잇따라 있다.

86 건 '걸다'의 활용. 기름지고 양분이 많은.

87 의의(依倚) 의지하여 기댐.

88 아까 あか(赤). 붉은색.

89 사바(娑婆) 군대·감옥·유곽 따위에서, 바깥의 자유로운 세계를 속되게 이르는 말.

90 심상(尋常)한 대수롭지 않고 예사로운.

91 모화관(慕華館) 서울특별시 서대문구 현저동에 있었던 객관(客館). 조선시대 명나라와 청나라의 사신을 영접하던 곳이다.

92 바투 가까이.

93 시거웁게도 '시다'는 뜻의 방언.

평대저울

1 으레껀 으레껏. 거의 틀림없이. 언제나.

2 허두(虛頭) 글이나 말의 첫 부분.

3 어석버석하다 관계가 어색하고 서먹서먹하다.

4 쉰아믄 오십이 좀 넘는.

5 궁끼 궁기(窮氣). 궁한 기색.

6 재분(才分) 재주나 재능의 정도.

7 흐늑거리다 자꾸 흔들리다.

8 천균(千鈞) 매우 무거운 무게 또는 그런 물건을 비유적으로 이르는 말. '균(鈞)'은 예전에 쓰던 무게의 단위로, 1균은 30근이다.

9 과동(過冬) 겨울을 남.

10 다꾸앙 たくあん(沢庵). 단무지의 일본어.

11 졸곰졸곰 졸금. 작은 물건 따위를 조금씩 흘리는 모양.

12 원문에는 한글로 '신변잡사', 한자로는 '신변쇄사(身邊瑣事)'로 표기되어 있다.

13 헤깔 '젓갈'의 방언으로 추정됨.

14 줄접어도 줄잡아도. 대충 혜아려 짐작해보아도.

15 묘계(妙計) 묘책, 꾀.

16 달끄무레한 달크무레한. 약간 달콤한.

17 깍꾸루 거꾸로.

18 연 어떤 일이 일어난 다음.

19 숭 '흉'의 방언.

20 뀌여지다 '꿰지다'의 방언. 내미는 힘을 받아 약한 부분이 미어지거나 틀어막았
던 데가 터지거나 하다.

21 거느레기 소나 돼지의 살에 붙어 있는 기름 덩어리.

22 귀 쪼가리.

23 질르다 팔다리나 막대기 따위를 내뻗치어 대상물을 힘껏 건드리다.

24 어주리 어주이. '멍청이'의 방언.

25 드키 '~듯이'의 방언.

26 헐수할수없다 어떻게 해볼 도리가 없다.

27 가슴 여기서는 '생각'의 의미이다.

28 궁량 궁리.

29 전금(前金) 선금.

30 납쭈락 '납작'의 방언.

31 턴넬 터널.

32 바라지 방에 햇빛을 들게 하려고 벽의 위쪽에 낸 작은 창.

33 멱아지 '모가지'의 방언.

34 원문에는 '노름'으로 표기되어 있다. '노릇'의 오식으로 판단된다.

35 원문에는 '기다러가지고와서'로 되어 있는데, 이는 '기러다가지고와서'의 오식
으로 판단된다.

36 물동 물동이.

37 섯바닥 혓바닥.

38 노 실, 삼, 종이 따위를 가늘게 비비거나 꼬아 만든 줄. 노끈.

39 뜻뜻이 뜨뜻이. 온도가 알맞게 높아 뜨겁지 않을 정도로.

40 광포(廣布) 세상에 널리 알림.

41 자래(自來)로 자고이래로. 예로부터 내려오면서.

42 아야 '아예'의 방언.

43 원문은 '한대모은'으로 적혀 있다. '한 대목은'의 오식으로 판단됨.

진보적 지식인의 자기 성찰과
타자의 상처에 대한 깊은 공감

권성우

1. 새로운 허준 소설선집의 의의

허준(許俊: 1910~?)은 한국 현대소설사를 통틀어 보기 드문 과작의 작가이다. 1936년 비평가 백철의 추천으로 『조광』지에 「탁류」를 발표하면서 소설가로 등단한 허준은 「습작실에서」「잔등」「속습작실에서」등의 대표작을 발표하였다. 미완성작까지 포함해도 평생 동안 허준이 발표한 소설은 열 편이 겨우 넘는 정도이다. 그러나 허준이 소설사에서 차지하고 있는 자리는 결코 작지 않다.

허준의 소설은 미학적 현대성(모더니즘), 고독과 허무주의의 의미, 역사적 균형 감각, 자기 성찰과 주체의 고뇌, 타자의 상처에 대한 교감과 연대, 조선어와 일본어의 이중어문학, 해방 직후의 진보적 행보, 월북 등등의 여러 가지 측면에서 면밀하게 주목할 만한 소설사적 가치가 있다. 이와 같은 허준 소설의 독특한 문제적 성격으로 인해, 지금까지 허준 소설에 대한 연구는 작품량에 비해 활발하게 이루어져왔다. 2009년에는 허준의 거의 모든 글을 망라한 『허준전집』(서재길 편, 현대문학)이, 2010년에는 『허준 작품집』(이재복 편, 지만지, 2010: 2013년에 '허준 소설선'이라는 제목으로 재출간)이 각각 발간되었다. 이러한 선행 전집과 선집은 허준 문학(소설)의 새로운 자료 발굴과 소개, 주석, 작품 정리에 커다란 진전을 이루었다. 그럼에도 불구하고 문학과지성사 판 허준 소설선집을 간행하고자 하는 것은 다음과 같은 몇 가지 이유 때문이다.

우선 작품의 실증적 정리가 아직 완결되지 않았다는 사실이다. 편자는 이번에 허준이 발표한 대표작들을 최초 문예지 발표지면, 재수록지면, 소설집 『잔등』(을유문화사, 1946), 40여 년 후에 다시 간행된 소설집 『잔등』(을유문화사, 1988), 서재길 편 『허준전집』 등을 면밀하게 대조하며 검토하였다. 그 결과 아직도 수많은 실증적 오류와 해석의 공백이 존재한다는 사실을 발견했으며, 상세한 주석이 필요한 어휘가 여전히 많이 남아 있다는 사실을 확인했다. 이번 문학과지성사 판 허준 소설 선집에서는 기왕에 존재했던 실증적 오류를 최대한 바로잡아 작품에 대한 한층 정확하고 심화된 이해를 도모하고자 한다.

두번째로 다른 소설가에 비해 풍부한 방언과 섬세한 표현을 구사하고 일본어를 자주 사용하는 허준의 작품을 더욱 정확하고 심층적으로 이해해야 할 필요성이 있다고 판단했기 때문이다. 이를 위해 가능한 한 자세한 주석을 달았다. 허준의 소설은 한마디로 식민지 시대 이북 지역 방언의 보고(寶庫)라고 할 수 있다. 평북을 중심으로 한 이북 지역의 다채로운 사투리들이 지닌 그 정겹고 독특한 언어의 결을 제대로 느끼고 정확하게 이해하기 위해서는 세밀한 주석 작업이 필요하다. 또한 허준의 소설에는 수많은 일본어가 그대로 등장하거니와, 식민지 시대의 이중언어적 상황이 가장 전형적으로 드러나 있는 것이 허준의 글쓰기이다. 이와 같은 허준의 소설을 제대로 이해하기 위해서는 기존의 전집, 선집에 포함된 주석을 최대한 참조하고 선행 연구에 포함되지 않았던 어휘에 대한 상세한 주석이 필요하다.

세번째로는 허준 소설에 대한 좀더 창의적이며 신선한 해석이 필요하다는 점이다. 물론 지금까지 허준 소설에 대한 연구는 다양한 시각으로 수행되어왔으나, 기존의 연구에서 한 발 더 나아가 새로운 관점의 해석과 연구가 진행될 필요가 있다.

문학과지성사 판 허준 소설 선집은 지금까지 서술한 취지에 따라 허준의 소설 중에서 데뷔작 「탁류」와 대표작 「습작실에서」「잔등」「속습작실에서」「평대저울」(이상 발표순), 이렇게 문학사적으로 의미 있는 다섯 편을 엄선하고 상세한 주석과 해설을 붙이는 방식으로 구성되었다.

2. 허준 소설의 기원:「탁류」

허준의 데뷔작「탁류」(『조광』 1936. 2,『잔등』 1946. 9)는 주인공 현철을 둘러싼 여성관계와 치정(癡情)이 인상적으로 드러나 있다. 현철은 옆집에 사는 채숙과 여선생과의 관계를 아내로부터 의심받는다. 표면적인 내용만으로 보면 이 소설은 통속적인 애정소설에 가깝다. 그러나「탁류」가 주목되어야 하는 이유는 이 소설에 그 이후에도 면면히 드러나는 작가 허준의 기질과 감성, 세계관이 오롯이 드러나 있기 때문이다. 소설은 현철의 인생과 세계, 여자와 인간관계에 대한 단상이 줄거리의 뼈대를 이룬다. 가령 다음과 같은 대목은 현철의 기질과 성격을 여실히 보여준다.

> 몸이 곤하면 곤할수록 어쩐 일인지 한쪽으로 맑아가는 정신의 힘은 해결 못 한 채 묻어놓은 과거의 수많은 생각——사회, 개인, 생명, 시간, 생, 사 같은 이런 어지러운 문제의 썩어진 뒤꼬리를 물고 그의 가슴을 한없이 파들어가는 것이었다. (p. 16)

이런 관념적이며 사색적인 주인공의 성격과 달리 그의 아내는 창기(娼妓) 출신이라는 점에서 짐작할 수 있듯이 한층 감정적이며 직설적이다. 이들 서로는 끊임없이 불화하며 특히 아내는 남편의 여자관계를 결정적으로 의심한다. 이런 상황 속에서 주인공은 인간관계에 대한 '허무'의 감정을 느끼게 되거니와, "대체 사람이 이것과 저것을 분명히 색별(色別)하여 알면서, 또 동시에 그

구별점이 모호해가는 그런 허무를 사람은 어떻게 하여야 했던 것이냐" "내가 왜 있는지 모르는 슬픔의 탓으로 내가 무엇을 할 것 없는 허무에서다"(p. 17)[1] 같은 문장들은 주인공의 캐릭터와 더불어 이 작품을 쓰던 당시 허준의 심리를 또렷하게 보여주고 있다.

「탁류」에서 눈여겨보아야 할 점은 「잔등」을 비롯하여 이후에 전개된 허준 소설의 미학적 기원을 이 작품이 배태하고 있다는 사실이다. 예를 들어 주인공은 채숙의 부친과 대화를 나누며 "철은 그의 말을 잠자코 들으면서도 남과 같이 떳떳하지 못하고, 늘 어떠한 모욕 속에 산다고 하는 뜻이 이렇게도 쓰라린 것이었던가를 새삼스러이 깨닫지 않을 수 없었다"(p. 14)라고 고백하고 있는데, 이 대목은 상처받은 사람에 대한 주인공의 곡진한 이해를 표상한다. 물론 이러한 타자의 상처와 슬픔에 대한 이해가 모든 사람들에게 동일하게 관철되는 것은 아니다. 주인공과 아내 사이에 상호 이해는 존재하지 않으며 그들의 관계는 치명적으로 엇나간다. 그 어긋남이 어느 정도인가 하면 작품의 뒷부분에서 "철은 가끔 이러한 때 먼저 잠든 이 계집의 얼굴을 언제까지나 노리고 있는 것이었다. 그리고 이렇게 노리던 끝에는 그만 이 계집의 목을 그대로 눌러버리고 싶은 짐승과 같은 욕심에 부대끼는 수도 한두 번이 아니었다"(p. 43)라고 말해질 정도이다. 둘 사이의 위기는

---

1 이 문장은 애초에 문예지 발표본에는 "내가 왜 있는지 모르는 죄악의 탓으로 내가 무엇을 할 것 없는 슬픔에서다"(『조광』 1936. 2)라고 적혀 있다. 이 점은 허준이 해방 직후에 탁류의 내용을 한층 '허무주의'에 대한 방향으로 수정했다는 사실을 알려준다. 문예지 발표본과 이를 수정한 단행본 수록본의 차이를 섬세하게 검토하는 작업은 앞으로 전개될 허준 소설 연구의 또 하나의 과제이다.

결국 파국으로 귀결된다. 결국 주인공은 아내와 헤어지기로 결심하면서 그녀에게 보내는 편지에 "나는 너를 떠날 결심을 하였다. 내가 너를 사랑하지 않는 탓도 아니요, 너와 같이 살아가는 것이 부끄러워서 하는 것도 아니다. 더럽기로 한다면 나는 너보다 몇 갑절 더한 놈인지 모르는 놈이다"(p. 44)라고 자신의 심경을 피력한다. 창기 출신 아내보다 자신이 더 더럽다고 처절하게 고백하는 이 대목은 주인공 현철의 준열한 자기 성찰을 보여준다는 점에서 각별하게 눈여겨볼 필요가 있다. 특히 이와 같은 현철의 자기비판은 나중에 「잔등」 「속습작실에서」 같은 작품에서 개진되는 주인공의 치열한 자기 성찰, 타자에 대한 공감과 연계되어 있다는 점에서 허준 문학의 원형을 이루는 문학적 자의식이다.

3. 글쓰기에 대한 자의식과 자기비판: 「습작실에서」 「속습작실에서」

허준은 당대의 어떤 작가들보다도 자신의 글쓰기 행위에 대한 섬세하면서도 치열한 자의식을 지닌 소설가였다. 특히 '습작실' 연작에서 글쓰기와 문학에 대한 민감한 자의식과 투철한 자기 성찰의 풍경이 참으로 인상적으로 펼쳐지고 있다.

우선 「습작실에서」(『문장』 1941. 3, 『잔등』 1946. 9)는 허준 소설의 심리적 근거가 '고독'에 있음을 선명하게 보여준다. 홀로 도쿄 교외에서 유학하고 있는 주인공 '남목'은 끊임없이 자신의 시

(詩)와 고독에 대해서 탐문한다. 청춘의 방황과 문학, 고독이 이 소설의 주된 내용이다. 작가는 자신의 도쿄 시절을 일종의 '습작실'로 바라보고 그 아련한 기억을 한 편의 작품으로 형상화한 것이다.

"정말 홀로 혼자 되는 것이 좋아서 그랬던지""어쨌든 고독이라 하는 것이 그처럼 사치한 물건인 것을 알게 된 것은, 나와 같은 청춘에 있어서는 여간한 은근한 기쁨이 아니었습니다"(p. 48), "다섯 해의 긴 세월을 두고 언제 자기의 고독과 공부가 꽃을 필 것을 기(期)하지 아니하는 청춘의 수없는 불면증"(p. 49), "청춘의 고독을 밝고, 슬프고, 화려한 것으로 꾸며준 전당"(p. 50), "내 고독이 얼마만한 값의 것인가를 새삼스러이 자문(自問)해보지 아니할 수가 없는 노릇이었다"(p. 55) 등의 문장이나 구절에서 엿볼 수 있듯이, 주인공은 작품의 곳곳에서 자신의 고독에 대해 언급하고 있다. 고독에 대한 주인공의 경사가 어느 정도인가 하면, "그러나 사람이 고독한 것은 그것만으로 옳은 일이요, 또 옳게 사는 사람은 고독한 것이 당연한 법이니라고 생각하게까지 이르른 그때의 내 생각"(pp. 50~51)이라고 표현될 정도이다.

주인공은 주인집 할아버지와의 대화, 사귐을 통해 자신의 인생과 글쓰기에 대해 통렬하게 자각하게 된다. 그 계기가 된 것은 할아버지가 생전에 죽을 때 외울 주문이라고 말한 액자의 한 구절이다. "무무명 역무무명진(無無明 亦無無明盡)"(p. 62)이라고 적힌 그 문구는 『반야심경』에 등장하는데, 글자 그대로 해석하자면 '무명은 없고 무명의 다함도 없다'는 뜻이다. 여기서 무명은 잘못

된 의견이나 집착 때문에 진리를 깨닫지 못하는 마음의 상태를 의미한다. 말하자면 인간이 얼마나 자신의 집착이나 욕망에서 자유롭지 못한가를 서늘하게 되새기게 만드는 구절이다. 이 대목에 대한 할아버지의 해설은 이렇다.

사람이 자기의 존재를 밝히는 데, 자기가 이 세상 어떠한 자리에 놓여 있는가를 알자는 표현으로는 제일인 듯하여 취하여보았을 뿐이지─ 제가 이 세상에서 아무것도 아닌 것을 깨닫는 사람이 아니면 제가 이 세상에서 위대한 일을 할 사명을 지니고 나온 사람인 것인들 모르는 것이 아니겠소. (p. 63)

말하자면 자신의 처지와 분수를 정확하게 알고 끝끝내 겸허할 필요가 있다는 것이 할아버지가 애지중지하는 문자를 통해 전하고자 하는 메시지이다. 여기에서 볼 수 있듯이, 주요 인물의 자기 성찰과 겸손은 허준의 소설세계를 관통하는 주요한 정서이자 세계관이라고 할 수 있거니와, 특히 '습작실' 연작에서 이 점이 뚜렷하게 드러나 있다.

대학교 동료들과 스키를 타러 왔다가 돌아가는 길의 기차에서 주인 할아버지의 둘째 아들과 우연히 만난 주인공은 할아버지가 며칠 전에 세상을 떠났다는 사실을 전해 듣는다. "나는 꼭 내가 살던 모양으로 자연스럽게 죽기를 결심하였다"며 죽음을 목전에 두고서도 아들들을 부르지 않은 주인 할아버지의 자유로운 풍모를 확인하고 그의 죽음을 안타까워하는 것으로 소설은 종결된다.

이 작품을 통해서 내내 드러나는 주인공의 자기 성찰과 글쓰기에 대한 고뇌는 후속작인 「속습작실에서」를 통해 한층 선명하고 감동적인 방식으로 구현되어 있다.

「속습작실에서」의 주인공은 문학청년으로 그가 발표한 어떤 작품의 인물보다도 작가 허준의 분신에 가깝다. 할머니가 운영하는 여관에서 심부름하며 생활하는 그는 「습작실에서」의 주인공과 마찬가지로, "내 방의 혼자만이 느끼는 질서를 나는 사랑하는 사람이었다"(p. 172) "사실 뭐니 뭐니 해도 나는 고독하였고 고독의 본능은 이것을 알아줄 만한 사람을 더듬어 마지 안했습니까"(p. 194)라는 표현에서 볼 수 있다시피 끊임없이 고독에 탐닉한다. 그의 고독한 정서와 고립된 위치는 한 문제적 사람을 만나면서 서서히 변화하기 시작한다. 우연히 객실에 든 낯선 사내 이 씨와 속 깊은 대화를 나누면서 문학과 인생에 대한 그의 고민과 생각은 깊어진다. 함께 술을 마시면서 주인공은 문학과 시를 이해하는 그의 온화한 심성에 점차 마음을 열게 되고 감화되어가는 것이다. 주인공이 쓴 시 「실솔(蟋蟀)」[2]을 좋다 하면서도 좀더 길게 쓰지 못한 것을 안타까워하는 사내의 평가로부터 그는 자신의 시에 대한 욕망과 그 한계가 까발려지는 것을 느낀다. 이를 계기로 자신의 시 쓰기에 대해 근본적인 성찰을 전개하게 되며, 스스로가 '말의 사기사'이자 '사람들의 마음을 이끌려는 광대'에 다름 아니라는 인식은 엄정한 자기비판을 상징한다. 주인공은 자신의

---

2 이 시 제목은 허준이 『조선일보』(1934. 10. 7)에 발표한 시 「실솔」과 동일하다. 이렇게 보면 이 소설은 허준의 자전적 기록에 가깝다고 판단된다.

시편과 삶에 대한 사내의 애정 어린 조언과 예리한 지적에 깊은 인상을 받으며 그날의 만남을 소중하게 기억하게 된다.

그 사내는 떠나기 전에 동향 친구의 아들에게 책을 구입해달라고 주인공에게 돈을 주며 부탁하고 떠난다. 나중에 그 사내가 사상 문제로 감옥에 수감되었다는 사실을 함께 감옥에 있었던 손님 김 씨로부터 전해 듣게 되는데, 주인공은 그 손님의 천박한 태도와 돈에 대한 집요한 욕망에 환멸을 느낀다. 이러한 과정에서 감옥에 있는 사내가 보내온 편지를 통해 주인공은 사내의 인품과 정신에 대해 깊은 감동을 받으며 동시에 자신의 글쓰기가 지닌 한계를 통렬히 자각하게 된다. 그 편지의 한 대목은 이렇다.

우리 패엔 그런 잡범적인 사람은 없다고 하는 호언장담이 안 나오는 것이나가 다 저 자신에게는 그런 위험성이 없다고 자과(自誇)할 자격이 있는 것이랴 하는 스스로의 반문(反問)을 안 깨달을 수 없는 까닭이라 아옵시고 용서해주십시오. 나조차는 또 무엇인데 함을 생각할 때 저 역 등골에 식은땀 흘러내림을 깨닫습니다.

그 김이란 사람은 잡범일 수도 있는 동시에 우리들의 패거리일 수도 있는 사람인 것이 사실입니다. 우리 패거리라 가정한다더라도 이런 어느 의미로 보거나 곤란한 시대에서는 드물게만 볼 수 있는 것도 아닌!

하지만 찌는 듯한 여름날 시원한 일진(一陣)의 맑은 양풍(涼風)이 불어오자면은 더러운 진개(塵芥) 섞인 몽당도 따라 일어나는 수가 있는 법 아닙니까? 이제 창자 밑까지도 씻어 내려갈 그 시원한 바람을 우리는 기다리는 사람들이요, 이에 따라 일어나는 몽당도 하루 바빠 맑아지고 없어지었으면 하는 것을 바라는 사람들인 동시에 이를 위하여 일심전력으로 싸우는 사람들인 것 믿어주시기 바랍니다. 저를 두고 하는 말은 물론 아닙니다. (p. 213)

이 대목이야말로 「속습작실에서」에서 가장 핵심적인 의미를 담고 있다. 손님 김 씨의 경박한 언행으로 인해 "백성 만민의 해방과 광명을 위한 성스러운 싸움"의 대의가 훼손된다고 생각했던 주인공에게 사내의 편지는 깊은 감동과 성찰의 계기를 제공하는 것이다. 즉 위의 예문은 진보적인 운동가 중에도 참 다양한 사람들이 있다는 것, 특정한 사람의 오류를 진보적 진영 전체의 오류로 생각하지 말아달라는 것, 우리 집단 대부분은 해방투쟁을 위해 온몸으로 헌신하고 있다는 것을 감동적으로 설파한다. 인용한 편지의 뒷부분은 혁명이라는 것, 진보라는 것, 운동이라는 것이 전적으로 순수한 요소만으로 이루어질 수 없음을 설득력 있게 보여준다. 혁명과 해방을 추구하는 투사들의 겸허한 마음, 융통성, 여유를 느낄 수 있는 대목이면서도 전체적인 맥락에서 보면 대의를 향한 순수한 열정을 놓치지 않고 있다. 한국 근대소설사에서 허준의 「속습작실에서」에 등장하는 이 편지의 대목만큼 혁명가의 진솔하고 겸허한 자기 성찰이 존재했던가 싶다.

편지의 마지막 대목에서 사내(이 선생)는 "저의 이 모든 말씀들! 저 역 형의 말씀마따나 누구를 위함도 아니요 저 스스로의 사는 길을 세우기 위하여 '말의 사기사' 안 되려고 애쓰며 이를 위하여 반평생 싸워온 사람 외에 아무것도 아닌 것을 알아주시고 믿어주십시오"(p. 214)라고 적고 있는데, 바로 이 구절이 역시 글 쓰는 사람인 주인공에게 커다란 울림으로 다가올 수밖에 없는 과정은 자연스럽다. 주인공은 그에 대해 이렇게 받고 있다. "이 선생님이야말로 주제넘은 말씀 같습니다만 단순한 말의 사기사가 아니라 나날이 새롭고 새로운 상처를 받기 위하여 무수한 허울을 벗어나오는 분임을 알고 저를 위하여 썼다고 헛되이 생각한 그때 그 시(詩) 속의 저를 이제금 저는 부끄러이 생각합니다"(pp. 214~15) 이제 주인공은 감방에서 죽음을 앞둔 독립운동가이자 혁명투사인 사내의 그토록 정결한 신념과 올곧은 자기 성찰을 스스로에게 비춰보면서 자신의 시를 부끄러워하고 있는 것이다. 「속습작실에서」에서 가장 감동적인 대목이라 할 수 있겠다.

소설의 마지막은 눈이 내리는 겨울날 결국 사내의 사형이 집행되었다는 사실을 확인한 주인공이 급기야 이렇게 독백하는 것으로 끝난다. "당신이야말로 당신이야말로 정말 새롭고 새로운 몸의 상처를 받아 나오기 위해 무수한 허울을 나날이 벗어 나온 분입니다. 〔……〕 아아 저는 아무것도 아닙니다. 저는 아무것도 아닙니다. 저야말로 의외로 아무것도 아닌 단순한 말의 사기사를 지향하고 나가던 사람이었는지도 모릅니다"(p. 222). 사내의 죽음은 이제 주인공으로 하여금 근원적인 자기 각성과 뼈저린 자기 성찰로 이끄는 것이다. 독립운동가(혁명가) 사내의 아름다운 겸손과 운동(혁명)에 대한 깊고 넓은 시야 못지않게 주인공의 서늘한 각성은 먹먹한 감동을 선사한다. 한국 현대소설사가 꼭 기억

해야 할 장면이 아닐 수 없다.

　이처럼 고독과 청춘의 방황(「습작실에서」)에서 공감과 연대(「속
습작실에서」)로 변해나가면서 점차 성숙하는 '습작실' 연작 주인
공의 도정은 곧 작가 허준 자신의 문학적 도정이자 성장의 기록
을 의미하는 것이다.

　「습작실에서」는 허준의 다른 어떤 소설보다도 일본어 어휘가
자주 등장한다. 다비(たび), 도리우찌(とりうち), 야다이(やたい),
노렝(のれん), 마가리(まがり), 히까에시쓰(ひかえしつ), 고마기레
(こまぎれ), 나마까시(なまがし), 제이다꾸(ぜいたく), 도꼬노마(と
このま), 소오바시(そうばし)······ 그러나 「속습작실에서」에는 일
본어 표현이 거의 등장하지 않는다는 점을 주목할 필요가 있다.
식민지 시대와 해방 직후라는 시대적 배경의 차이, 「습작실에서」
가 일본 유학 시절을 배경으로 하며, 먼저 1940년 일본 잡지 『朝
鮮畵報』에 발표된 일문 꽁트 「習作部室から」를 거의 그대로 번역
한 소설에 가깝다는 점이 그 이유일 것이다. 허준의 소설은 조선
어와 일본어를 함께 사용하던 이중언어시대의 감각이 진하게 투
영되어 있다는 점에서 연구자들에게 또 하나의 중대한 탐구과제
를 던져준다.

4. 혁명의 가혹함과 상처받은 타자에 대한 연민: 「잔등」

　「잔등」은 허준의 다른 소설에 비해 꾸준하고 활발하게 연구되

어왔다. 「잔등」이 지닌 문학적 의미나 소설사적 위상에 대해서는
지금까지 '역사적 균형감각' '타자에 대한 연민과 공감' '해방 직
후 지식인의 자기 성찰' 등의 차원에서 다양하게 탐구되었다. 여
기서는 지금까지 전개된 「잔등」 연구를 기반으로 하면서, 아직까
지 충분히 해석되지 못한 주제에 대해 간단하게나마 다뤄보려고
한다. 그것은 잔등에서 묘사된 혁명과 연민(공감)이라는 이중적
의미망에 대해서이다. 이 작품을 면밀하게 검토해보면 단지 주인
공의 방관자적 자세나 역사적 균형 감각이라는 잣대로 이 소설을
독해하는 작업——물론 이러한 시각에 일면 설득력이 있지만——은
일면적이라는 사실을 알 수 있다.

'습작실' 연작의 주인공이 그러하듯이 「잔등」의 주인공 천복은
"나의 고독에 대한 용력과 인내력" "나는 그들의 속삭임을 엿듣
고 따라가고 싶으리만큼 고혹적인 독고감(獨孤感)을 새삼스러이
느끼었다"는 표현에서 볼 수 있듯이 고독을 즐기는 캐릭터이다.
작품 내내 '애꿎은 제삼자의 정신!'을 통해 해방에 대한 어떤 흥
분도 격정도 없이 차분하게 인물과 정경을 관찰하던 천복은 소설
의 말미에서 국밥집 할머니에게 깊은 관심과 공감을 표하게 되는
데, 이 대목을 꼼꼼하게 검토할 필요가 있다.

할머니는 해방이 되기 불과 한 달 전에 감옥에서 옥사한 아들을
둔 분이다. 그 아들이 당시 남아 있는 유일한 혈육이었다. 이토록
커다란 슬픔과 상처를 지니고 있으면서도 할머니는 해방 이후에
비참한 상황에 놓인 일본인에 대해 깊은 연민을 품는다. 그래서
"부질없은 말로 이가 어째 안 갈리겠습니까— 하지만 내 새끼를

갖다 가두어 죽인 놈들은 자빠져서 다들 무릎을 꿇었지마는, 무릎 꿇은 놈들의 꼴을 보면 눈물밖에 나는 것이 없이 되었습니다그려"(pp. 144~45)라는 표현이 가능해지는 것이다. 혁명(독립운동)을 추구했던 자신의 아들을 일본 제국주의의 감옥에서 잃은 입장에서도 곤경과 비탄에 빠진 일본인들을 진심으로 걱정하고 있으며, 이는 마음 깊은 휴머니즘이 아니라면 불가능한 경지이다. 물론 여기에는 "우리 애 잡혀가던 해 여름, 가도오라는 일본 사람 젊은이 하나도 그 속에 끼어 같은 일에 같이 넘어갔지요"(p. 147)에서 볼 수 있다시피 사상적인 일에 연루되어 함께 감옥에 간 일본인 청년에 대한 동지적 연대감도 작용하고 있다.

해방 이후에 할머니는 "이렇게 내가 나온다니까 해방이 된 오늘에야 왜 뻐젓이 내어놓고 자치회라든가 보안대라든가 안 가볼 것 있느냐 하는 사람도 없지 않았지마는, 이 어수선하고 일 많은 때에 그건 무슨 일이라고……""우리 집 애하고 가깝던 젊은이들이 요새 모두들 무엇들이 되어서 부득부득 끌고 가려는 것을 내가 안 들었지요"(p. 151)라는 문장에서 확인할 수 있듯이, 피해자의 입장을 이용하여 한자리 차지하고 권력을 행사하는 일에는 전혀 관심이 없다. 할머니는 이렇게 말한다. "이렇게 피난민이 우글우글하고 눈에 밟히는 것이 많은 때에 무엇이 즐거워서 혼자 호사를 하자겠습니까"(p. 152). 타자의 고통과 상처에 대한 깊은 연민과 절실한 공감의 마음이 없이는 이런 태도를 갖기가 결코 쉽지 않다. 이와 같은 할머니의 태도는 주인공에게 커다란 감동을 주거니와, 해방 직후의 여러 풍경을 목도하며 주인공은 아래와 같이 자신의 심경을 고백한다.

　혁명은 가혹한 것이었고 또 가혹하여도 할 수 없을 것임에 불구하고 한 개의 배장사를 에워싸고 지나쳐 간 짤막한 정경을 통하여, 지금 마주 앉아 그 면면한 심정을 토로하는 이 밥장사 할머니에 이르기까지 그것이 어떻게 된 배 한 알이며, 그것이 어떻게 된 밥 한 그릇이기에, 덥석덥석 국에 말아줄 마음의 준비가 언제부터 이처럼 되어 있었느냐는 것은 나의 새로이 발견한 크나큰 경이(驚異) 아닐 수 없었다. 경이보다도 그것은 인간 희망의 넓고 아름다운 시야(視野)를 거쳐서만 거둬들일 수 있는 하염없는 너그러운 슬픔 같은 곳에 나를 연하여주었다. (p. 152)

　이 문장은 소설 「잔등」을 관류하는 세계관을 해명하는 작업에서 핵심이 되는 대목으로 면밀하게 검토할 필요가 있다. 우선 "혁명은 가혹한 것이었고 또 가혹하여도 할 수 없을 것임에 불구하고"라는 표현을 보자. 주인공은 때로는 반대자를 무자비하게 탄압할 수밖에 없는 혁명의 폭력적 속성을 인지하고 있으며, 또한 그렇게 될 수밖에 없는 역사적 정황을 충분히 인식하고 있다. 소설 본문에 등장하는 "우리가 남과 같이 살아야 한다면 노서아 사람만큼 무난한 국민이 없을는지도 몰라아"(p. 119)라는 대목과 함께 아마도 이런 역사적 감각이 허준을 해방 직후에 북으로 이끈 요인 중의 하나일 것이다. 그러나 '불구하고'라는 어사가 나타내듯이 주인공 천복은 혁명의 가혹함을 수동적으로 인정하는 선에서 머물지 않는다. 그는 해방 직후 비참한 곤경에 처한 일본인을 넓은 마음으로 도와주는 정경을 통해 "인간 희망의 넓고 아름다운 시야(視野)를 거쳐서만 거둬들일 수 있는 하염없는 너그러운 슬픔"에 도달한다. 이렇게 보면 「잔등」은 혁명의 대의를 부정하지 않으면서도 동시에 그 혁명으로 인해 야기된 아픔과 슬픔을 감싸 안는 묘한 복합적 시선을 지닌 소설이라 할 수 있다. 혁명에 수반되는 폭력과 가혹함을 일면 인정하면서도, 혁명의 패자와 혁명으로 인해 상처받은 자에 대한 곡진한 연민을 전하는 주인공의 세심한 태도는 단지 관찰자적이며 방관적인 태도라는 관점으로는 충분히 포착할 수 없다. 주인공의 관점에는 혁명의 필연성, 그리고 혁명으로 인한 상처에 대한 연민과 공감, 이 두 가지가 공존한다. 이 중 어느 하나에만 비중을 두어서는 「잔등」이 지닌 복합성을 온전히 읽어낼 수 없을 것이다.

5. 작가의 진정성과 핍진성을 강조하는 문학관: 「평대저울」

한 편의 콩트에 가까운 작품인 「평대저울」은 허준이 1948년 월북하기 전에 남한에서 마지막으로 발표한 소설이라는 점, 허준의 문학관과 소설관이 집약적으로 드러나 있다는 점에서 각별하게 주목할 만한 소설이다. 이 작품은 소설가의 일상과 창작과정을 직접 다룬 자전적 소설이자 일종의 '소설가 소설'이다. 궁핍한 살림 가운데 원고료를 받아 김장을 담그려고 했으나, 그 원고료가 든 봉투를 전차에서 소매치기 당했다는 것, 이 곤란한 체험을 한 편의 소설로 쓰는 과정에서 아내가 보인 반응이 「평대저울」의 기본 줄거리이다.

소설가인 작품의 주인공은 모처럼 원고청탁을 받으며 "영감(靈感)이니 무엇이니 하는 따위의 것 오기를 기다려본 일이 없는 그로서는"(p. 226)이라고 표현하고 있거니와, 이 대목은 직관이나 영감, 천재적인 재능을 강조하는 낭만주의적 문학관과 분명한 거리를 두고 있는 작가의 글쓰기 철학을 잘 보여준다. 또한 "어차피 속일 수 없는 일일 것이고 보매 이렇게 '나'라고 하는 대명사의 주인공을 설정하는 데에까지 주저하지 아니하였다"(p. 234)는 구절은 주체의 핍진한 체험과 진정성을 강조하는 허준의 문학관이 그대로 스며들어 있다. 무엇보다 아래의 대목은 글쓰기와 소설에 대한 저자의 생각을 집약해서 드러낸다.

단순한 나 개인의 한 사사로운 사건으로가 아니라 그때는 나도 앉아보드라도 이미 제삼자적일 수도 있고 객관적인 연관 밑에 놓인 현실의 한 부면으로도 나타날 수 있는 것이어서 구태여 쓸데없는 윤색(潤色)을 베풀어서 현실적인 것의 일면에 눈가림을 할 필요는 없을 듯하였던 것이다. (p. 234)

바로 여기에 허준 문학의 가장 기본적인 핵심이 담겨 있다. 허구, 꾸밈, 윤색, 화려한 수사보다는 체험, 진실, 객관, 현실을 강조하는 위 대목은 왜 그의 소설이 대부분 자전적 기록에 가까운지, 왜 그토록 소설에서 직접 체험과 주체의 진정성을 강조하는지를 잘 알려준다. 물론 그렇다고 허준을 전통적인 의미의 리얼리스트라고는 할 수는 없다. 오히려 문장과 문체에 각별한 세공을 들이는 허준의 글쓰기와 현실 인식은 모더니스트에 가깝다. 그가 소설에서 묘사하는 주인공은 대개 철저히 고독에 탐닉하는 내향적인 인물이며 아름다운 인간과 아름다운 사회에 대한 남다른 감각을 지니고 있다. 「평대저울」은 허준이 추구하는 소설적 아름다움이 수사적 아름다움이 아니라 체험과 핍진성에 뿌리내린 정직한 아름다움이라는 사실을 상징적으로 보여주는 작품이다.

6. 맺음말: 순정한 소설가의 절망과 좌절

「평대저울」을 발표하고 7개월 뒤, 허준은 월북한다. 감히 적거니와, 한국 근대소설사에서 허준만큼 독립운동가(혁명가)와 진보적 지식인의 진지한 자기 성찰을 깊이 형상화한 작가, 혁명의 필연성을 기꺼이 인정하면서도 혁명과 해방으로 인해 궁지와 비참에 몰린 사람들에 대해 깊은 연민과 따뜻한 공감의 눈길을 던진 작가는 없었다. 그가 해방 직후 진보적인 문학단체인 '조선문학가동맹'에 기꺼이 참여했던 것은 당시까지는 '혁명'이나 '진보'가 인간에 대한 아름다운 공감과 연대를 기꺼이 보듬어갈 것이라고 생각했기 때문일 것이다. 그러나 이러한 허준의 희망과는 달리 그가 체험한 북한 사회는 예술의 기본적인 자율성도 인정되지 않는 사회였다. 한국전쟁 직후에 서울에서 백철과 만나 허준은 북한 생활에 대해 "문학다운 것은 할 생각도 말아야 해요"[3]라고 털어놓았다고 한다. 누구보다 문학과 인간을 사랑했던 허준, 누구보다 혁명을 인간적인 시선으로 응시했던 허준은 결국 비정한 현실과 만나 절망할 수밖에 없었으리라. 월북 이후 허준의 구체적 행적과 사망 연도는 아직도 제대로 밝혀져 있지 않다. 한 순정한 예술가의 소망과 기대는 가혹한 정치에 의해 근본적으로 좌절되었다. 그러나 그가 생전에 남긴 「습작실에서」 「잔등」 「속습작실에서」 등의 탁월한 작품만으로도, 그 작품에서 보여준 진지한 자기 성찰과 인간에 대한 깊은 연민만으로도 허준은 한국 현대소설사에서 반드시 기억되어야 할 존재이다.

---

3 백철, 『문학자서전』, 박영사, 1975, pp. 404~05.

작가 연보

1910년 2월 27일 한의사인 아버지 허민과 어머니 정순민 사이에서 5남 중 셋째로 평안북도 용천군 외상면 정차동 100번지에서 태어난다. 본관은 양천(陽川)이며, 경성제대 의학부 산부인과 의사였던 허신(許信)이 형이다.

1922년 평안북도 용천군 남시(南市)의 보통학교에 다니다가, 그해 여름 서울 낙원동으로 이주해 중구 다동(茶洞) 공립보통학교로 전학을 가게 된다.

1923년 다동 공립보통학교 4학년을 수료한 이후에 중앙학교(이후 중앙고보)에 입학해 문학에 대한 꿈을 키워나간다.

1928년 중앙고보 졸업 후 일본 도쿄로 유학을 떠나, 와세다 대학 문학부 예과에 합격하였으나, 호세이 대학 문과에 입학한다.

1934년 호세이 대학 수료 후에 귀국하여 조선일보(10. 7)에 「초」 「가을」 「실솔(蟋蟀)」 「시(詩)」 「단장(短杖)」 등 다섯 편의 시를 발표하면서 시인으로 등단한다.

1935년 조선일보 기자 신현중(1910~1980)과의 인연으로 신현중의 누이동생 신순영(1912~?)과 결혼하여 해방 전까지 2남 2녀를 둔다. 신현중의 부인이 시인 백석이 그토록 흠모했던 통영 출신의 박경련이다. 시「모체(母體)」(조선일보 10. 20)와 평론「나의 문학 전(前)」(조선일보 8. 2~8. 4)을 발표한다.

1936년 비평가 백철의 추천으로『조광』2월호에「탁류」를 발표하며 소설가로 등단한다. '탁류'라는 제목은 허준의 절친한 친구이자 시인인 백석(白石)이 붙여주었으며, 그를 추천한 이는 문학평론가인 백철이다. 4월에 호세이 대학을 졸업한 후에 조선일보사에서 근무한다.

1938년 조선일보 기획특집인 '신인단편릴레이'에「야한기(夜寒記)」를 연재한다(1938. 9. 3~11. 11).

1940년 일본 잡지『조선화보(朝鮮畫報)』에 일본어 콩트「습작실로부터(習作部室から)」를 발표한다. 시인이자 친구인 백석이『문장』11월호에「허준」이라는 제목의 시를 발표한다.

1941년『문장』2월호에「습작실에서」를 발표한 이후에 만주로 건너간다.

1942년 국민문학 주최의 좌담회 '군인과 작가, 징병의 감격을 말하다'에 참석한다.

1945년 해방 직후 귀국하여 12월 27일 홍명희, 임화, 박태원, 김기림 등과 함께 '경성조소문화협회(京城朝蘇文化協會)' 창립식에 발기인으로 참여한다.

1946년 2월 8일부터 2월 9일 사이에 열린 조선문학가동맹이 주최하

는 '전국문학가대회'에 참석하며 조선문학가동맹 소설부 위원
으로 활동. 4월 4일에는 경성여자사범대학 교수에 임용된다.
『대조』 1～2호에 「잔등(殘燈)」을 연재하며 이를 완성하여 「탁
류」, 「습작실에서」가 함께 수록된 첫 소설집 『잔등』을 을유문
화사에서 발간한다. 『민성』 6월호에 「한식일기(寒食日記)」를
발표한다.

1947년 『민보』(3. 11～6. 12)에 「황매일지」를 연재한다. 『조선춘추』
12월호에 「속(續) 습작실에서」 전반부를 발표한다.

1948년 「속 습작실에서」 완성본을 조선문학가동맹 기관지인 『문학』
8호(1948. 7)에 게재한다. 『개벽』 1월호에 단편소설 「평대저
울」 발표. 서울신문(1. 6)에 평론 「일 년간 문학계의 회고와
전망」을 발표한다. 8월 해주에서 열린 '남조선인민대표자회
의'에 대의원으로 참석한 뒤 월북한다. 『문장』 속간호(10월
호)에 「역사」를 연재하다 중단된다.

1950년 한국전쟁 때 인민군을 따라 월남하여 잠시 서울에 머무르며
비평가 백철과 대화한다.

1958년 러시아 문인 니콜라이 두보프의 아동소설 『고독』을 번역함.
그 이후의 행적은 알려져 있지 않다.

작품 목록

1. 소설

작품명	발표지	발표 연월일
탁류	조광	1936. 2
야한기	조선일보	1938. 9. 3~11. 11
習作部室から	朝鮮畵報	1940. 10.
습작실에서	문장 3권 2호	1941. 2
잔등	대조 1~2호	1946. 1~7
잔등	잔등(소설집)	1946(재수록 완성본)
한식일기	민성 7호	1946. 6
황매일지	민보	1947. 3. 11~6. 12
임풍전 씨의 일기	협동	1947. 6
속습작실에서	조선춘추	1947. 12(앞부분)
속습작실에서	문학 8호	1948. 7(완성본)
평대저울	개벽 76호	1948. 1
역사	민성	1948. 2
역사	문장 속간호	1948. 10(재수록, 미완성)

2. 시

작품명	발표지	발표 연월일
초	조선일보	1934. 10. 7
가을	조선일보	1934. 10. 7
실솔(蟋蟀)	조선일보	1934. 10. 7
시	조선일보	1934. 10. 7
단장	조선일보	1934. 10. 7
창	시원	1935. 8
모체	조선일보	1935. 10. 20
밤비	조광	1935. 12
소묘 세 편: 무가을, 기적, 옥수수	조광	1936. 1
장춘대가	개벽	1946. 4

3. 평론 · 수필 · 기타

작품명	발표지	발표 연월일
나의 문학전	조선일보	1935. 8. 2~8. 4
오월의 기록	조선일보	1936. 5. 27~28, 30
六月의 감촉	여성	1936. 6
자서소전	신인단편걸작집, 조선일보사 출판부	1938.
신진작가좌담회	조광	1939. 1
문예시평―비평과 비평정신	조선일보	1939. 5. 31, 6. 2
문예시평―근대비평정신의 추이	조선일보	1936. 6. 4, 6. 6
문학방법론	중앙신문	1946. 4. 7
軍人と作家, 徴兵の感激を語る	國民文學	1942. 7
해방 후의 조선문학― 제1회 소설가 간담회	민성	1946. 6
민족의 감격	민성	1946. 8
문학전 기록― 임풍전 씨의 일기서장	조선일보	1947. 4. 13

작품명	발표지	발표 연월일
깃발을 날려라— 공위 성공을 비는 작가 시인의 말	문화일보	1947. 5. 25
임풍전의 일기—조선호텔의 일야	경향신문	1947. 6. 12, 15
일 년간 문학계의 회고와 전망— 새 문화의 창조를 위하여	서울신문	1948. 1. 6
문학 방담의 기	민성	1948. 2

4. 단행본(소설집)

책이름	출판사	발행 연월일
잔등	을유문화사	1946. 9. 20

■ 허준 문학 연구사

  허준은 한국 근대소설사라는 성좌에 자신의 고유한 이름을 등재한 수많은 소설가 중에서 전형적으로 과작을 남긴 작가에 해당된다. 그가 발표한 소설들은 해방 직후 을유문화사에 간행된 소설집 『잔등』(1946)에 수록되지 않은 작품들(「야한기」 「임풍전 씨의 일기」 「속습작실에서」 「평대저울」 「역사」)을 다 포함해도 조금 두꺼운 단행본 한 권 분량에 그칠 정도로 작품의 절대 숫자가 많지 않다. 그럼에도 불구하고 허준 소설에 대한 연구는 꾸준히 지속되고 있거니와, 이 점은 허준의 소설이 현대소설사에서 차지하고 있는 독특한 위상을 잘 보여주고 있다. 특히 「잔등」 「속습작실에서」 등의 허준의 대표작들은 해방 직후의 역사철학적 정황과 새로운 민족국가 만들기 여정의 과정에서 참으로 의미 깊고 진지한 성찰을 보여주고 있다. 아울러 당시 한국어로 표현 가능성 다채로운 단어를 사용하면서 섬세하고 정교한 문체를 보여주고 있다는 점도 허준 소설의 소중한 매력이자 문학사적 의의라고 할 수 있다.

허준 소설에 대한 선구적 연구는 김윤식의 『한국 현대문학사』(일지사, 1976)에서 이루어졌다. 김윤식은 허준의 대표작 「잔등」을 해방 직후의 역사철학적 정황과 연계시켜 해석하면서, 허준을 최명익과 더불어 "보다 진정한 의미에서의 근대주의자"로 규정했다. 이 점은 허준의 문학이 프로문학 작가나 모더니트스 작가들과는 다른 방식으로 한국 근대소설의 '근대성'을 보여주었다는 관점으로 해석된다. 즉 제국 일본의 식민지에서 벗어나 새로운 민족 국가 만들기 기획이 적극적으로 분출했던 해방공간이라는 문제적 정황에서 어떤 작가보다도 역사적 균형 감각을 지니면서 근대에 대한 근원적인 성찰을 보여준 작가가 바로 허준이라는 것이다.

이후에 이루어진 허준 소설에 대한 연구는 두 가지 계열로 나뉜다. 우선 포괄적인 맥락에서 허준 소설의 특성과 의미에 대해 천착한 주제론 연구를 들 수 있다. 채호석의 「허준론」(『한국학보』 15집 3호, 1989)은 허준 소설에 대한 거의 최초의 체계적인 연구라는 점에서 그 의의가 있다. 이 논문은 주로 반영이론과 리얼리즘 해석학의 관점에서 허준 소설에 대해 전반적으로 조망하고 있다. 권성우의 「허준 소설에 나타난 '미학적 현대성' 연구」(『한국학보』 19집 4호, 1993)는 허준 소설에 나타난 철저한 관찰자 정신, 고독의 의미망, 역사적 균형 감각에 대해 탐구하면서, 허준의 소설이 한국 근대소설사에서 의미 깊은 '미학적 현대성'을 보여주는 구체적인 실례라고 평가하고 있다. 김혜영의 「허준 소설에 나타난 타자 인식의 서사적 기능과 의미 연구」(『현대소설연구』 14, 2001)는 '타자에 대한 인식'을 준거로 하여 허준 소설에 나타난 주체와 타자의 관계에 대해 천착하고 있다. 이 연구는 강진호의 「자기 성찰과 '주체' 정립의 도정——허준의 삶과 문학」(『한국문예비평연구』 32호, 2010)과 등을 맞대고 있다. 타자에 대한 관심은 궁극적으로 자기 성찰의 진지함과 연결될 텐데, 강진호의 연구에 의하면 허준의 소설 쓰기는 궁극적으로 자기 성찰과 주체 정립을 위한 도정이었다. 황경의 「허준 소설 연구——존재론적 자아 탐구의 여정」(『현대문학이론연구』 11호, 1999) 역시 자기 성찰과 탐구라는 맥락에서 허준 소설을 해석한 성과이다.

한편 최강민의 「해방기에 나타난 허준의 변모 양상」(『우리문학연구』 10호, 1995)은 해방 직후에 이루어진 허준의 다소 급격한 사상적 변모 양상에 대해 구체적으로 서술하고 있다. 이 논점은 앞으로도 면밀한 연구가 요청되는 분야이다. 김민정의 「1930년대 후반기 소설의 '정치적 무의식' 읽기」(『한국학보』 20집 4호, 1994)는 허준의 소설을 당시 또 한 사람의 탁월한 모더니즘 소설가였던 최명익(崔明翊, 1902~?)과 엮어 식민지 시대 말기 모더니스트들의 정치적 무의식에 대해 탐사하고 있다. 이승윤의 「'습작실' 연작을 통해 본 허준 소설의 문학적 궤적」(『한국문예비평연구』 32호, 2010)은 일문소설 「習作室から(습작실로부터)」, 「습작실에서」, 「속습작실에서」 등의 습작실 연작에 대한 탐구를 통해, 자기 성찰, 자기 부정으로 요약되는 습작실 연작의 주제와 의미를 정리하고 있다. 김종욱의 「허준 소설의 자전적 성격에 관한 연구」(『겨레어문학』 48호, 2012)는 '습작실 연작'과 허준의 실제 생애의 관계에 대해 탐구하면서 소설에 반영되거나 변용된 작가의 삶에 대해

주목한다.

허준 소설에 대한 연구 중에서 작품론 성격을 띠고 있는 성과는 주로 대표작「잔등」을 연구 대상으로 삼고 있다. 가령 구재진의「허준의 '잔등'에 나타난 두 개의 불빛과 허무주의」(『민족문학사연구』 37호, 2008)는「잔등」에 나타난 정치성과 윤리성에 대한 탐색을 통해 제삼자정신의 맥락을 짚고,「잔등」이 도달한 허무주의의 의미와 내용에 대해 밝히고 있다. 김종욱의「식민지 체험과 식민지 의식의 극복——허준의 '잔등' 연구」(『현대소설연구』 22호, 2004)는 식민주의의 관점에서「잔등」이 지닌 의미에 대해 고구하고 있다. 해방 직후에 발표된「잔등」에 드리워져 있는 식민주의의 그림자를 포착하는 작업은「잔등」의 역사적 의미를 파악하는데 긴요한 과정이라고 생각된다. 이양숙의「허준의 '잔등'에 나타난 소비에트 인식과 정치의식」(『현대문학연구』 39집, 2013)은「잔등」에 드러난 러시아와 소비에트에 대한 인식을 살펴보는 과정을 통해, 작가의 정치의식이 아직 주관적이고 감상적인 차원에 머물러 있음을 입증하고 있다. 신형기의「허준과 윤리의 문제——'잔등'을 중심으로」(『상허학보』 17호, 2006)는 등장인물의 윤리라는 차원에서「잔등」을 연구하고 있는 성과이다. 이 글은 주인공의 귀환을 통한 주체의 쇄신과 양심의 문제를 다루고 있다.

구재진의「허준 소설에 나타난 우정의 정치학과 허무주의의 방향」(『어문연구』 41권 3호, 2013)은「속습작실에서」에 관한 논의이다. 이 글은 고독과 허무에 사로잡혀 있던 허준 소설의 주체가 '우정의 정치학'을 통해 어떻게 허무주의를 극복하게 되는가에 대해 고찰하고 있다. 이도연의「허준의 '속 습작실에서'론(1948)」(『현대소설연구』 35호,

2007)은 리얼리즘과 모더니즘 그 어느 쪽으로도 환원되기를 거부하는 허준 소설의 독특한 성격을 해명하고 있다.

허준 문학에 대한 의미 부여와 자료 정리는 서재길이 편한 『허준전집』(현대문학, 2009) 발간에 의해 획기적으로 진전되었다. 이 전집에는 지금까지 발굴된 허준의 시, 수필, 평론, 소설 등이 모두 수록되어 있어, 허준 문학의 전모를 살피는데 필수적인 문헌이다. 이후에 이재복이 편한 『허준 소설선』(지만지, 2013)에 의해 허준의 소설 중에서 「잔등」을 비롯한 몇몇 작품들이 다시 정리되었다. 이승윤이 편한 허준 연구서 『허준: 자기 성찰과 타자의 윤리학』(글누림, 2011)에는 지금까지 수행된 허준 소설에 대한 학술논문 중에서 연구사적 의미를 지닌 문헌들이 다수 수록되어 있다.

『허준전집』이 발간되었지만, 아직 허준 문학에 대한 연구는 '소설'에 한정되어 있다. 앞으로 허준의 시, 수필, 비평, 문학론, 번역, 허준과 시인 백석의 관계, 일본 유학 시절, 해방 직후와 북한에서의 허준의 행적과 삶 등등에 대한 면밀한 연구가 진행될 필요가 있으며, 이를 기반으로 한국 현대사의 굴곡을 견뎌내며 파란만장한 인생을 영위한 문제적 작가 허준의 일생을 종합적으로 다룬 평전이나 연구서가 간행되어야 할 것이다. 동시에 허준 소설 연구도 기존의 '현대성' '식민지 의식' '역사적 균형 감각' '타자의 윤리' 등에서 더 나아가 새로운 관점과 시각으로 전개될 필요가 있다. 이를 위해서는 아직 발굴되지 않은 일본어 자료를 위시한 허준과 연관된 새로운 자료의 발굴이 필요할 것이다.

1. 단행본

김윤식, 『한국현대문학사』(일지사, 1976)

서재길 편, 『허준전집』(현대문학, 2009)

이승윤 편, 『허준——자기 성찰과 타자의 윤리학』(글누림, 2011)

이재복 편, 『허준 소설선』(지만지, 2013)

2. 논문

강진호, 「자기 성찰과 '주체' 정립의 도정——허준의 삶과 문학」(『한국
　　　　문예비평연구』 32호, 2010)

구재진, 「허준의 〈잔등〉에 나타난 두 개의 불빛과 허무주의」(『민족문
　　　　학사연구』 37호, 2008)

구재진, 「허준 소설에 나타난 우정의 정치학과 허무주의의 방향」(『어
　　　　문연구』 41권 3호, 2013)

권성우, 「허준 소설에 나타난 '미학적 현대성' 연구」(『한국학보』 19집
　　　　4호, 1993)

김성수, 「허준의 '잔등'에 대하여」(사에구사 도시카쓰 외, 『한국근대문
　　　　학과 일본』, 소명, 2003)

김성연, 「허준 소설 연구」(동덕여자대학교 석사 논문, 2004)

김혜영, 「허준 소설에 나타난 타자 인식의 서사적 기능과 의미 연구」
　　　　(『현대소설연구 14』, 2001)

김민정, 「1930년대 후반기 모더니즘 소설의 '정치적 무의식' 읽기」
(『한국학보』 20집 4호, 1994)

김종욱, 「허준 소설의 자전적 성격에 관한 연구」(『겨레어문학』 48호,
2012)

김종욱, 「식민지 체험과 식민지 의식의 극복——허준의 '잔등' 연구」
(『현대소설연구』 22호, 2004)

박성란, 「허준 연구」(인하대학교 석사 논문, 1999)

신형기, 「허준과 윤리의 문제—— '잔등'을 중심으로」(『상허학보』 17호,
2006)

이도연, 「허준의 '속 습작실에서'론(1948)」(『현대소설연구』 35호,
2007)

이승윤, 「'습작실' 연작을 통해 본 허준 소설의 문학적 궤적」(『한국문
예비평연구』 32호, 2010)

이양숙, 「허준의 '잔등'에 나타난 소비에트 인식과 정치의식」(『현대문
학연구』 39집, 2013)

채호석, 「허준론」(『한국학보』 15집 3호, 1989)

최강민, 「해방기에 나타난 허준의 변모 양상」(『우리문학연구』 10호,
1995)

황　경, 「허준 소설 연구——존재론적 자아 탐구의 여정」(『현대문학이
론연구』 11호, 1999)

홍혜준, 「허준 문학연구」(서울대학교 석사논문, 1998)

한국문학전집을 펴내며

　오늘의 한국 문학은 다양한 경험과 자산에서 비롯된 것이지만, 그중에서도 우리 앞선 세대의 문학 작품에서 가장 큰 유산을 물려받고 있다. 그럼에도 우리는 가끔 우리의 문학 유산을 잊거나 도외시한다. 마치 그것 없이는 살아갈 수 없는 소중한 물을 쉽게 잊고 사는 것처럼 그동안 우리는 우리가 이루어놓은 자산들을 너무 쉽게 잊어버리고 있었는지도 모르겠다. 인기 있는 외국 작품들이 거의 동시에 번역 출판되고, 새로운 기획과 번역으로 전 세계의 문학 작품들이 짜임새 있게 출판되고 있는 요즈음, 정작 한국 문학 작품들을 체계적으로 정리하지 못하고 있었다는 점을 최근에 우리는 깊이 반성하게 되었다. 그리고 이러한 때늦은 반성을 곧바로 '한국문학전집'을 기획하는 힘으로 전환하였다.

　오늘의 시점에서 '한국문학전집'을 기획한다는 것은, 우선 그동안 양적으로나 질적으로 괄목할 만한 수준에 이른 한국 문학 연구 수준을 반영하는 새로운 시각이 전제되어야 할 것이다. 그리고 '우리 것을 지키자'는 순진한 의도에서가 아니라, 한국 문학이 바로 세계 문학이 되는 질적 확장을 위해, 세계 문학 속에서의 한국 문학의 정체성을 찾는 일을 간과해서는 안 될 것이다.

이번 기획에서 우리가 가장 크게 신경 썼던 점은 크게 두 가지이다. 하나는, 그동안 거의 관습적으로 굳어져왔던 작품에 대한 천편일률적인 평가를 피하고 그동안의 평가에 대한 비판적 평가와 더불어 새로운 평가로 인한 숨은 작품의 발굴이었다. 그리하여 한국 문학사를 시기별로 구분하여 축적된 연구 성과들 위에서 나름대로 중요한 작품들을 선별하는 목록 작업에 가장 큰 공을 들였다. 나머지 하나는, 그동안 여러 상이한 판본의 난립으로 인해 원전 텍스트가 침해되고 있는 심각한 상황을 고려하여 각각의 작가에게 가장 뛰어난 연구자들을 초빙하여 혼신을 다해 원전 텍스트를 확정하였다는 점이다.

장구한 우리 문학사의 주옥같은 작품들을 한자리에 모아, 세대를 넘고 시대를 넘어 그 이름과 위상에 값할 수 있는 대표적인 한국문학전집을 내놓는다. 이번에 출간되는 한국문학전집은 변화된 상황과 가치를 반영하는 내실 있고 권위를 갖춘 내용으로 꾸며질 것이며, 우리 문학의 정본 전집으로서 자리매김해 한국 문학의 전통을 계승하고 발전시키는 데 기여하고자 한다. 이 기획이 한국 문학의 자산들을 온전하게 되살려, 끊임없이 현재성을 가지는 살아 있는 작품들로, 항상 독자들의 옆에 있게 되기를 기대한다.

(주)문학과지성사

01 감자 김동인 단편선

최시한(숙명여대) 책임 편집

수록 작품 약한 자의 슬픔 / 배따라기 / 태형 / 눈을 겨우 뜰 때 / 감자 / 광염 소나타 / 배회 / 발 가락이 닮았다 / 붉은 산 / 광화사 / 김연실전 / 곰네

극단적인 상황과 비극적 운명에 빠진 인물 군상들을 냉정하게 서술해낸 한국 근대 단편 문학의 선구자 김동인의 대표 단편 12편 수록. 인간과 환경에 대한 근대적 인식을 빼어난 문체와 서술로 형상화한 김동인의 주옥같은 작품들을 만날 수 있다.

02 탈출기 최서해 단편선

곽근(동국대) 책임 편집

수록 작품 고국 / 탈출기 / 박돌의 죽음 / 기아와 살육 / 큰물 진 뒤 / 백금 / 해돋이 / 그믐밤 / 전 아사 / 홍염 / 갈등 / 먼동이 틀 때 / 무명초

식민 치하 빈궁 문학을 대표하는 최서해의 단편 13편 수록. 식민 치하의 참담한 사회 적 현실을 사실적으로 전해주는 작품들. 우리 민족의 궁핍한 현실에 맞선 인물들의 저항 정신과 민족 감정의 감동과 울림을 전한다.

03 삼대 염상섭 장편소설

정호웅(홍익대) 책임 편집

우리 소설 가운데 서울말을 가장 풍부하게 살려 쓴 작품이자, 복합성·중층성의 세계 를 구축하여 한국 근대 장편소설의 대표작으로 꼽히는 염상섭의 『삼대』. 1930년대 서울의 중산층 가족사를 통해 들여다본 우리 근대의 자화상이다.

04 레디메이드 인생 채만식 단편선

한형구(서울시립대) 책임 편집

수록 작품 논 이야기 / 레디메이드 인생 / 미스터 방 / 민족의 죄인 / 치숙 / 낙조 / 쑥국새 / 당랑 의 전설

역설과 반어의 작가 채만식의 대표 단편 8편 수록. 1920~30년대의 자본주의적 현실 원리와 민중의 삶을 풍자적으로 포착하는 데 탁월했던 채만식. 사실주의와 풍자의 절 묘한 조합으로 완성한 단편 문학의 묘미를 즐길 수 있다.

05 비 오는 길 최명익 단편선

신형기(연세대) 책임 편집

수록 작품 폐어인 / 비 오는 길 / 무성격자 / 역설 / 봄과 신작로 / 심문 / 장삼이사 / 맥령

시대를 앞섰던 모더니스트 최명익의 대표 단편 8편 수록. 병과 죽음으로 고통받는 인 물 군상들을 통해 자신이 예감한 황폐한 현대의 징후를 소설화한 작가 최명익. 너무 나 현대적이어서, 당시에는 제대로 평가받을 수 없었던 탁월한 단편소설들을 만난다.

06 사하촌 김정한 단편선

강진호 (성신여대) 책임 편집

수록 작품 그물 / 사하촌 / 항진기 / 추산당과 곁사람들 / 모래톱 이야기 / 제3병동 / 수라도 / 인간단지 / 위치 / 오끼나와에서 온 편지 / 슬픈 해후

리얼리즘 문학과 민족 문학을 대표하는 김정한의 대표 단편 11편 수록. 민중들의 삶을 통해 누구보다 먼저 '근대화의 문제'를 문학적으로 제기하고 예리하게 포착한 작가 김정한의 진면목을 본다.

07 무녀도 김동리 단편선

이동하 (서울시립대) 책임 편집

수록 작품 화랑의 후예 / 산화 / 바위 / 무녀도 / 황토기 / 찔레꽃 / 동구 앞길 / 혼구 / 혈거부족 / 달 / 역마 / 광풍 속에서

한국적이고 토착적인 전통 세계의 소설화에 앞장선 김동리의 초기 대표작 12편 수록. 민중의 삶 속에 뿌리 내린 토착적 전통의 세계를 정확한 묘사와 풍부한 서정으로 형상화했던 김동리 문학 세계를 엿본다.

08 독 짓는 늙은이 황순원 단편선

박혜경 (인하대) 책임 편집

수록 작품 소나기 / 별 / 겨울 개나리 / 산골 아이 / 목넘이마을의 개 / 황소들 / 집 / 사마귀 / 소리 / 닭제 / 학 / 필묵장수 / 뿌리 / 내 고향 사람들 / 원색오뚝이 / 곡예사 / 독 짓는 늙은이 / 황노인 / 늪 / 허수아비

한국 산문 문체의 모범으로 평가되는 황순원의 대표 단편 20편 수록. 엄격한 지적 절제와 미학적 균형으로 함축적인 소설 미학을 완성시킨 작가 황순원. 극적인 사건 전개 대신 정적이고 서정적인 울림의 미학으로 깊은 감동을 전한다.

09 만세전 염상섭 중편선

김경수 (서강대) 책임 편집

수록 작품 만세전 / 해바라기 / 미해결 / 두 출발

한국 근대 소설의 기념비적 작품인 「만세전」, 조선 최초의 여류화가인 나혜석의 삶을 소설화한 「해바라기」, 그리고 식민지 조선의 현실을 담아내고 나름의 저항의식을 형상화하기 위한 소설적 수련의 과정을 단적으로 보여주는 「미해결」과 「두 출발」 수록. 장편소설의 작가로만 알려진 염상섭의 독특한 소설 미학의 세계를 감상한다.

10 천변풍경 박태원 장편소설

장수익 (한남대) 책임 편집

모더니스트 박태원이 펼쳐 보이는 1930년대 서울의 파노라마식 풍경화. 근대 자본주의 사회의 이데올로기와 일상성에 대한 비판에 몰두하던 박태원 초기 작품의 모더니즘 경향과 리얼리즘 미학의 경계를 넘나드는 역작. 식민지라는 파행적 상황에서 기형적으로 실현되던 근대화의 양상을 기층 민중의 생활에 초점을 맞춰 본격화한 작품이다.

11 태평천하 채만식 장편소설

이주형(경북대) 책임 편집

부정적인 상황들이 난무하는 시대 현실을 독자적인 문학적 기법과 비판의식으로 그려냄으로써 '문학적 미'를 추구했던 채만식의 대표작. 판소리 사설의 반어, 자기 폭로, 비유, 과장, 희화화 등의 표현법에 사투리까지 섞은 요소로, 창을 듣는 듯한 느낌과 재미를 선사하는 작품. 세태풍자소설의 장을 열었던 채만식이 쓴 가족사소설의 전형에 해당한다.

12 비 오는 날 손창섭 단편선

조현일(홍익대) 책임 편집

수록 작품 공휴일 / 사연기 / 비 오는 날 / 생활적 / 혈서 / 피해자 / 미해결의 장 / 인간동물원초 / 유실몽 / 설중행 / 광야 / 희생 / 잉여인간 / 신의 희작

가장 문제인 전후 소설가 손창섭의 대표 단편 14작품 수록. 병적이고 불구적인 인간 군상들을 통해 전후 사회 현실에서의 '절망'의 표현에 주력했던 손창섭. 전쟁 그리고 전쟁 이후의 비일상적 사태를 가장 근원적인 차원에서 표현한 빼어난 작품들을 선별했다.

13 등신불 김동리 단편선

이동하(서울시립대) 책임 편집

수록 작품 인간동의 / 홍남철수 / 밀다원시대 / 용 / 목공 요셉 / 등신불 / 송추에서 / 까치 소리 / 저승새

「무녀도」의 작가 김동리가 1950년대 이후에 내놓은 단편 9편 수록. 전기 작품에 이어서 탁월한 문체의 매력, 빈틈없는 구성의 묘미, 인상적인 인물상의 창조, 인간에 대한 깊이 있는 통찰이라는 김동리 단편의 미학을 다시 한 번 경험할 수 있는 기회이다.

14 동백꽃 김유정 단편선

유인순(강원대) 책임 편집

수록 작품 심청 / 산골 나그네 / 총각과 맹꽁이 / 소낙비 / 솥 / 만무방 / 노다지 / 금 / 금 따는 콩밭 / 떡 / 산골 / 봄·봄 / 안해 / 봄과 따라지 / 따라지 / 가을 / 두꺼비 / 동백꽃 / 야앵 / 옥토끼 / 정조 / 땡볕 / 형

고단한 삶을 살아가는 순박한 촌부에서 사기꾼에 이르기까지 다양한 삶의 모습을 문학 속에 그대로 재현한 김유정의 주옥같은 단편 23편 수록. 인물의 토속성과 해학성, 생생한 삶의 언어와 우리 소리, 그 속에 충만한 생명감을 불어넣은 김유정 문학의 정수를 맛본다.

15 소설가 구보씨의 일일 박태원 단편선

천정환(성균관대) 책임 편집

수록 작품 수염 / 낙조 / 소설가 구보씨의 일일 / 애욕 / 길은 어둡고 / 거리 / 방란장 주인 / 비량 / 진통 / 성탄제 / 골목 안 / 음우 / 재운

한국 소설사상 가장 두드러진 모더니즘 작품으로 인정받는「소설가 구보씨의 일일」을 비롯한 박태원의 대표 단편 13편 수록. 한글로 씌어진 가장 파격적이고 실험적인 작품으로 주목 받은 박태원. 서울 주변부 중산층의 삶이라는 자기만의 튼실한 현실 공간을 구축하여 새로운 소설 기법과 예술가소설로서의 보편성을 획득한 작품들이다.

16 날개 이상 단편선

김주현(경북대) 책임 편집

수록 작품 12월 12일 / 지도의 암실 / 지팡이 역사 / 황소와 도깨비 / 공포의 기록 / 지주회시 / 동해 / 날개 / 봉별기 / 실화 / 종생기

근대와 맞닥뜨린 당대 식민지 조선의 기념비요 자화상 역할을 하는 이상의 대표 단편 11편 수록. '천재'와 '광인'이라는 꼬리표와 함께 전위적이고 해체적인 글쓰기로 한국의 모더니즘 문학사를 개척한 작가 이상. 자유연상, 내적 독백 등의 실험적 구성과 문체로 식민지 근대와 그것에 촉발된 당대인의 내면을 예리하게 포착해낸 이상의 문제작들을 한데 모았다.

17 흙 이광수 장편소설

이경훈(연세대) 책임 편집

한국 최초의 근대 장편소설 『무정』을 발표하면서 한국 소설 문학의 역사를 새롭게 쓴 이광수. 『흙』은 이광수의 계몽 사상이 가장 짙게 깔린 작품으로 심훈의 『상록수』와 함께 한국 농촌계몽소설의 전위에 속한다. 한국 근대 문학사상 가장 많이 연구되고 있는 작가의 대표작답게 『흙』은 민족주의, 계몽주의, 농민문학, 친일문학, 등장인물론, 작가론, 문학사 등의 학문적·비평적 논의의 중심에 있는 작품이다.

18 상록수 심훈 장편소설

박헌호(성균관대) 책임 편집

이광수의 장편 『흙』과 더불어 한국 농촌계몽소설의 쌍벽을 이루는 『상록수』. 심훈의 문명(文名)을 크게 떨치게 한 대표작이다. 1930년대 당시 지식인의 관념적 농촌 운동과 일제의 경제 침탈사를 고발·비판함으로써, 문학이 취할 수 있는 현실 정세에 대한 직접적인 대응 그리고 극복의 상상력이란 두 가지 요소를 나름의 한계 속에서 실천해냈고, 대중적으로도 큰 호응을 불러일으킨 작품이다.

19 무정 이광수 장편소설

김철(연세대) 책임 편집

20세기 이래 한국인이 가장 많이 읽고 가장 자주 출간돼온 작품, 그리고 근현대 문학 가운데 가장 많이 연구의 대상이 된 작가 이광수의 대표작 『무정』. 씌어진 지 한 세기가 가까워오도록 여전히 읽히고 있고 또 학문적 논쟁의 중심에 서 있는 『무정』을 책임 편집자의 교정을 충실하게 반영한 최고의 선본(善本)으로 만난다.

20 고향 이기영 장편소설

이상경(KAIST) 책임 편집

'프로문학의 정점'이자 우리 근대 문학사의 리얼리즘의 확립을 결정적으로 보여주는 이기영의 『고향』. 이기영은 1920년대 중반 원터라는 충청도의 한 농촌 마을을 배경으로 봉건 사회의 잔재를 지닌 채 식민지 자본주의화가 진행되어가는 우리 근대 초기를 뛰어난 관찰로 묘파한다. 일제 식민 치하 근대화에 대한 문학적·비판적 성찰과 지식인의 고뇌를 반영한 수작이다.

21 까마귀 이태준 단편선

김윤식(명지대) 책임 편집

수록 작품 불우 선생 / 달밤 / 까마귀 / 장마 / 복덕방 / 패강랭 / 농군 / 밤길 / 토끼 이야기 / 해방 전후

'한국 근대소설의 완성자' '단편문학'의 명수. 이태준은 우리 근대 문학의 전개 과정에서 결코 간과할 수 없는 역할을 담당했던 작가 가운데 한 사람이다. 문학의 자율성과 예술성을 상실하지 않으면서도 현실 문제에 각별한 관심을 보여주었던 그의 단편은 한국소설사에서 1930년대를 대표하는 것으로 인정받고 있다.

22 두 파산 염상섭 단편선

김경수(서강대) 책임 편집

수록 작품 표본실의 청개구리 / 암야 / 제야 / E선생 / 윤전기 / 숙박기 / 해방의 아들 / 양과자갑 / 두 파산 / 절곡 / 얼룩진 시대 풍경

한국 근대사를 증언하고 있는 횡보 염상섭의 단편소설 11편 수록. 지식인 망국민으로서의 허무적인 자기 진단, 구체적인 사회 인식, 해방 후와 전후 시기에 대한 사실적 증언과 문제 제기를 포함한 대표작들을 통해 횡보의 단편 미학을 감상한다.

23 카인의 후예 황순원 소설선

김종회(경희대) 책임 편집

수록 작품 카인의 후예 / 너와 나만의 시간 / 나무들 비탈에 서다

인간의 정신적 순수성과 고귀한 존엄성을 문학의 제일 원칙으로 삼았던 작가 황순원. 그의 대표작 가운데 독자들의 가장 많은 사랑을 받은 장편소설들을 모았다. 한국전쟁을 온몸으로 체득하면서 특유의 절제되고 간결한 문장으로 예술적 서사성을 완성한 황순원은 단편에서와 마찬가지로 변함없는 감동의 세계를 열어놓는다.

24 소년의 비애 이광수 단편선

김영민(연세대) 책임 편집

수록 작품 무정 / 소년의 비애 / 어린 벗에게 / 방황 / 가실 / 거룩한 죽음 / 무명 / 꿈

한국 근대소설사와 이광수 개인의 문학 세계에서 중요한 의미를 갖는 단편 8편 수록. 이광수가 우리말로 쓴 최초의 창작 단편 「무정」, 당시 사회의 인습과 제도를 비판한 「소년의 비애」, 우리나라 최초의 서간체 소설인 「어린 벗에게」, 지식인의 내면적 갈등과 자아 탐구의 과정을 담은 「방황」, 춘원의 옥중 체험을 바탕으로 씌어진 「무명」 등 한국 근대문학의 장르와 소재, 주제 탐구 면에서 꼼꼼히 고찰해야 할 작품들이다.

25 불꽃 선우휘 단편선

이익성(충북대) 책임 편집

수록 작품 테러리스트 / 불꽃 / 거울 / 오리와 계급장 / 단독강화 / 깃발 없는 기수 / 망향

8·15 해방과 분단, 6·25전쟁으로 이어지는 한국 근현대사의 열병을 깊이 있게 고찰한 선우휘의 대표작 7편 수록. 평판작 「불꽃」과 「깃발 없는 기수」를 비롯해 한국 근현대사의 역동성과 이를 바라보는 냉철한 작가의식이 빚어낸 수작들을 한데 모았다.

26 맥 김남천 단편선

채호석(한국외대) 책임 편집

수록 작품 공장 신문 / 공우회 / 남편 그의 동지 / 물 / 남매 / 소년행 / 처를 때리고 / 무자리 / 녹성당 / 길 위에서 / 경영 / 맥 / 등불 / 꿀

카프와 명맥을 같이하며 창작과 비평에서 두드러진 족적을 남긴 작가 김남천. 1930년대 초, 예술운동의 볼세비키화론 주장과 궤를 같이하는 「공장 신문」 「공우회」, 카프 해산 직후 그의 고발문학론을 담은 「처를 때리고」 「소년행」 「남매」, 전향문학의 백미로 꼽히는 「경영」 「맥」 등 그의 치열했던 문학 세계의 변화를 일별할 수 있는 대표작 14편 수록.

27 인간 문제 강경애 장편소설

최원식(인하대) 책임 편집

한국 근대 여성문학의 제일선에 위치하는 강경애의 대표작. 일제 치하의 1930년대 조선, 자본가와 농민·노동자의 대립 구조 속에서 농민과 도시노동자가 현실의 문제를 해결하고자 하는 주체로 성장하는 과정과 그들의 조직적 투쟁을 현실성 있게 그려낸 작품. 이기영의 『고향』과 더불어 우리 근대 소설사에서 리얼리즘 소설의 수작으로 꼽힌다.

28 민촌 이기영 단편선

조남현(서울대) 책임 편집

수록 작품 농부 정도룡 / 민촌 / 아사 / 호외 / 해후 / 종이 뜨는 사람들 / 부역 / 김군과 나와 그의 아내 / 변절자의 아내 / 서화 / 맥추 / 수석 / 봉황산

카프와 프로문학의 대표 작가 이기영. 그가 발표한 수십 편의 단편소설들 가운데 사회사나 사상운동사로서의 자료적 가치가 높으면서 또 소설 양식으로서의 구조미를 제대로 보여주는 14편을 선별했다.

29 혈의 누 이인직 소설선

권영민(서울대) 책임 편집

수록 작품 혈의 누 / 귀의 성 / 은세계

급진적이고 충동적인 한국 근대의 풍경 속에 신소설이라는 새로운 서사 양식을 창조해낸 이인직. 책임 편집자의 꼼꼼한 텍스트 확정과 자세한 비평적 해설을 통해, 신소설의 서사 구조와 그 담론적 특성을 밝히고 당시 개화·계몽 시대를 대표하는 서사 양식에 내재화된 일본적 식민주의 담론을 꼬집는다.

30 추월색 이해조 안국선 최찬식 소설선

권영민(서울대) 책임 편집

수록 작품 금수회의록 / 자유종 / 구마검 / 추월색

개화·계몽시대의 대표적인 신소설 작가 3인의 대표작. 여성과 신교육으로 집약되는 토론의 모습을 서사 방식으로 활용한 「자유종」, 구시대적 인습을 신랄하게 비판한 「구마검」, 가장 대중적인 신소설 가운데 하나로 꼽히는 「추월색」, 그리고 '꿈'이라는 우화적 공간을 설정하여 현실 비판의 풍자적 색채가 강한 「금수회의록」까지 당대의 사회적 풍속과 세대의 변화를 민감하게 반영한 작품들을 수록했다.

31 젊은 느티나무 강신재 소설선

김미현(이화여대) 책임 편집

수록 작품 안개 / 해방촌 가는 길 / 절벽 / 젊은 느티나무 / 양관 / 황량한 날의 동화 / 파도 / 이브 변신 / 강물이 있는 풍경 / 점액질

1950, 60년대를 대표하는 여성 작가 강신재의 중단편 10편을 엄선했다. 특유의 서정적인 문체와 관조적 시선, 지적인 분석력으로 '비누 냄새' 나는 풋풋한 사랑 이야기에서 끈끈한 '점액질'의 어두운 욕망에 이르기까지, 운명의 폭력성과 존재론적 한계를 줄기차게 탐문한 강신재 소설의 여정을 한눈에 볼 수 있는 기회다.

32 오발탄 이범선 단편선

김외곤(서원대) 책임 편집

수록 작품 일요일 / 학마을 사람들 / 사망 보류 / 몸 전체로 / 갈매기 / 오발탄 / 자살당한 개 / 살모사 / 천당 간 사나이 / 청대문집 개 / 표구된 휴지 / 고장난 문 / 두메의 어벙이 / 미친 녀석

손창섭·장용학 등과 함께 대표적인 전후 작가로 꼽히는 이범선의 대표작 14편 수록. 한국 현대사의 비극에 대한 묘사를 바탕으로 하면서도 잃어버린 고향, 동양적 이상향에 대한 동경을 담았던 초기작들과 전후의 물질적 궁핍상을 전통적 사실주의에 기초해 그리면서 현실 비판적 성격을 강하게 드러낸 문제작들을 고루 수록했다.

33 메밀꽃 필 무렵 이효석 단편선

서준섭(강원대) 책임 편집

수록 작품 도시와 유령 / 깨뜨려지는 홍등 / 마작철학 / 프레류드 / 돈 / 계절 / 산 / 들 / 석류 / 메밀꽃 필 무렵 / 삽화 / 개살구 / 장미 병들다 / 공상구락부 / 해바라기 / 여수 / 하얼빈산협 / 풀잎 / 낙엽을 태우면서

근대 작가의 문화적 정체성이 끊임없이 흔들렸던 식민지 시대, 경성제대 출신의 지식인 작가로서 그 문화적 혼란기를 소설 언어를 통해 구성하고 지속적으로 모색했던 이효석의 대표작 20편 수록.

34 운수 좋은 날 현진건 중단편선

김동식(인하대) 책임 편집

수록 작품 희생화 / 빈처 / 술 권하는 사회 / 유린 / 피아노 / 할머니의 죽음 / 우편국에서 / 까막잡기 / 그리운 흘긴 눈 / 운수 좋은 날 / 발 / 불 / B사감과 러브 레터 / 사립정신병원장 / 고향 / 동정 / 정조와 약가 / 신문지와 철창 / 서투른 도적 / 연애의 청산 / 타락자

한국 근대 단편소설의 형식적 미학을 구축하고 근대적 사실주의 문학의 머릿돌을 놓은 작가 현진건의 대표작 21편 수록. 서구 중심의 근대성과 조선 사회의 식민성 사이에서 방황하는 지식인의 내면 풍경뿐만 아니라, 식민지 조선의 일상을 예리하게 관찰함으로써 '조선의 얼굴'을 담아낸 작가 현진건의 면모를 두루 살폈다.

35 사랑 이광수 장편소설

한승옥(숭실대) 책임 편집

춘원의 첫 전작 장편소설. 신문 연재물의 제약에서 벗어나 좀더 자유롭고 솔직한 그의 인생관이 담겨 있다. 이른바 그의 어떤 장편소설보다도 나아간 자유 연애, 사랑에 관한 작가의 생각을 엿볼 수 있는 작품. 작가의 나이 지천명에 이르러 불교와 『주역』 등 동양고전에 심취하여 우주의 철리와 종교적 깨달음에 가닿은 시점에서 집필된, 춘원의 모든 것.

36 화수분 전영택 중단편선

김만수(인하대) 책임 편집

수록 작품 천치? 천재? / 운명 / 생명의 봄 / 독약을 마시는 여인 / 화수분 / 후회 / 여자도 사람인가 / 하늘을 바라보는 여인 / 소 / 김탄실과 그 아들 / 금붕어 / 차돌멩이 / 크리스마스 전야의 풍경 / 말 없는 사람

1920년대 초반 자연주의, 사실주의적 색채가 강한 작품 세계로 주목받았던 작가 전영택의 대표작선. 이들 작품에서 작가는, 일제 초기의 만세운동, 일제 강점기하의 극심한 궁핍, 해방 직후의 사회적 혼돈, 산업화 초창기의 사회적 퇴폐상에 대한 자신의 경험을 소박한 형식 속에 담고 있다.

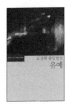

37 유예 오상원 중단편선

한수영(동아대) 책임 편집

수록 작품 황선지대 / 유예 / 균열 / 죽어살이 / 모반 / 부동기 / 보수 / 현실 / 훈장 / 실기

한국 전후 세대 문학의 대표 작가 오상원의 주요작 10편을 묶었다. '실존'과 '행동'에 초점을 맞춘 그의 작품은, 한결같이 극한 상황에 처한 인간 존재의 의미를 묻는 데 천착하면서 효과적인 주제 전달을 위해 낯설고 다양한 소설적 실험을 보여준다.

38 제1과 제1장 이무영 단편선

전영태(중앙대) 책임 편집

수록 작품 제1과 제1장 / 흙의 노예 / 문 서방 / 농부전 초 / 청개구리 / 모우지도 / 유모 / 용자소전 / 이단자 / B녀의 소묘 / O형의 인간 / 들메 / 며느리

한국 농민문학의 선구자로 평가받는 이무영의 주요 단편 13편 수록. 이들 작품에서 작가는, 농민을 계몽의 대상이 아닌, 흙을 일구는 그들의 삶을 통해서 진실한 깨달음을 얻는 자족적 대상으로 바라본다. 이무영의 농민소설은 인간을 향한 긍정적 시선과 삶의 부조리한 면을 파헤치는 지식인의 냉철한 비판 의식이 공존하고 있다.

39 꺼삐딴 리 전광용 단편선

김종욱(세종대) 책임 편집

수록 작품 흑산도 / 진개권 / 지층 / 해도초 / GMC / 사수 / 크라운장 / 충매화 / 초혼곡 / 면허장 / 꺼삐딴 리 / 곽 서방 / 남궁 박사 / 죽음의 자세 / 세끼미

1950년대 전후 사회와 60년대의 척박한 삶의 리얼리티를 '구도의 치밀성'과 '묘사의 정확성'을 통해 형상화한 작가 전광용의 대표 단편 15편 모음집. 휴머니즘적 주제 의식, 전통적인 서사 형식, 객관적이고 냉철한 묘사 태도, 짧고 건조한 문체 등으로 집약되는 전광용의 작품 세계를 한눈에 살필 수 있는 계기.

40 과도기 한설야 단편선

서경석(한양대) 책임 편집

수록 작품 동경 / 그릇된 동경 / 합숙소의 밤 / 과도기 / 씨름 / 사방공사 / 교차선 / 추수 후 / 태양 / 임금 / 딸 / 철로 교차점 / 부역 / 산촌 / 이녕 / 모자 / 혈로

식민지 시대 신경향파·카프 계열 작가로서 사회주의 리얼리즘 문학을 추구한 작가 한설야의 문학적 특징을 잘 드러내는 단편 17편을 수록했다. 시대적 대세에 편승하며 작품의 경향을 바꾸었던 다른 카프 작가들과는 달리 한설야는, 주체적인 노동자로서의 삶을 택한 「과도기」의 '창선'이 그러하듯, 이 주제를 자신의 평생 과제로 삼아 창작에 몰두했다.

41 사랑손님과 어머니 주요섭 중단편선

장영우(동국대) 책임 편집

수록 작품 추운 밤/인력거꾼/살인/첫사랑 값/개밥/사랑손님과 어머니/아네모네의 마담/북소리 두둥둥/봉천역 식당/낙랑고분의 비밀

주요섭이 남녀 간의 애정 문제를 주로 다룬 통속 작가로 인식되어온 것은 교정되어야 마땅하다. 그는 빈민 계층의 고단하고 무망(無望)한 삶을 사실적으로 재현하는 데 탁월한 기량을 보였으며, 날카로운 현실인식과 객관적 묘사의 한 전범을 보여주었고 환상성을 수용함으로써 보다 탄력적인 소설미학을 실험하기도 하였다.

42 탁류 채만식 장편소설

우찬제(서강대) 책임 편집

채만식은 시대의 어둠을 문학의 빛으로 밝히며 일제 강점기와 해방기의 우리 소설 사를 빛낸 작가다. 그는 작품활동 전반에 걸쳐 열정적인 창작열과 리얼리즘 정신으로 당대의 현실상을 매우 예리하게 형상화했다. 특히『탁류』는 여주인공 봉의 기구한 운명의 족적을 금강 물이 점점 탁해지는 현상에 비유하면서 타락한 당대의 세계상을 여실하게 드러내주고 있다.

43 벙어리 삼룡이 나도향 중단편선

우찬제(서강대) 책임 편집

수록 작품 젊은이의 시절/별을 안거든 우지나 말걸/옛날 꿈은 창백하더이다/여이발사/행랑 자식/벙어리 삼룡이/물레방아/꿈/뽕/지형근/청춘

위험한 시대에 매우 불안하게 살았던 작가. 그러나 나도향은 불안에 강박되기보다 불안한 자유의 상태를 즐기는 방식으로 소설을 택한 작가였다. 낭만적 환멸의 풍경이나 낭만적 동경의 형식 등은 불안에 대한 나도향 식 문학적 향유의 풍경으로 다가온다.

44 잔등 허준 중단편선

권성우(숙명여대) 책임 편집

수록 작품 탁류/습작실에서/잔등/속습작실에서/평대저울

한국 근대소설사에서 허준만큼 진보적 지식인의 진지한 자기 성찰을 깊이 형상화한 작가는 없었다. 혁명의 연성을 기꺼이 인정하면서도 혁명과 해방으로 인해 궁지와 비참에 몰린 사람들에 대해 깊은 연민과 따뜻한 공감의 눈길을 던진 그의 대표작 다섯 편을 한데 모았다.

45 한국 현대희곡선

김우진 김명순 유치진 함세덕 오영진 차범석 최인훈 이현화 이강백

이상우(고려대) 책임 편집

수록 작품 산돼지/두 애인/토막/산허구리/살아 있는 이중생 각하/불모지/옛날 옛적에 훠어이 훠이/카덴자/봄날

한국 현대희곡 100년사를 대표하는 작품 아홉 편. 1920년대부터 1980년대까지 각 시기의 시대 정신과 연극 경향을 대표할 만한 희곡들을 골고루 선별하였고, 사실주의 희곡과 비사실주의희곡의 균형을 맞추어 안배하였다.

46 혼명에서 백신애 중단편선

서영인 책임 편집

수록 작품 나의 어머니/꺼래이/복선이/채색교/적빈/낙오/악부자/정현수/학사/호도/어느 전원의 풍경—일명·법률/광인수기/소독부/일여인/혼명에서/아름다운 노을

일제강점기 한국문학을 대표하는 여성 작가이자 사회운동가인 백신애의 주요 작품 16편을 묶었다. 극심한 가난과 봉건적 인습의 굴레에 갇힌 여성들의 비극, 또는 그로부터 벗어나고자 하는 의지를 섬세한 필치와 치열한 문제의식으로 그려냈다. 그의 소설을 통해 '봉건적 가족제도와 여성의 욕망'이라는 해묵은 주제가 오늘날에도 여전히 풀리지 않는 과제로 존재하고 있음을 알게 된다.

47 근대여성작가선

김명순 나혜석 김일엽 이선희 임순득

이상경(KAIST) 책임 편집

수록 작품 의심의 소녀/선례/돌아다볼 때/탄실이와 주영이/경희/현숙/어머니와 딸/청상의 생활—희생된 일생/자각/계산서/매소부/탕자/일요일/이름 짓기/딸과 어머니와

일제강점기 한국문학을 대표하는 여성 작가들의 주요 작품 15편을 한 권에 묶었다. 근대 여성의 목소리로서 여성문학은 봉건적 가부장제에서 벗어나고자 개인으로서 여성의 자유로운 선택을 가로막는 온갖 질곡에 저항해왔다. 여성이 봉건적 공동체를 벗어나 개성을 찾아 나서는 길은 많은 경우 가출, 자살, 일탈 등으로 귀결되었지만, 그럼에도 여성 자신의 힘을 믿으면서 공동체의 인습에 저항하고 새로운 공동체를 지향하는 노력이 있었다. 여기에 식민지라는 조건 속에서 민족의 해방은 더 큰 과제이기도 했다. 이 책에 실린 여성 작가의 작품들은 신여성의 이러한 꿈과 현실, 한계를 여실히 드러내 보여준다.

48 불신시대 박경리 중단편선

강지희(한신대) 책임 편집

수록 작품 계산/흑흑백백/암흑시대/불신시대/벽지/환상의 시기/약으로도 못 고치는 병

여성의 전쟁 수난사를 가장 탁월하게 그려낸 작가 박경리의 대표 중단편 7편 수록. 고독과 절망의 시대를 살아내면서도 현실과 타협하지 못하는 결벽성으로 인간의 존엄을 고민했던 작가의 흔적이 역력한 수작들이 담겼다.